KB040299

난중일기

이 원 호 소 설

동아일보사

역사는 과거가 아니다

난중무사는 임진왜란 당시 조선의 무반武班 박성국의 무용담입
니다. 아울러 임진왜란이 일어나고 나서야 세자로 책봉된 광해의
눈으로 본 조선 조정과 백성들의 삶을 이야기한 것입니다. 해전海
戰에서 이순신이 연전연승하여 조선의 운명을 구한 한편, 육전陸戰
에서는 함경도 병마만호 출신 박성국이 있었습니다. 이 이야기에
서는 박성국과 선조로부터 분조分朝를 명받아 동분서주하는 광해
를 보여드립니다.

1592년 4월 13일 조선을 침공한 왜군은 1599년 히데요시의 죽
음으로 철군할 때까지 일곱 해 동안 조선반도를 살육장으로 만들었
습니다. 코와 귀를 베어가 전공을 자랑했으며 무능한 왕과 조정에
반발한 백성들은 향도가 되어 왜군의 안내역이 되기도 했습니다.

고려는 왜구 때문에 멸망한 것이나 같습니다. 이성계, 최영이 두
각을 나타내게 된 것은 왜구와의 싸움에서였으며 고려가 망하기
직전에는 한 해에 왜구가 침범한 횟수가 삼백육십여 회에 이르렀
습니다. 그로부터 이백 년이 지난 후에 일본은 대군을 보내 임진왜

란을 일으킨 것입니다. 그들이 일곱 해 동안 조선을 유린한 그 참상은 필설로 표현하기가 어렵습니다.

그리고 다시 삼백 년이 지난 1910년에 일본은 조선을 합방하여 서른여섯 해를 식민지로 지배합니다. 독립운동, 제2차 세계 대전의 징용 그리고 관동 대지진의 조선인 대학살까지 수백만 명의 조선인을 살상합니다. 아직 위안부에 대한 사과도 없습니다.

다시 일본은 재무장하고, 미국은 그것을 환영합니다. 마치 1950년 1월 6. 25 전쟁 몇 달 전 미 국무장관 애치슨이 미국의 동남아 방위선을 필리핀과 일본으로 잇는 이른바 '애치슨라인을 발표한 때의 상황과 비슷합니다. 일본은 현재 우방국입니다. 역사가 되풀이되지 않으려면 잊지 않아야 할 것도 있을 것입니다.

재미있게 읽으시기를 언제나 바라고 있습니다.

이원호

1장
폭풍전야(暴風前夜)

경장輕裝 기마인 세 기가 다가오고 있다. 속보로 달려오는 기마인과의 거리는 삼백 보 정도, 시간은 미시(낮 2시경), 태양은 중천에 떠 있지만 바람 끝은 차갑다. 2월 초, 이곳은 명明의 요동 땅 미륵산 골짜기다. 거리가 이백오십 보로 가까워졌을 때 박성국은 쥐고 있던 활에 화살을 먹였다. 끝에 예리한 삼각 쇠촉을 박은 두 자 반 길이의 화살, 꽁지의 꿩 깃을 빼놓은 것은 바람의 간섭을 줄이려는 의도다. 그때 뒤쪽 위에 몸을 붙여 선 이월이가 낮게 말했다.

"맞습니다. 검정말을 탄 놈이 호리타입니다. 저놈은 항상 검정말을 탑니다."

박성국은 불끈 시위를 당기고는 앞장선 검은색 말 위 기마인을 겨누었다. 이제 거리는 이백 보, 살촉 위에 조준해 올린 사내의 머리통이 쌀알만 했는데 거칠게 흔들리고 있다. 박성국은 숨을 들이켰다가 멈췄다.

‡

사흘 전이다. 함경도 동북쪽 국경의 종성은 육진六鎭의 한 곳이다. 주종主從으로 보이는 둘이 서둘러 종성 성내를 걷고 있다. 앞장선 병마만호兵馬萬戶 박성국은 육 척 장신에 선이 굵은 외모의 호남이어서 미복微服을 입었어도 무관武官의 기색이 드러난다. 올해 스물넷, 연전年前에 상처를 해서 혼자 몸이며, 자식도 없다. 스무 살에 이미 무과에 급제한 후 변방으로만 다닌 지 올해로 네 해. 그동안 십여 번의 공을 세워 종사품 병마만호에 올랐고 절도사 신할의 신임을 받아왔다. 주종이 들어선 곳은 성안 남문 근처의 객사.

"영감 계신가?"

대문 앞에 선 장교에게 물었더니, 허리를 굽실거리며 대답한다. 박성국의 부하다.

"방금 저녁 드시고 쉬고 계십니다."

"내가 뵙고자 청한다고 말씀 올리거라."

몸을 돌린 장교가 뛰었고 박성국이 뒤를 따른다. 길주 목사牧使 신할은 종이품이 맡는 함경도 병마절도사兵馬節度使를 겸하고 있어 한 해의 절반은 북방 순시로 보낸다. 박성국이 객사의 청으로 들어섰을 때 기별을 받은 신할은 상석에 앉아 박성국을 맞았다. 매서운

날씨 탓에 문관文官인 신할은 개털 조끼를 걸치고 있다.

"만호, 무슨 일인가?"

"예, 이번에 호리타를 찾아가서 잡겠습니다."

"찾아가서 잡는다?"

신할의 눈썹이 모아졌다. 오십대 초반의 신할은 십여 년 동안 함경도, 변방 임지任地로만 돌았기 때문에 여진에 대해서 가장 박식한 관리로 의정부에서도 인정을 받았다. 요즘 들어 왜와 함께 여진의 준동蠢動이 늘어나는 터라 사간원에서는 신할에게 동북면東北面 방어사防禦使 직책을 주어야 한다고 임금께 상소할 정도였다. 방어사는 종이품으로 군사 요지에 파견하던 벼슬이다. 신할의 시선을 받은 박성국이 말했다.

"사흘 후에 배가哥 놈이 미륵산 골짜기로 인삼 상자를 싣고 가면 원체 귀물貴物인 탓에 호리타가 직접 받으러 온다고 했습니다. 그때 호리타를 잡겠습니다."

신할이 머리를 들더니 물었다.

"미륵산이라고 했나?"

"예, 나리."

"그곳은 여진 땅으로 백 리나 들어간 곳이 아닌가?"

"그렇습니다."

"군사는 얼마나 끌고 갈 것인가?"

"기마군 십여 기만 데려가겠습니다."

신할이 입을 다물더니 잠깐 박성국의 얼굴을 보았다.

‡

호리타는 수십 개 여진 부족 중 가장 잔인한 부족 중 하나인 무르키 족의 족장이다. 무르키 족은 부족원이 삼천여 명 정도지만 전사戰士 삼백여 명의 기동력은 뛰어났다. 기마군으로만 구성되었으며, 요동 지역까지 출몰해 그 명성을 떨치고 있다. 실제로 북방의 광대한 옛 고구려 영토는 명의 통제가 약해진 대신 여진의 부족들이 준동하고 있는 양상이다. 그 무르키 족이 작년부터 함경도 일대를 침탈했는데, 적게는 수십 기, 많게는 백여 기의 기마군이 조선 마을을 습격해서 남녀를 포로로 끌고 갔고, 재물은 물론 양식까지 약탈해갔다. 지난 정월에도 삼십여 기의 무르키 기마군이 종성 우측의 마을을 기습해 주민 열둘과 재물을 약탈해간 것이다. 신할이 순시를 나온 것도 이 때문이다.

‡

"배가의 배후가 누구인 것 같은가?"

목소리를 낮춘 신할이 묻자 박성국이 어깨를 부풀렸다가 내렸다. 청廳 안은 서늘해서 말을 하면 입김이 나온다. 마당에서 누구를 나무라는 소리가 들렸다. 목사牧使를 수행한 별장別將인 것 같아 그때 박성국이 목소리를 낮추고 말했다.

"나리, 이곳 종성 주변 백리 안에 만호, 우후는 물론이고 첨절제사僉節制使 순영중군巡營中軍까지 십여 명의 무관이 각기 병력을 거느리고 있습니다. 아직 알 수 없습니다."

신할의 얼굴에 쓴웃음이 번져졌다.

"호리타보다 배가 놈 배후를 잡는 것이 더 중요하다."

박성국이 소리 죽여 숨을 뱉었다. 어젯밤 박성국은 성안으로 숨어든 밀무역상 다섯을 잡았다. 이곳은 국경 지역이어서 무역이 활발했지만 이들이 가져온 물품은 반출이 금지된 인삼이었던 것이다. 인삼은 열두 상자, 천이백 뿌리나 되었는데, 금 이천 냥의 가치가 되었다. 금 이천 냥이면 말 천 필을 살 수 있다. 인삼을 싣고 온 원주 사람 배동수는 호리타와 거래하기로 했다고 자백했지만, 미심쩍은 부분이 많았다. 이곳까지 수십 개의 검문소를 무사히 통과해 온 것도 그렇고 호리타하고 어떻게 인연이 닿았는지도 확실치 않았다. 그리고 인삼 천이백 뿌리는 조선에서도 거금을 치러야만 구할 수 있는 양이다. 배동수는 그만큼 재력가가 아니다. 심증이 점점 깊어질 때였다. 박성국이 잠깐 자리를 비운 사이에 배동수는 돌 벽에 머리를 찧고 자결해버렸다. 남은 종자들은 아무것도 모르는 터라 배후를 알 길이 없어진 것이다. 이윽고 신할이 말했다.

"조심해서 다녀오게, 만호."

✢

국경을 넘기 전날 저녁에 박성국의 종 끝쇠가 서둘러 사택 마당으로 들어섰다. 활을 손질하던 박성국이 머리를 드니 끝쇠가 다가와 말했다.

"나리, 호리타의 얼굴을 안다는 여자가 있소."

"여자?"

눈썹을 모은 박성국이 다시 끝쇠를 보았다. 종성 성안의 박성국 사저私邸는 세 칸짜리 초가다. 변방 임지에서 종 둘과 셋이서 사는 터라 마루가 청이 되고 안방이 사랑채 구실도 한다. 종사품 병마만 호는 국경 지역에서는 벼슬 행세도 못하는 편이다.

"무슨 말이냐?"

"작년에 동문 안 주막 김가네 종으로 들어온 이월이가 차란치 부족에게 납치되었다가 도망쳐 나왔다고 했지 않습니까?"

"들었다."

"호리타가 차란치 부족에 자주 들르는 바람에 얼굴을 그릴 수도 있다고 합니다."

"잘되었다."

박성국의 얼굴에 웃음이 떠올랐다.

"그렇다면 이월이만 데려오너라. 절대 다른 사람들에게 입을 놀리지는 말고."

"여부가 있습니까?"

동갑내기 종 끝쇠의 얼굴에도 생기가 돌았다.

"나리, 이번에 호리타를 잡으시면 저를 장교로 박아주시지요."

"이놈아, 종 문서는 어떻게 하고?"

박성국이 눈을 치켜떴다가 곧 웃었다.

박성국이 시위를 놓았다.

"쌕!"

뒤에 선 이월의 귀에는 그런 소리가 들렸다. 살이 튕겨 나가는 소리다. 다음 순간 이월이 눈을 크게 떴다. 백오십 보쯤 거리로 다가온 검정말이 앞발을 크게 치켜들고 일어서는 것 같더니 곧 핵 하고 옆으로 뒹굴었기 때문이다. 기마인이 재빨리 몸을 틀었지만 말이 넘어지는 쪽으로 방향을 잘못 틀었다. 말과 함께 땅바닥으로 나뒹굴었다.

"쌕!"

순간 또 한 발의 살이 시위를 떠나갔고 그 화살이 박히기도 전에 또 한 대의 화살이 날아갔다.

"쌕!"

그때였다. 골짜기 아래쪽에서 짧은 외침이 일더니 말발굽 소리가 울려 퍼졌다. 그러고는 곧 앞으로 내닫는 기마군의 모습이 드러났다. 조선군이다. 한 덩어리가 되어 달려가는 기마군 앞에 말 세 필이 쓰러져 버둥거렸고 기마인 둘은 뛰어 달아나려고 했다. 그러나 열 걸음도 채 못 가 곧 잡혔다. 기세가 꺾인 둘은 대항도 한번 제대로 못했다. 뒤에서 내려친 칼등에 맞아 풀썩하고 주저앉은 것이다. 그때 박성국이 머리를 돌려 이월을 보았다.

"자, 내려가라."

이제 이월이 무르키의 족장 호리타를 확인해야 할 차례다.

‡

"아우, 어미 없는 설움이 크다."

임해군 진珒이 불쑥 말했으므로 광해가 주위부터 둘러보았다. 신시(낮 4시경) 무렵. 둘은 경복궁 안에서 우연히 만났는데 마침 따르는 시동侍童도 떨어져 있다.

"형님, 말씀 조심하시지요."

쓴웃음을 지은 광해가 한 살 위의 동복同腹형을 보았다. 둘의 생모 공빈 김씨는 광해가 세 살, 임해가 네 살 때인 열다섯 해 전에 병으로 죽었으니 어미 없이 자란 설움은 같다. 같은 대궐 안에 살지만 거처도 멀 뿐 아니라 세상이 둘에게 한가로이 만날 여유를 주지 않는다. 한 걸음 다가선 임해가 서두르듯 말했다.

"혼琿아, 인빈 김씨의 자식들에게 왕위를 빼앗기면 안 된다."

"형님."

"도대체 네 나이가 몇이냐? 열여덟이다, 열여덟. 나는 열아홉이고, 이 나이에 아직 세자 책봉이 안 되었다니 얼굴을 들고 살 수가 있겠느냐?"

임해의 얼굴이 붉게 상기되었다. 성격이 급하고 포악하다는 소문이 났지만 광해가 보기에는 모함이다. 임금의 눈치를 살피고 말을 만들어내는 간신들이 왕권까지 간섭하는 것이다.

"형님, 부디 언행 조심하십시오. 실수를 기다리는 자들이 있습니다."

광해가 낮게 말했을 때 시동이 다가왔다. 그때는 임해도 길게 숨을 뱉더니 시치미를 떼며 말했다.

"어허, 화창한 날이로구나."

날씨는 맑았지만 추웠다. 선조 25년 2월 중순의 경복궁 안이다.

‡

호리타는 다리만 부러졌을 뿐 멀쩡했다. 두 팔을 뒤로 묶어 결박을 당한 호리타가 종성 외곽의 진陣 터 마당에 무릎이 꿇려 있다. 미륵산 골짜기에서 호리타를 생포한 다음 날 오전이다. 마당을 내려다보는 청 마루에는 함경도 병마절도사 겸 길주목사 신할이 앉아 있었는데 마루 밑 왼쪽에 서 있는 무장이 박성국이다. 마당 주위에는 십여 명의 장교가 빙 둘러서 있다. 잡인의 출입을 금지해서 대문 밖의 경비도 삼엄했다. 이윽고 박성국이 소리치듯 묻는다.

"이놈, 네가 누구한테서 인삼을 사려고 했느냐? 인삼의 원주原主만 대면 살려는 줄 것이다."

고려말들이다. 호리타는 물론이고 여진족 대부분이 고려말을 할 줄 알았다. 그것은 여진이 고구려 땅이던 때부터 천년이 넘도록 이어져왔다. 그때 호리타가 머리를 들고 박성국과 신할을 보았다. 사십대 중반의 호리타는 턱수염이 짙고 기골이 장대했다. 검술과 기마술, 궁술에도 능했지만 어이없게도 말에서 떨어져 다리가 부러지는 바람에 포로가 되었다. 호리타가 말했다.

"가소로운 놈들, 네놈들이 지금처럼 양반, 천민, 동인東人과 서인西人을 따진다면 곧 우리 앞에 무릎을 꿇을 날이 올 것이다."

"무엇이?"

진노한 신할이 옆에 놔두었던 장검을 집더니 칼자루로 마룻바닥을 쳤다.

"이놈, 여진이 도둑 떼로 전락한 이유가 뭔지 아느냐? 사분오열四分五裂되었기 때문 아니냐? 감히 누구 앞이라고 그런 말을 지껄이느냐!"

"여진은 곧 통일될 것이다."

어깨를 편 호리타가 신할과 박성국을 지그시 보았다. 의연한 자세다.

"만호, 그대가 저놈의 주리를 틀어서라도 자백을 받아내어라. 이틀이 지나도 자백을 하지 않으면 저놈을 베어 죽이겠다."

‡

한양 도성都城의 경복궁 안 침전寢殿에서 선조가 신성군 이후李珝와 인빈 김씨를 불러 이야기를 하고 있다. 유시(저녁 6시경), 침전이고 처자妻子를 만나는 자리이기도 해서 주위를 물리친 터라 미닫이 밖에서 상궁과 내관이 시립하고 있을 뿐이다. 선조 재위 25년(1592년), 제14대 조선왕 선조는 제11대 중종의 서손인 하성군이다. 재위 25년째인 선조의 나이는 마흔하나. 앞에 무릎을 꿇고 앉은 신성군의 나이는 열다섯 살이 된다.

"또 열이 나는 게냐?"

선조가 눈에 붉은 기가 떠 있는 신성군을 향해 물었다.

"탕약은 먹었느냐?"

"예, 먹고 있습니다."

신성군이 대답하자 인빈 김씨가 거들었다.

"어의가 조석朝夕으로 약을 가져옵니다. 어제 저녁부터 열이 내렸고 오늘 아침은 기력이 나서 걷기도 했습니다."

"네가 약해서 큰일이다."

선조가 신성군에게 말했지만 인빈이 또 나섰다.

"곧 나을 것이라고 합니다."

몰래 점占을 보았다고 말할 수는 없어서 그렇게만 둘러댔다. 인빈 김씨는 신성군 위로 의안군, 밑으로는 정원군, 의창군까지 네 아들과 공주 다섯을 두었다. 후궁 중 소생이 가장 많은 것은 그만큼 총애를 받았기 때문이다. 선조의 시선이 신성군에게 옮겨졌다.

"덕을 쌓아야 하느니라. 알겠느냐?"

"예, 명심하겠습니다."

작년에 광해의 세자 책봉을 주청하던 좌의정 정철이 귀양을 갔다. 동인인 영의정 이산해가 약속을 어기고 오히려 인빈 김씨 측과 결탁했기 때문이다. 이로써 인빈 김씨 소생인 신성군의 세자 책봉이 유력하게 되었다. 선조 25년 2월의 대궐 안이다.

‡

해시(밤 10시경)가 조금 넘은 때다. 박성국이 방으로 들어섰을 때 벽에 기대앉은 호리타가 머리를 들고 물었다.

"만호, 날 회유하려는 것인가?"

박성국은 잠자코 다가가 앞에 앉는다. 윗목에 놓인 양초 한 자루가 방 안을 비추고 있다. 곧 방 안으로 술상을 받쳐 든 장교가 들어와 둘 사이에다 가만히 놓고 나갔다. 촛대의 불꽃이 흔들렸다. 작은 술상에 놓인 것은 술병 하나와 잔 두 개, 그리고 마른 쇠고기 몇 조각이 담긴 접시 하나뿐이다. 박성국이 술병을 들어 호리타의 잔에 따르면서 말했다.

"네가 술을 좋아한다고 들었다."

호리타는 시선만 주고 있을 뿐 대답하지 않는다. 생포된 지 오늘로 사흘째, 저녁 무렵이 되었을 때 감옥에 갇혀 있던 호리타는 갑자기 장교들에게 떠메여 이곳으로 옮겨진 것이다. 그러고는 결박도 풀어주더니 의원이 와서 부러진 다리의 상처도 치료해주었다. 온돌방이어서 따끈한 아랫목에 엉덩이를 붙인 호리타는 깜빡 잠이 든 참이었다. 술잔을 든 박성국이 호리타를 보았다.

"자, 마셔라."

술병이 놓였을 때부터 입안에 침이 고였던 호리타다. 술잔을 집은 호리타가 독주를 한 모금에 삼켰다. 박성국도 술잔을 비우더니 다시 잔을 채웠다.

"나보다는 네 그릇이 큰 모양이다."

호리타는 술을 또 한 모금에 마시고는 이제 안주를 씹는다. 박성국이 혼잣소리처럼 말했다.

"네 말을 듣고 심란해졌다."

안주를 삼킨 호리타가 술병을 집더니 제 잔에 술을 또 채운다.

호리타가 불쑥 물었다.

"여진의 수십 개 부족은 곧 뭉치게 될 거야. 만호는 알고 있나?"

"힘 있는 부족이 장악하겠지."

박성국의 말에 호리타가 피식 웃었다.

"그것보다 각 부족이 뭉치겠다는 열망이 있다. 거기까지는 알수가 없겠지?"

"……."

다시 한 모금에 술을 삼킨 호리타가 이제는 박성국을 똑바로 바라보았다.

"명은 이제 병든 대국大國이고 조선은 그 병자를 좇는 속국이다. 그렇지 않은가?"

"닥쳐라. 이 야만족 놈이, 어디서 입을 함부로 놀리느냐?"

"야만족이라고?"

쓴웃음을 지은 호리타가 말을 이었다.

"한 줌밖에 안 되던 몽골족이 천하를 제패할 때 고려왕은 부마국이 되었던가? 야만족의 발밑에 엎드려 몽골의 추한 공주 하나를 감지덕지 받아들여 왕가를 이어갔지 않은가?"

"네놈한테 술을 괜히 주었나보군."

"넓은 세상을 봐야 한다. 만호."

박성국이 잠자코 잔에 술을 따르다가 고개를 돌려 밖에 대고 소리쳤다.

"술을 동이로 가져오너라!"

✠

광해가 청에 앉아 마주한 최성연을 보았다. 최성연은 홍문관 직제학直提學으로 광해의 경연經筵 스승이다. 임금 선조는 왕자들에게 경연관經筵官의 감독을 받도록 했는데 최성연은 작년 말에 병든 부제학 김원서를 대신해 광해를 맡았다. 광해가 물었다.

"영감, 경서 강론 전에 물어볼 것이 있소."

"예, 말씀하시지요."

오십대 중반의 최성연은 약관에 문과에 급제한 후부터 전국을 돌며 지방 관리를 두루 맡았다. 서른 몇 해 만에 삼사三司로 들어와 당하 정삼품직을 맡았으니 입신立身이 빠른 것도 아니다. 정색한 광해가 최성연을 보았다.

"동쪽에서는 왜구가 득세하고 북쪽에서는 여진이 강성해지고 있소. 이에 대한 영감의 대비책을 듣고 싶소."

아연해진 최성연이 숨을 죽였다가 이윽고 어깨를 늘어뜨렸다. 그러나 외지外地에서 온갖 경험을 다 하고 온 최성연이다. 삼사인 사헌부, 사간원, 홍문관에 박혀 있는 관리들은 임금의 얼굴을 한 번이라도 더 보는 바람에 출신이 빠르지만 탁상공론卓上空論으로 입만 살았다는 비판을 받기도 했다. 헛기침을 한 최성연이 입을 열었다.

"대명大明은 조선과 우의국友誼國입니다. 또한 동맹 관계이기도 해서 지금까지 상부상조해왔습니다."

"……"

"따라서 명과의 우의를 더욱 돈독히 하는 한편으로 방비를 든든하게 해야 할 것입니다."

"그것은 모든 경연 스승들의 대답이었소, 직제학. 나는 직제학이 수십 년간 외지에서 세파世波를 겪었다고 들어서 다른 이들과는 다를 줄 알았소."

"왕자 저하."

"내 나이 열여덟, 여섯 살 때부터 온갖 경서를 읽고 배웠소. 하지만 중요한 것은 이상보다 현실이오."

최성연은 숨을 죽였다. 열여덟 왕자의 사고思考는 경직되지 않았다. 그때 광해가 최성연을 똑바로 쳐다보았다.

"이제 공부합시다."

오늘 공부는 사서四書 암송이다.

‡

"만호, 경성부사가 온다는 기별이 왔다."

신할이 말하더니 좌우를 둘러보았다. 술시(밤 8시경) 무렵, 객사의 마루방 안이다. 문을 닫았지만, 외풍이 심해서 촛불이 흔들렸다. 신할이 쓴웃음을 지은 채 말을 잇는다.

"그럼 종성에 경성부사까지 병마 지휘관 다섯이 모인 셈이군."

"영감께서 오신 때문이지요."

박성국이 그렇게 말했지만 눈썹이 모아져 있다. 경성부사 오인환은 정삼품 문관이나 경성의 수령으로 자체 병력 칠백여 명을 거느리고 있는 지휘관이다. 그리고 사흘 전 온성에 주둔한 정사품 조방장助防將 백균서와 회령의 종사품 부호군副護軍 안창한까지 군사를 이끌고 모여들었다. 따라서 종성의 성 안팎에는 함경도 병마절도사 휘하 군사 이천여 명이 모여 있는 셈이다. 그때 신할이 말했다.

"이 중에 죽은 배가의 배후가 있는지도 모르네, 그놈이 역적이지."

"호리타의 소문이 나지 않도록 조심하겠습니다."

"그놈을 너무 오래 잡고 있는 것 같네."

박성국은 다시 시선을 내렸다. 생포한 지 오늘로 엿새가 되는 것이다. 신할의 말은 질책에 가깝다. 호리타와 어젯밤에도 술을 마셨지만 시국時局 이야기만 했을 뿐이다.

"나리."

머리를 든 박성국이 신할을 보았다.

"만일 호리타가 배후를 밝힌다면 풀어주어도 되겠습니까?"

박성국의 시선을 받은 신할의 얼굴에 쓴웃음이 번졌다.

"전례가 없지 않은가?"

"그렇습니다."

"그대가 놓쳐버린다면 모를까."

"예, 호리타를 잡을 때부터 제 심복 장교 열 명만이 이 일을 알고 있습니다.

"그중 하나라도 발설한다면 나까지 삭탈관직에 귀양일세."

"소인이 목을 내놓겠습니다. 영감께서 그런 일을 당하지 않도록 하겠습니다."

"사람 입이 가장 무섭다네."

말을 툭 내뱉고는 신할이 길게 숨을 뱉었다. 그래서 사화士禍를 설화舌禍라고 하지 않는가? 모든 사화는 혀가 만들어낸 것이다. 그때 신할이 머리를 들고 박성국을 보았다.

"그렇다고 역적을 놓칠 수는 없지. 해보게나."

‡

"광해의 공부는 어떤가?"

선조가 묻자 최성연이 허리를 폈다. 최성연이 임금과 독대하는 것은 이번이 두 번째다. 첫 번째가 작년 말 광해의 경연 스승으로 발탁되었을 때였으니 과연 왕가王家와 연을 맺으면 입신이 빠르다는 말이 맞다.

"예, 의욕이 크고 성실합니다."

"흠, 의욕이 크다라⋯."

선조가 눈을 가늘게 떴다.

"욕심이 과하다는 뜻인가?"

"아닙니다, 전하. 왕자는 분수를 알고 있습니다."

"무슨 뜻인지 말하라."

"과제 이상으로 집착하지 않습니다. 신이 의욕이 크다고 아뢴 것은 공부를 위해 준비를 많이 했다는 뜻이지 다른 뜻은 없습니다."

선조가 입을 다물었다. 내전 청 안에는 둘이 독대했지만 문 쪽

사관이 둘의 이야기를 기록하고 있다. 열린 문 양쪽에 내관 둘이 기다리는 중이다. 그 뒤로 궁인 시위侍衛들이 줄줄이 대기하고 있을 것이다. 선조 25년, 열여섯부터 임금 노릇을 했으니 궁녀, 내관의 냄새만 맡아도 구분이 될 것이며 당상, 당하관과 몇 마디 말만 나눠도 그 성품을 짐작할 수 있을 것이다. 그때 선조가 머리를 들어 사관史官에게 말했다.

"너는 잠깐 일을 보고 오너라."

난데없지만 사관은 말없이 일어나더니 내전을 나갔다. 자주 있는 일인 듯했다. 이제 내전 안에 단둘이 남았을 때 선조가 최성연을 지그시 보았다.

"광해가 추구하는 현실은 무엇인 것 같으냐? 말하라."

순간 숨을 들이쉰 최성연이 선조를 보았다. 광해가 한 말이다. 누군가 광해와의 대화를 엿듣고 임금에게 고한 것이다. 어금니를 깨문 최성연이 이윽고 입을 열었다.

"왕자께선 난국亂局을 똑바로 보겠다는 것 같습니다. 현실을 외면한 공론은 불필요하다는 의미로 들었습니다.

"임금의 정사政事를 비판한 것 아닌가?"

"아닙니다."

최성연의 이마에 땀이 배어나와 근질거렸지만 감히 닦지는 못했다. 도대체 어떻게 상주上奏했다는 말인가? 어떤 놈이? 그때 선조가 외면한 채 말했다.

"그놈이 작년 일로 아직 불만이란 말인가?"

작년 일이란 말할 것도 없이 세자 책봉이 좌절된 일을 말한다.

술 한 병을 다 비웠을 때 호리타가 잔에 술을 채우며 말했다.

"조선 왕조는 지금 몇 년이나 됐는가?"

대답은 안 했지만 박성국은 머릿속으로 계산했다. 태조대왕 즉위 후 올해로 딱 이백 년이다. 그동안 13대 임금을 겪었으며 선조는 14대가 된다. 술잔을 쥔 호리타가 박성국을 지그시 보았다.

"우리의 선조 아골타가 대금大金을 세워 대륙을 정복한 것을 아는가? 그때가 지금으로부터 오백 년 전이다. 그 후로 대륙은 몽골의 원에 이어서 명에 이르렀지만 이제 그 명도 숨이 곧 끊어질 것이야."

호리타의 붉은 얼굴에 희미하게 웃음이 떠올랐다.

"조선은 우리 안에 든 짐승 꼴이다. 도무지 밖으로 나오려고 하지 않으니 우리 밖의 거친 짐승들을 어찌 당하겠는가?"

"닥쳐라!"

소리는 쳤지만 박성국은 호리타의 잔에 술을 채워주었다.

"포로로 잡힌 놈이 허세가 심하구나. 고구려, 신라의 구백 년, 고려 사백 년에 이제 조선은 이백 년이고 앞으로 오백 년은 더 지탱할 것이다. 여진도 한때는 고구려 백성이었다는 것을 잊었느냐? 네놈들은 걸귀乞鬼가 되었구나."

술병을 내려놓은 박성국이 호리타를 쳐다보았다. 어느덧 오늘도 술을 세 병이나 마셨다.

"너는 오늘밤 도망치다가 죽는다."

호리타는 눈만 껌뻑거렸다. 박성국의 말이 이어졌다.

"오늘 너는 마구간에서 말을 훔쳐 동문 밖으로 나가 국경을 넘었지만, 내가 쏜 화살에 맞은 것이다."

"……."

"허무한 죽음이지."

"……."

"오늘 밤 이후로 여진 무르키 족의 부족장 호리타는 사라지고 새 부족장이 등장하는 것이야."

"……."

"자시(밤 12시경)가 되었을 때 마구간 문 열리는 소리가 날 것이다. 그때 너는 마구간에 들어가 마침 안장이 걸린 말을 타고 대문을 빠져나간다."

"……."

"나와 장교들이 뒤늦게 쫓았지만 국경을 넘어서야 겨우 너에게 활을 쏘게 되는 것이야."

"……."

"화살은 네 등에 꽂힌다."

박성국이 옆에 놓인 조끼를 집어 호리타에게 밀어주었다. 묵직한 조끼다.

"입어라. 등판에 나무판을 넣고 꿰매었다."

그때 심호흡을 한 호리타가 말했다.

"경성부사 오인환이 밀무역 물주다."

이번에는 박성국이 입을 다물었고 호리타의 말이 이어졌다.

"온성 조방장 백균서도 동업을 하지. 그자들하고 거래한 지 두 해가 넘었다."

"……."

"덕분에 조선군 이동 상황을 잘 알게 되었지."

쓴웃음을 지은 호리타가 다시 술잔을 들었다.

"만호, 그대가 무르키 족의 새 부족장과 밀무역을 원한다면 언제든지 환영한다."

‡

광해가 대학연의大學衍義를 덮고 최성연을 보았다. 방금 최성연은 대학연의 강론을 마친 참이다.

"직제학이 함경도 여러 곳에서 수령을 지내지 않았소?"

"그렇습니다, 저하."

최성연이 슬그머니 주위를 둘러보았다. 왕자의 처소 안이다. 사방의 문은 닫혀 있었으니 어느 쪽 문밖에서 귀를 붙이고 있는지 알 수가 없다. 그때 광해가 머리를 들더니 밖에 대고 말했다.

"누구 없느냐?"

"예, 저하."

대답 소리와 함께 왼쪽 문이 열리면서 내관이 들어선다. 나이 든 내관이었지만 수염 없는 얼굴이 번질거린다.

"답답하다. 문을 다 열어놓아라."

광해가 뒤쪽 내전으로 통하는 문까지 눈으로 가리켰다.

"저 문도."

내관이 사방의 문을 열어놓자 찬바람이 들어왔다. 신시(낮 4시경), 앞쪽 마당을 가로지르던 궁녀가 이쪽을 힐끔 쳐다본다. 이윽고 내관이 물러가자 사방은 탁 트였다. 그때 광해가 나직이 말했다.

"자, 이제 엿듣는 자는 없을 것이오. 지난번의 이야기를 계속합시다. 조선은 명나라만을 의지하고 지낼 수는 없지 않소? 그것은 속국을 자청하는 것이 아니오? 자력으로 국토를 지키지 못하는 왕조가 과연 얼마나 존속될 것 같소?"

광해가 쏟아내듯 물었으므로 최성연은 몸을 굳혔다. 그러나 별안간 가슴이 시원해지는 느낌을 받고는 숨을 크게 들이쉬었다가 뱉었다.

"저하, 지난번 경연 때 하신 말씀이 주상께 전해졌습니다."

마침내 최성연이 그렇게 말해버렸다. 광해가 문을 연 이유는 바로 그일 때문일 것이다. 주상의 압력이 들어간 것이다. 그때 광해가 말했다.

"그렇소. 쓸데없는 말을 삼가라는 지시가 도승지를 통해 내려왔구려."

"……."

"그래서 문을 열었소. 자, 내 말에 답을 해보시오."

"자력自力으로 감당할 수 없으면 대명과의 무조건적인 사대 관행은 지양해야 합니다."

마침내 최성연이 입을 열었다. 최성연의 목소리가 점점 열기를 띠어갔다.

"소신이 국경 지역 수령으로 여러 해 여진을 살펴본 바로는 이제 부족 간 서로 뭉치기 시작했고 대금의 시대를 되찾자는 기세가 보였습니다. 상대적으로 명은 부패하고 민심을 잃어 여진의 통제에 무력한 실상이었습니다."

"과연."

심호흡을 한 광해의 두 눈이 반짝이고 있다. 광해가 말을 이어 갔다.

"나는 이런 실상을 듣고 싶었소. 계속하시오."

"따라서 저하께서 말씀하신 대로 현실을 직시하는 대응이 필요합니다. 여진은 여진대로, 왜는 또한 왜에 맞는 대비책을 강구해야 할 것입니다."

"왜의 만행은 심하오?"

"지방 수령으로부터 올라오는 장계는 제 공만 늘어놓고 실책과 피해는 줄이고 있습니다. 이곳에서 보고받는 내용과 실제로 당한 정도가 다릅니다."

"거기에다 제 당파에 속한 인간이라면 서로 감싸느라 사실을 있는 대로 고하지 않을 테지."

혼잣소리처럼 말한 광해가 다시 물었다.

"민심은 어떻소?"

"백성들한테서 조정은 너무 멀리 떨어져 있습니다."

작심한 듯 말하는 최성연의 얼굴이 상기되어 있었고 목소리가 떨렸다.

"조정의 손길이 닿지 않습니다. 저하."

큰일이 날 소리다. 누가 듣는다면 역적모의라고도 할 만했다. 그대로 보고한다면 삭탈관직削奪官職은 물론이고 모가지가 날아가고도 남았다.

"나 역시 겪었소. 이런 조정은 분명 정상은 아니오."

혼잣소리지만 최성연은 다 들었다. 작년 광해의 세자 책봉을 주장했던 당시 좌의정이던 서인 정철이 유배되면서 서인들은 된서리를 맞았다. 영의정인 동인 이산해의 주도하에 서인들은 거의 모조리 숙청된 것이다. 몇 해 전 정여립의 역모 사건을 계기로 동인들이 서인에게 숙청당한 것에 대한 보복이라고 했다. 그때 다시 광해가 말했다.

"고맙소 직제학, 도움이 되었소."

"저하 부디 조심하시기를…."

최성연이 저도 모르게 그렇게 말했는데 분명 진심이었다. 진심이니까 저도 모르게 말이 나왔다.

‡

"죽이는 수밖에."

병마절도사 신할이 말하더니 어금니를 물었다가 풀었다. 박성국을 향한 시선이 강해졌다.

"그대는 알고 있나? 경성부사 오인환은 동인이야. 이산해의 문하란 말일세."

때는 선조 25년 정월. 지금 세상은 동인 천하天下다. 이윽고 신할의 얼굴에 쓴웃음이 번졌다.

"조방장 백균서 또한 동인이지. 병판 이인로의 행랑채 문객이던 자가 동인이라는 이유로 정사품 조방장이 되었어."

"그놈도 죽일까요?"

박성국이 묻자 신할의 눈빛이 약해졌다. 눈동자의 초점이 멀어져서 먼 곳을 보는 것 같다. 신할이 혼잣소리처럼 말했다.

"종기 뿌리 같은 자들이야."

"……."

"도대체 그 뿌리가 얼마나 깊은지 알 수 없지만 본 이상 놔둘 수는 없지 않겠는가?"

신할의 입장에서는 상소할 수도 없는 노릇이다. 만일 상소문을 올린다면 중간에서 막히거나 동인의 모함에 걸려 죽기 십상이다. 관직에 한 해만 머물다보면 그 장벽이 얼마나 철벽같은지 절감하게 되는 것이다. 상소문이 통하는 그 많은 과정과 그 자리를 지키는 수많은 동인 무리, 그리고 신할은 이미 소탕되어 잔뿌리만 남은 서인 반열로 취급되고 있다. 작년에 숙청당한 대사헌 이해수와 교분이 있었기 때문이다. 그때 머리를 든 박성국이 말했다.

"나리, 제가 죽이지요."

박성국이 눈을 가늘게 뜨고 가만히 말했다.

"암살하겠습니다."

숨을 죽인 신할은 움직이지도 않았고, 박성국의 말이 이어졌다.

"공개 처형을 하나, 자는 놈 목을 따거나, 죽이는 건 같지 않습니까? 조정의 병균을 없애는 건 마찬가지라 생각하옵니다."

"의심을 받을 것이네."

신할이 그렇게 말한 것은 방법이 문제라는 것이지 죽이는 것 자체에는 동의한다는 뜻이다.

"게다가 두 놈 다 군사를 거느리고 있어. 이미 눈치를 챈 것 같네. 그놈들은 이쪽 동향動向을 감시하고 있을 거야.

"선수를 치겠습니다."

어깨를 부풀렸다가 내린 박성국이 말을 이었다.

"이제부터 나리께서는 모른 척해주시지요. 저도 나리께 기별을 끊겠습니다. 모든 책임은 제가 지고 가겠다는 말씀입니다."

"이봐, 만호."

"짧은 기간이었지만 나리를 모시게 되어서 영광이었습니다."

"그 버러지 같은 두 놈하고 그대를 바꿀 수는 없네."

상반신을 세운 신할이 결연한 표정으로 말했다.

"결행하게, 내가 뒤를 막을 테니까."

안타깝게 쳐다보는 박성국을 외면한 채 덧붙였다.

"만일 탄로가 나더라도 내 모른 척하지는 않을 것이야."

신할의 표정을 본 박성국이 소리 죽여 숨을 뱉었다. 더 고집한다면 신할의 체면을 깎는 셈이 될 것이다. 삼가야 한다.

‡

인빈 김씨가 웃음 띤 얼굴로 말했다.

"광해군이 청의 문을 활짝 열어놓고 경연을 받았다고 합니다."

선조는 시선만 주었고 인빈의 말이 이어졌다.

"날씨가 매서웠는데도 사방의 문을 다 열었다는군요. 누가 들을까 두려워 그랬나봅니다."

대궐의 인빈 처소 안이다. 해시(밤 11시경) 무렵, 사방은 조용했고 침소 안에는 둘뿐이다. 보좌에 비스듬히 기대앉은 선조는 비단 바지저고리 차림으로 옆에는 금침이 펼쳐져 있다. 역시 가벼운 치마저고리 차림의 인빈은 다산多産한 여인답지 않게 요염한 모습으로 앞쪽에 앉아 있다. 인빈이 엉덩이를 밀듯이 선조 앞으로 다가가더니 손바닥을 무릎 위에 얹었다. 대황초 불꽃이 조금 흔들렸다.

"전하, 무슨 비밀 이야기를 했을까요? 직제학 최성연을 불러 물어보시지요."

"그대는 그것을 누구한테 들었소?"

불쑥 선조가 물었을 때 인빈이 당황했다.

"아니, 소첩은 그저…."

"광해 처소의 내관을 매수했나? 아니면 궁인인가?

"전하."

"인빈의 얼굴이 하얗게 굳었다.

"소첩은 걱정이 되었을 뿐입니다. 그래서…."

"무슨 걱정을 말하는 게냐? 신성군이 세자가 못 될 것 같다는 걱정?"

선조가 자리에서 일어섰으므로 인빈도 몸을 굳혔다. 눈을 치켜뜬 선조가 인빈을 내려다보았다.

"과하다."

"전하, 용서해주십시오."

인빈의 눈에서 눈물이 흘러내렸다.

"작년에 저와 신성이 죽을 고비를 넘기고 나서 과민해진 것 같습니다."

선조는 시선만 주었다. 작년의 죽을 고비란 좌의정 정철이 광해를 세자로 봉한 후에 인빈과 신성군을 죽이려고 한다는 영의정 이산해의 고발을 말한다. 그 말을 들은 인빈이 울며불며 선조에게 매달렸고 결국 정철과 서인은 숙청되었다. 이윽고 선조가 다시 자리에 앉았다. 선조의 성품이 그러했다. 의심이 많아서 사람을 믿지 못하는 데다 변덕이 심하다. 인빈은 바로 그 점을 이용하려는 것이다.

‡

온성 조방장 백균서는 청진에서 현령 노릇을 할 적에 왜선 두 척을 빼앗고 왜구의 수급 열두 개를 뗀 공으로 종오품에서 종사품 부호군으로 승진한 전력이 있다. 사십대 중반의 백균서는 뛰어난 무반武班이다. 작년에 정사품 조방장으로 승진한 백균서의 꿈은 도성으로 옮겨가 한자리를 차지하는 것이다. 그래서 병판 이인로에게 끊임없이 서신과 함께 뇌물을 보내고 있다. 자시(밤 12시경) 무렵, 백균서가 방으로 들어서자 경성부사 오인환이 맞는다. 이곳은 오인환의 거처인 스무 칸 저택의 사랑채 안이다. 오인환은 종성의 유지인 박참봉의 사랑채에 묵고 있는 것이다.

"뒤를 조심하셨겠지?"

36

"여부가 있습니까? 전시戰時처럼 긴장하고 있습니다."

다가가 앉은 백균서가 오인환을 지그시 보았다.

"어젯밤 동문으로 일대의 기마군이 달려갔는데 누구를 쫓는 것 같았다고 합니다."

오인환은 눈도 깜빡이지 않았고 백균서의 말이 이어졌다.

"동문 수비병이 보기에 앞장선 장수가 병마만호 박성국 같았답니다."

"누구를 쫓았단 말인가? 그러면 혹시….."

"호리타인 것 같습니다."

백균서가 번들거리는 눈으로 오인환을 보았다.

"제가 조금 전에 소문을 들었으니까요."

"무슨?"

"국경을 넘은 여진족 하나가 도망치다가 화살에 맞아 죽었답니다."

백균서가 조끼 주머니에서 뭔가를 꺼내 오인환 앞에 놓았다. 옥을 붙인 가죽끈이다. 끈 밑이 잘라졌지만 엄지 손톱만 한 푸른색 옥이 반짝거린다.

"이것이 무엇인지 아십니까?"

백균서가 묻자 오인환이 머리를 가로저었다.

"모르겠는데?"

"호리타가 차고 다니던 칼 손잡이 끈입니다. 호리타가 죽은 것 같습니다. 이 장식 끈은 오늘 낮에 국경 건너 주민이 종성 시장에다 판 것을 제 부하가 가져온 것입니다. 호리타가 입던 개털 조끼도 팔렸다는데 누가 가져갔는지 찾지 못했습니다."

"……."

"전사자 시체에서 떼어낸 온갖 물건이 팔리지요. 호리타는 벌거 벗겨져서 지금쯤 들짐승 먹이가 되었을 것입니다."

"그렇다면…."

"박성국한테 잡혔다가 도망쳤지만 추적해간 박성국에게 죽은 것이지요."

"……."

"박성국은 시체를 놔두고 온 것 같습니다."

"호리타가 발설했을까?"

"배가 놈이 발설 안 한 것은 분명합니다. 하지만 호리타는…."

"도망치다가 죽었다면 발설 안 한 거요."

오십대 초반의 오인환이 심호흡을 하고나서 말했다.

"발설했다면 도망쳤을 리가 있겠소?"

"그건 그렇습니다."

"하지만 박성국이 그놈."

어금니를 깨문 오인환의 두 눈이 번쩍였다.

"살려두면 안 되겠어. 너무 위험해."

‡

말에서 내린 백균서가 부하에게 고삐를 건네주었다.

"말이 절름거리는 것 같다. 편자를 살펴보아라."

그 순간이다. 시위를 튕기는 소리를 들은 백균서가 반사적으로 몸을 비틀었지만 배에 불꼬챙이로 쑤시는 것 같은 충격을 받았다.

"아뿔싸!"

몸을 굽힌 백균서가 눈을 부릅떴다.

"기습이다!"

그 순간 '딱' 하는 소리와 함께 이마 깊숙이 화살이 박힌 백균서가 뒤로 반듯이 넘어졌다. 절명絶命이다.

‡

부장副將 정운발이 방문 밖에서 소리쳤을 때 오인환은 막 잠이 든 참이다. 처음에는 무슨 말인지 몰랐다가 곧 귀가 뚫렸다.

"나리, 조방장 백균서가 살에 맞아 절명했소이다."

그 소리에 자리를 박차고 일어나 앉은 오인환은 이어지는 외침을 들었다.

"숙소 앞에서 괴한이 쏜 살에 맞았습니다. 나리, 어떻게 할까요?"

문 앞으로 다가간 오인환이 문고리를 쥐었다가 얼른 놓았다. 문을 열었다가 화살에 맞을지도 모른다는 생각이 퍼뜩 떠올랐기 때문이다.

"나리, 나리!"

다시 정운발이 소리쳤다.

"병마만호에게 알려야 되지 않겠습니까? 절도사 영감께도…."

"잠깐 기다려라!"

저도 모르게 버럭 소리친 오인환이 불도 켜지 않은 방에서 악을 썼다.

"군사를 모아라! 먼저 군사를 모아서 이곳 경비부터 단단히 하거라!"

"예, 나리!"

"그러고 나서 절도사 영감께 보고해라!"

"예, 병마만호도 부르리까?"

그러자 오인환이 숨을 깊게 들이켰다가 뱉고 나서 말했다. 병마만호 박성국이 종성의 경비 책임자인 것이다.

"그렇게 하라."

그때다. 뒤쪽이 웅성거리더니 갑자기 이곳저곳에서 외침이 일어났다.

"불이야, 불!"

‡

박성국이 소나무 가지 위에 서서 저택을 내려다보았다. 저택 뒤쪽 동산에서는 사랑채가 바로 발밑이다. 불길이 일어난 행랑채는 담장 구실을 했기 때문에 사랑채의 사람들은 모두 이쪽으로 몰려오고 있다. 불길이 모든 것을 환하게 밝혀주었으므로 눈을 크게 뜨고 살필 필요도 없다. 거리는 백 보도 안 되어서 소음에 귀가 먹먹할 지경이다. 박성국은 손에 쥔 활에 화살을 먹였다. 기다리던 표적이 나타났기 때문이다. 경성부사 오인환이 밖으로 뛰쳐나왔는데 그 와중에도 장교 십여 명의 호위를 받았다. 조금 전에 뛰어들어간 사내의 보고를 받은 것이 분명했다. 그러나 늦었다. 사내가 보고하기 한 식경(食頃, 약 30분)쯤 전에 박성국은 이곳에서 차곡차곡 일을 처리하고 있었던 것이다. 행랑채의 부엌과 창고에 불화살을 쏘아 불을 붙이고는 오인환이 뛰쳐나오기만을 기다렸다. 오인환이 이쪽으로 달려왔는데 좌우를 힐끗거리는 것이 마땅찮은 기색이 역력했다. 그러나 어쩔 것인가? 도피로는 이곳뿐이다. 주위의 장교들에게 소리치는 목소리가 또렷하게 울렸다.

"앞쪽 동산을 경계하라!"

"역적."

짧게 말한 박성국이 이윽고 활을 들고 시위를 반월처럼 당겼다. 거리는 이제 육십여 보. 이 거리에서는 백발백중이다.

"쌕!"

튕기듯 살이 날았다.

"억!"

목에 화살이 박힌 오인환의 입에서 마지막이 될 목소리가 터졌을 때 다시 화살을 잰 박성국이 시위를 당기자마자 놓았다.

"쌕!"

이번 살은 잠깐 굳은 채 서 있는 오인환의 두 눈 사이에 박혔다. 그제야 장교들이 놀라 외쳤는데 아직 박성국의 위치를 모르고 있다. 소나무 가지에서 뛰어내린 박성국은 곧 어둠 속을 달리기 시작했다. 역적 토벌이다.

✠

"함경도 병마절도사 신할과 종성의 병마만호 박성국이 파직되 었습니다."

최성연이 말하자 광해는 시선만 주었다. 오늘은 경연을 시작하 기도 전에 최성연이 이야기를 꺼낸 것이다.

"종성에 온 병마절도사께 보고하려고 인근 수령들과 무반들이 모였는데 갑자기 괴한의 기습을 받아 경성부사 오인환과 온성 조 방장 백균서가 피살되었기 때문입니다."

"……"

"둘은 각각 화살에 당했는데 머리와 목을 맞았습니다. 깊은 밤 그렇게 솜씨를 부릴 줄 아는 자는 가히 신궁神弓이라 할 만합니 다."

"……"

"조선에서 그런 솜씨를 가진 자는 박성국뿐이라는 소문이 돌고 있습니다."

그때 광해가 입을 열었다. 이맛살이 찌푸려져 있다.

"이보오, 직제학. 그런 말이 어디 있소? 명궁名弓이니까 범인이 라?"

최성연이 쓴웃음만 지었기 때문에 광해의 목소리가 높아졌다.

"병마만호가 동료 무반을 쏘았다는 증거가 명궁이기 때문이라 니? 가당키나 하오?"

"예, 살해된 경성부사와 온성 조방장은 동인이기 때문이지요.

그 순간 광해가 머리를 돌려 주위를 둘러보았다. 오늘은 시키지도 않았는데 경연을 시작하자 내관들이 사방의 문을 열어젖히고 돌아갔다. 경연할 때 광해가 열이 오르는 줄로만 믿는 것 같다. 광해의 시선을 받은 최성연이 말을 이었다.

"병마절도사는 서인과 교류가 있습니다. 병마만호는 절도사 신할의 신임을 받고 있으니 서인 축에 든다고 볼 수 있습니다."

"세상에 이런 일이 있나?"

어깨를 부풀렸다가 내린 광해가 최성연을 보았다. 눈동자의 초점이 흐려져 있다. 이윽고 광해가 혼잣소리처럼 말했다.

"하긴 나도 작년에 동인의 방해로 세자가 되지 못했으니."

"왕자 저하. 소신도 동인과 교류가 있습니다."

"살아남으려면 그래야겠지."

머리를 끄덕인 광해가 문득 머리를 들고 최성연을 보았다.

"무고한 관리가 희생되면 안 되지 않겠나? 직제학이라도 둘을 구명救命해주시구려."

‡

다가온 끝쇠가 낚싯줄을 내려다보면서 물었다.

"나리, 몇 마리나 잡으셨습니까?"

"다 놓아주었다."

박성국이 잔잔한 물구덩이를 내려다보면서 대답했다. 한낮이다. 이곳은 종성에서 삼십 리나 떨어진 만수산 골짜기 입구, 앞쪽으로 뻗친 두만강 줄기가 잠깐 산기슭에 고였다가 흐르는 지점이다. 깊은 소沼에는 물고기가 많았으므로 끝쇠는 자주 이곳에서 고기를 잡아다가 박성국의 반찬을 만든다. 삭탈관직을 당한 지 한 달, 3월 중순이다.

"나리, 고기가 모입니다."

물밑이 환해 낚싯줄 밑에 수십 마리의 고기 떼가 모인 것이 보였다.

"나리, 어찌 그러십니까? 도무지…."

조바심이 난 끝쇠가 마침내 손을 뻗쳐 낚싯줄을 걷어 올렸다.

"어이쿠."

끝쇠가 몸을 과하게 틀며 소리쳤다.

"빈 낚시네."

낚시에 미끼도 꿰어놓지 않았던 것이다. 반나절 동안이나 물속에 빈 낚시를 넣어놓고 물고기만 바라보았다. 박성국 쪽으로 머리를 돌린 끝쇠가 입을 다물었다. 관직을 잃고나서 박성국은 이곳 골짜기에 세 칸짜리 초가를 얻어 사냥과 낚시로 소일했다. 종 끝쇠와 행랑어멈 옥덕이네하고 세 식구 살림이라 멧돼지 한 마리를 잡으면 열흘을 먹는다. 그래서 며칠 전 멧돼지 두 마리를 잡아놓고 박성국은 사냥도 하지 않았다. 그때 박성국이 물아래를 내려다본 채 말했다.

"끝쇠야, 너 나 따라서 여진에 갈 테냐?"

"예?"

끝쇠가 머리를 기울이며 박성국을 보았다. 사냥하러 가자는 말인가? 여진 땅에는 대호大虎가 많다. 박성국이 말을 이었다.

"내가 이곳으로 오기 전에 무르키 족 족장이 보낸 자를 만났다. 족장은 나한테 자문관諮問官이 되어달라고 하는구나."

"무르키 족 말입니까?"

"그렇다."

"그렇다면 족장이 그때….'

"누르치다."

박성국이 눈만 크게 뜬 끝쇠를 슬며시 바라보았다.

"호리타에서 개명했다."

끝쇠가 심호흡부터 했다. 탐관오리가 득실거리는 무능한 왕조에 무슨 미련이 있다는 말인가?

"가시지요."

마침내 끝쇠가 어깨를 세우면서 말했다. 얼굴이 붉게 상기되어 있다.

"따르겠습니다."

‡

아침을 먹고난 박성국이 마루로 나왔을 때 마당에서 장작을 패던 끝쇠가 허리를 펴고 말했다.

"저건 사냥꾼이여, 뭐여?"

끝쇠는 어제 박성국과 여진 땅 이야기를 하고난 후부터 들떠 있었다. 박성국은 가타부타 대답을 안 했지만 끝쇠는 마음을 굳힌 것 같다. 자꾸 박성국의 눈치를 살피면서 주변을 어슬렁거렸다. 박성국이 끝쇠의 구시렁거리는 소리에 끌려 마루에서 아래쪽을 보았다. 이곳은 외딴집인 데다 민가도 십 리나 떨어져 있어서 가끔 사냥꾼만 지날 뿐이다. 그것도 이틀이나 사흘에 한 번꼴이다. 박성국은 골짜기 아래에서 이쪽으로 다가오는 사내를 보았다. 오백 보쯤 거리에서 꿈틀거리는 개미만 한 것이 분명 이쪽으로 오고 있다.

"어, 이곳으로 오는 모양이네."

긴장한 끝쇠가 말했을 때 박성국은 주위부터 둘러보았다. 뒤쪽은 깎아지른 산이어서 산짐승이나 넘어올 수 있을 것이다. 좌우측은 벼랑이니 출구와 입구는 앞쪽뿐이다. 이제는 옥덕이네도 부엌에서 나와 우두커니 아래를 내려다본다. 오십대의 옥덕이네는 네해 전에 종문서를 넘겨받은 종이다. 거리가 삼백 보 정도로 집과 가까워졌을 때 끝쇠가 박성국에게 물었다.

"나리 여진에서 보낸 자가 아닐까요?"

"그들은 내가 이곳에 있는지 모를 것이다."

대답한 박성국의 눈빛이 강해졌다. 문득 떠오른 생각이 있었기 때문이다.

"어, 저자는 소인이 아는 자입니다."

그래서 끝쇠가 소리쳤을 때 박성국은 놀라지 않았다.

⁑

"나리를 뵙습니다."

사내가 마당에서 넙죽 허리를 굽히면서 인사했을 때 박성국이 웃었다.

"그래, 오느라 고생이 많았다."

"예, 멀고 험합니다."

너스레를 떤 삼십대의 건장한 사내는 병마절도사 신할의 집사다.

"여기 앉아라."

박성국이 마루를 가리키며 말했지만 집사는 세 번이나 사양하다가 끝쇠가 등까지 떼미는 바람에 겨우 끝에 앉았다.

"그래, 영감께서는 강녕하시냐?"

박성국이 먼저 신할의 안부를 물었다.

"예, 주인께서는 오히려 더 건강해지셨습니다. 나리께서도 별고 없으시지요?"

"나도 매일 사냥을 다닌다."

"예."

건성으로 대답한 집사가 등에 멘 등짐에서 서신 두 통을 꺼내더니 먼저 한 통을 박성국에게 두 손으로 내밀며 말했다.

"나리, 죄송하오나 무릎을 꿇고 받으시지요. 주인 영감께서도 그렇게 서신을 받으셨습니다."

"뭐라?"

놀란 박성국이 엉거주춤 일어섰을 때 집사가 굳은 얼굴로 말했다.

"왕자 저하께서 나리께 보내신 서신입니다."

"왕자 저하라니?"

박성국의 얼굴도 굳어졌다. 집사가 두 손으로 받쳐 들고 있는 서신을 응시하며 박성국이 다시 묻는다.

"누구신가?"

"예, 광해군 저하이시오."

집사가 말을 이었다.

"저하께서는 영감 나리와 만호 나리께서 삭탈관직을 당하시자, 홍문관 직제학 나리를 통해 서신을 보내신 것입니다. 직제학 댁의 종이 천 리 길을 달려와 닷새 전에 우리 나리께 전해드렸습지요."

"……."

"서신 두 통을 가져왔는데 바로 이것이 왕자께서 나리께 드리는 서신입니다."

그 순간 박성국이 털썩 무릎을 꿇더니 집사를 향해 절을 했다. 이마를 마룻바닥에 붙이며 절을 했고 집사는 서신을 받쳐 든 채 절을 받는다. 서신이 절을 받는 것이다. 이윽고 삼배가 끝나자 박성국이 무릎을 꿇은 채로 두 손을 뻗쳐서 받는다.

‡

'내 나이 열여덟, 이제는 이 서신이 내 목숨까지 위협할 수 있다는 것을 알 정도가 되었으나 쓰지 않을 수가 없다. 병마만호 박성국에게 보낸다. 네 무공과 공적은 들어 알았다. 한데 이번의 삭탈관직은 증거가 부족함에도 당파의 다름으로 네가 해를 입었다는 생각을 지을 수가 없다. 그러니 박성국은 듣거라. 지금 나라 안은 혼란하고 나라 밖은 급박한 상황이 되어 있는 이때, 너 같은 무장

武將이 버려지는 것은 안타깝기 그지없는 일이다. 내 비록 배운 것이 적으며 아직 미숙하나 함께 조선을 다시 세우지 않겠는가? 그러니 그때까지 기다려주기 바란다. 언젠가 내가 부를 날이 있을 것이다. 왕자 광해가 보낸다.'

‡

앞에 서 있는 집사 고복은 물론이고 마당에서 박성국을 올려다보는 끝쇠도 숨을 죽이고 있다. 서신을 편 박성국이 읽으면서 소리 없이 울기 시작하더니 그치지를 않는 것이다. 이렇게 쉴 새 없이 눈물을 흘리는 경우는 둘 다 처음 보았다. 눈 밑에 마르지 않는 샘이라도 있는 모양이다. 끝쇠는 그런 생각까지 들었다.

‡

선조 25년 3월, 인빈 김씨의 아들 신성군이 병으로 죽었다. 당년 열다섯으로 임금 선조의 총애를 한 몸에 받았으나 병약한 몸이어서 백약百藥의 처방이 효과가 없었다. 선조는 침통해 이틀 동안 정무政務를 폐했고 인빈 김씨는 몸져누웠다.

‡

4월 초, 문안 인사를 드리려고 아침 일찍 찾아간 광해에게 선조가 불쑥 물었다.

"몸은 괜찮은 게냐?"

"예."

무릎을 꿇고 앉은 광해가 어렵기만 한 부왕父王을 보았다. 이렇게 말씀을 내린 것도 오랜만이다. 광해를 지그시 보던 선조가 이윽고 머리를 끄덕였다.

"네가 일찍 어미를 잃고 외롭게 자란 것을 짐이 안다."

조금 전에 문안을 마치고 나간 동복형 임해에게는 이런 말을 하지 않았다. 눈에 열기가 오른 광해가 숨을 죽였고 선조의 말이 이어졌다.

"잘 컸다."

그러더니 머리를 끄덕여 나가라는 시늉을 했으므로 절을 한 광해가 일어섰다. 그 순간 목이 메고 눈물이 가득 고였으므로 광해는 머리를 숙인 채 눈을 치켜떴다. 눈물이 떨어지는 것을 겨우 참아내었다.

‡

4월 17일, 경상좌수사慶尙左水使 박홍이 보낸 전령이 한양 도성으로 뛰어들었다. 부산진에서부터 파발마를 갈아타고 나흘 만에 닿았다고 했다. 소문은 화살처럼 빠르다. 그날 유시(저녁 6시경) 무렵, 파발마를 탄 전령이 도성에 닿은 지 한 시진(약 2시간)도 안 되었을 때 광해는 직제학 최성연이 보낸 홍문관 응교 조권한테서 소식을 듣는다. 최성연이 임금 앞으로 불려가는 와중에도 조권을 시켜 상황을 알린 것이다.

"부산진이 함락되었다고 합니다."

조권이 말했지만 위급한 기색도 아니다. 사십대 중반의 조권은 최성연의 심복이다. 조권이 말을 이었다.

"경상좌수사 박홍이 보낸 전령이 나흘 만에 닿았습니다만 봉수대에서는 아직 전갈이 없습니다."

위급한 때 불을 켜는 봉화가 오르지 않은 것이다.

"직제학은 심상치 않다면서 저하께 말씀 올리라고 했지만 주상께서는 경연관에 계십니다."

광해가 머리만 끄덕였다. 그러고 보니 대궐 안도 평시와 같다. 앞쪽 마당을 지나는 내관들도 한가롭다.

‡

다음 날 파발마가 쏟아져 들어왔다. 경상우병사 김성일, 경상감사 김수, 경상우수사 원균 등이 잇달아 파발마를 보내 보고하면서 그제야 조정에서는 사태가 심각하다는 것을 깨달았다. 각기 보고의 내용이 모두 달랐고 원균은 전령을 잇달아 보내 보고 내용을 바꿨기 때문에 혼란이 가중되었다. 그러나 4월 14일, 부산진이 함락되고 동첨절제사同僉節制使 정발이 전사했다는 것부터 확인되기 시작했다.

"이어서 동래진東萊鎭이 함락되어 동래부사東萊府使 송상현이 전사했습니다."

이제는 대궐 뜰 안에서 최성연이 마주 보고 선 광해에게 보고했다. 주변을 내관이 내달렸으며 종사품 관복을 입은 관리 하나가 허둥대며 다가왔다가 광해를 보더니 질색을 하고 몸을 돌렸다. 승정원 관리였다.

"왜장은 고니시 유키나가, 가토 기요마사, 구로다 나가마사까지 확인이 되었습니다. 저하."

최성연의 두 눈이 번들거리고 있다.

"대란大亂이옵니다. 저하."

광해는 숨을 고른 채 시선만 준다. 왜군의 숫자는 십만으로 알려졌다. 왜선은 칠백여 척, 이곳저곳의 보고를 긁어모아 가장 근접한 숫자를 어림한 결과다. 왜구가 아니라 왜군이 침략한 것이다. 조선 왕조의 존폐가 태풍 앞의 촛불이 되었다.

‡

이곳은 종성에서 떨어진 만수산 골짜기의 외딴집, 사냥해온 노루 껍질을 벗기는 박성국에게 끝쇠가 달려왔다. 끝쇠는 근처 마을로 짐승 가죽과 양식을 바꾸려고 나갔던 참이다.

"나리 왜구가 쳐들어왔소!"

멀리서는 그렇게 외치더니 삼십 보쯤 거리로 다가왔을 때 다시 이렇게 소리쳤다.

"왜선 수천 척이 수십만 왜군을 태우고 쳐들어왔답니다."

이제야 박성국이 허리를 펴고 일어났고 끝쇠가 마당으로 뛰어들었다. 맨손인 것이 바꾼 양식은 어디에 둔 것 같다. 끝쇠가 헐떡이며 말을 이었다.

"나리! 부산진 동첨절제사가 죽고 동래부사도 죽었다고 합니다. 김해성까지 함락되어 경상도 전체가 왜적 수중에 들어갔다고 합니다. 도성은 피란길 궁리로 난장판이 되었다고 합니다."

이때가 4월 22일이었으니 워낙 벽지의 외딴집인 데다 조선 땅의 북쪽 끝이다. 소식이 늦은 셈이다. 그때 박성국이 들고 있던 노루 가죽을 내던지며 말했다.

"떠난다."

"예? 어디로 말씀이오?"

놀란 끝쇠가 물었고 부엌에서 나와 있던 옥덕이네도 한 걸음 다가섰다. 박성국이 두 종을 번갈아 보았다.

"나는 왕자 저하께 간다."

끝쇠는 숨만 죽였으나 옥덕이네는 아직 영문을 모른다.

"나리, 어디로 가십니까?"

옥덕이네가 묻자 어깨를 늘어뜨린 박성국도 그제야 평상심을 회복하고 말했다.

"국난國難이 났으니 나는 도성으로 내려가 광해 왕자 저하를 뵈올 것이네. 내가 이곳에서 머물고 있었던 것은 저하의 부르심을 기다린 것이었으나 이제는 내가 찾아 뵈어야 할 때가 되었구나."

박성국이 부드러운 시선으로 옥덕이네를 보았다.

"옥덕이네, 자네가 내 종이 되어 다섯 해가 넘도록 고생했으니

종문서를 돌려주고 속량贖良했다는 문서를 써줌세. 그리고 금자
열 냥을 줄 테니, 마을에서 주막이라도 하며 살게."

"나리."

벌써 목이 멘 옥덕이네가 박성국을 불렀을 때 끝쇠가 방으로 뛰
어들며 말했다.

"나리, 떠날 준비를 합지요."

미시(낮 2시경)쯤 되었다. 한낮의 햇살을 등에 받으며 박성국이
신발은 신은 채로 방에 뛰어든 끝쇠를 보며 마당에 서 있다. 끝쇠
는 따라갈 요량으로 두말하지 말라는 기세다.

"나리, 은혜가 백골난망이요."

뒤에서 옥덕이네가 훌쩍이며 말했다. 서운함과 고마움, 기쁨이
범벅이 된 목소리다. 박성국은 뛰는 가슴을 억누르며 길게 숨을 뱉
었다.

‡

선조 25년 4월 30일, 선조는 도성을 버리고 북상北上한다. 국난國
難에 임해 세자를 공석으로 둘 수 없다는 중론에 따라 임금은 광해
를 세자로 책봉했으나, 경황 중이어서 형식을 차리지도 못했다.

"세자께선 이 국난을 이기셔야 하오."

5월 2일 영의정에서 파직된 이산해가 광해에게 다가와 말했다.
저녁 무렵, 개성부開城府 남문 밖의 공서公署에 머물고 있는 임금의
피란 행차는 옹색했다. 임금은 어제 반나절 동안 물도 마시지 못했

54

는데 시중들 여관, 궁녀가 모두 도망쳤기 때문이다. 사흘 전 도성을 나왔을 때에는 만 하루를 굶었다. 임금이 드실 음식을 호위하는 군사들이 빼앗아 먹는 지경에 이르렀기 때문이다. 이산해가 앞에 선 광해를 보았다. 이때 이산해는 대간이 소疏를 올려 피란 중에도 영상직에서 파직되었고 유성룡이 영상에 올랐다. 이산해가 말을 이었다.

"세자께선 분조分朝를 일으켜 나가셔야 합니다."

"분조라니요?"

광해가 묻자 이산해가 길게 숨부터 뱉고 나서 말했다.

"조정을 둘로 나눠야 합니다. 그래야 한쪽이 망하더라도 다른 쪽으로 연명할 수 있지 않겠습니까?"

"⋯⋯."

"곧 평양으로 북상할 터이니 세자께서는 평양에서 갈라서시는 것이 낫습니다."

광해가 미처 말을 내놓기도 전에 이산해가 그 자리를 떠났다. 그때 담장 옆에 숨듯이 서 있던 홍문관 직제학 최성연이 다가왔다.

"세자 저하, 영상 말씀이 맞습니다."

최성연도 들은 것이다.

"함께 다니시는 것은 위험합니다. 이럴 때일수록 군신君臣은 일심一心으로 움직여야 하며 임금은 흔들리지 말아야 합니다."

그러나 다음 날 임금 선조는 유성룡을 파직시키고 좌상 최흥원을 영상으로 임명했다. 나랏일을 그르쳤다는 대간들의 탄핵을 들은 것이다. 이틀 사이 영상이 두 번이나 바뀐 셈이다.

‡

"왜군입니다."

놀란 끝쇠가 눈을 크게 뜨고 박성국을 보았다.

"아니, 벌써 이곳까지 올라오다니요?"

함흥 아래쪽, 금진강 지류의 하나인 개울가에 칠팔 명의 기마인 무리가 쉬고 있는데 떠들썩한 왜나라 말이 이곳까지 울리고 있다. 오시(낮 12시 경) 무렵, 북쪽에서 남하南下해오던 둘이 개울가에서 쉬고 있다가 다가온 한 무리의 기마군을 본 것이다. 이쪽은 풀숲에 가려져 있는 터라 개울가에 멈춰 선 기마인 무리는 눈치채지 못했다. 거리는 오십 보 정도, 박성국이 머리를 돌려 끝쇠를 보았다.

"정찰군이다."

그러자 끝쇠가 목을 움츠리며 말했다.

"입만 다물고 있으면 사냥꾼 무리처럼 보이겠습니다."

"저기 왼쪽 끝에 앉은 놈이 조선인 같다."

박성국이 개울가 왼쪽의 바위 위에 앉은 사내를 손으로 가리켰다.

"저놈이 조금 전에 개울물에 손을 담갔다가 앗, 차가워 하고 조선말로 소리 지르는 것을 들었다."

"나리, 어떻게 하시렵니까?"

끝쇠가 소리 죽여 묻자 한동안 정찰군 쪽으로 시선을 주던 박성국이 대답했다.

"말도 필요한데 잘되었다."

"나리, 그러시면….'

56

"놈들은 여덟, 해볼 만하다."

박성국이 옆에 놓인 각궁을 집어 들었다.

"끝쇠야, 너는 놈들의 뒤를 돌아서 막아라."

이제 박성국의 두 눈이 번들거린다. 살기殺氣다.

‡

"쌕!"

살이 바람을 가르는 소리가 귓전을 때렸다.

"억!"

오십 보밖에 되지 않아서 살은 가장 오른쪽에 앉은 사내의 가슴
에 깊게 박혔다. 그와 동시에 개울가에 앉아 있던 사내들이 일제히
일어섰는데 그중에는 몸이 빠른 사내도 있고 아직 눈치채지 못한
축도 있기 마련이다. 박성국은 두 번째 화살을 재면서 가장 빨리
일어선 가운데 사내의 가슴을 겨냥하자마자 당겨 쏘았다.

"쌕!"

날카로운 소리와 함께 다시 화살이 날아가 이미 반쯤 숙인 사내
의 가슴에 박혔다.

"윽!"

사내의 분한 표정이 보이고 신음이 생생하게 들렸다. 그때였다.

"우왓!"

강가에 떠들썩한 외침이 울리더니 왼쪽 사내가 앞으로 엎어졌
다. 끝쇠다. 반대편으로 돌아간 끝쇠가 돌팔매를 날린 것이다. 돌

팔매는 정확성은 떨어지지만 위력이 있다. 머리에 맞으면 머리통이 박살 난다. 끝쇠가 던진 돌팔매는 사내의 허리에 맞은 것이다. 치명상은 아니지만 운신에 장애가 생기고, 전장戰場에서는 그것이 바로 액운厄運이다.

"쌕!"

그 사이에 박성국이 쏜 또 한 대의 살이 이번에는 왼쪽 사내의 등판을 꿰뚫었다. 이제 무리는 사방으로 흩어져 뛴다. 이쪽으로 달려오는 사내는 둘.

"쌕!"

거리가 사십 보 정도였으니 실수가 있을 리 없다. 살은 이쪽으로 달려오는 사내의 미간에 박혔다. 비명도 지르지 못한 사내가 엎어졌을 때 처음으로 반격이 나왔다. 무리의 중심 부근에 있던 사내가 활을 들어 이쪽을 겨누고 쏜 것이다.

"쌕!"

순간 박성국이 몸을 비트는 바람에 살은 가슴을 스치고 지나갔다. 손가락 두께만큼의 간격을 두고 스친 것이다. 비틀지 않았다면 심장에 박혔다. 사내가 서둘러 두 번째 화살을 시위에 쟀을 때 박성국의 시위는 당겨졌고, 사내가 당겼을 때 박성국은 이미 시위를 놓았다.

"쌕!"

사내도 이쪽을 응시하고 있는 터라 재빨리 몸을 비틀었지만 이미 그것까지 겨냥한 박성국이다.

"윽!"

배에 화살이 박힌 사내가 허리를 굽혔을 때 두 번째 화살이 쟁여
졌고 발사되었다.

‡

둘이 도망쳤다. 그러나 다섯을 죽이고 하나를 포로로 잡았다. 노
획한 말이 여섯 필. 개울가에서 십 리쯤 떨어진 들판까지 옮겨 가
고나서 박성국이 잡아온 조선인을 심문했다. 조선인 포로는 허벅
지에 살을 맞은 채 잡힌 것이다.

"내 이름은 원구다."

사내가 어깨를 펴고 말했다. 허세는 섞였지만 당당한 자세다.

"내가 비록 잡혔지만 조선은 곧 망한다. 새 세상이 오는 것이다."

"누구 수하냐?"

박성국이 시큰둥한 표정으로 묻자 사내는 거침없이 대답했다.

"내가 모시는 대장은 일본 대장군 가토 기요마사 님이시다."

"그럼 내가 죽인 저놈들은 모두 가토의 수하들인가?"

"선발대다."

박성국이 똑바로 사내를 보았다.

"왜놈 앞잡이가 된 것이 자랑스러운 것 같구나."

"그렇다."

사내가 입술 골을 비틀고 웃었다.

"나는 광대다. 새 세상이 오면 광대에서 벗어나 영주가 되려고
했는데 분하다."

"천민이 영주가 된다는 말이냐?"

"너는 모르느냐? 일본 임금은 마부 출신이다. 일본은 종이 영주가 되는 왕국이다. 조선처럼 대를 이어서 양반놈들이 종을 부리지 않는단 말이다."

천천히 머리를 끄덕인 박성국이 자리에서 일어섰다. 끝쇠는 박성국의 눈빛이 가라앉은 것을 보았다.

2장
세자 광해(光海)

"서라!"

미시(낮 2시경)쯤 되었다. 이곳은 함경도 남쪽 오봉산 기슭, 말을 타고 산길을 걷던 박성국과 끝쇠는 벽력같은 외침에 멈춰 섰다. 이곳은 사람 하나가 겨우 다닐 수 있는 산길인 데다 경사가 심해서 겨우 한 걸음씩 나아가고 있던 참이다. 그때 앞쪽 숲에서 어른거리는 인기척이 있고 좌우의 바위 뒤에서도 칠팔 명이 나왔다. 산적이다. 모두 손에 병장기를 들었는데 낫도 있고 죽창도 있다. 앞을 막은 대여섯 중 셋은 환도를, 둘은 몽둥이를 쥐었다.

"말에서 내려라!"

다가온 산적들이 박성국의 말고삐를 잡았고 뒤를 따르던 끝쇠에게 몰려가서는 다리를 잡아 끌어내리는 중이다. 마치 개미 떼가 먹이에 달려든 것처럼 맹렬한 기세였고 조금도 망설이는 기색이 없다. 말에서 내린 박성국은 십여 명의 산적에 둘러싸였는데 떠들썩한 소동이 한참이나 계속되었다. 꾸역꾸역 산적들이 더 몰려왔고 나중에는 아이들과 아녀자까지 뒤에서 구경하는 것이다.

"말이 여섯 필이야."

"이봐, 활이 그럴듯하군, 화살도 많아."

"양식도 있어."

"여기 금자가 다섯 냥이야!"

소음이 더 높아지면서 나중에는 박성국과 끝쇠가 한쪽에 밀려서 있는 꼴이 되었다. 끝쇠가 박성국을 보았다. 민망한 표정이다. 박성국이 차고 있던 전대까지 다 빼앗기도록 두 손을 늘어뜨리고만 있었기 때문이다. 산적이 나타난 후부터 박성국은 입도 열지 않았다.

"어떻게 할까? 이놈들 그냥 없앨까?"

얼굴은 삼십대였지만 총각의 긴 머리채를 감아 수건으로 묶은 사내가 소리쳐 물었을 때다.

"안 돼, 살려 보내!"

여자의 목소리가 울렸으므로 박성국이 머리를 들었다. 사람들을 헤치고 미소년이 다가왔다. 남장한 여자다. 바지저고리 차림에 머리는 수건으로 묶어 남자 행세를 했지만 용모는 섬세했고 가슴이 솟아올랐다. 다가온 여자가 주위를 둘러보며 말했다.

"말 두 필도 돌려주거라. 그리고 전대와 활과 칼도."

"아니 아씨, 그럼 우리 위치가 발각됩니다. 안 됩니다."

늙수그레한 사내가 항의했지만 여자의 목소리가 높아졌다.

"무고한 행인 해치자고 산에 숨었단 말이냐? 이 사람은 보아하니 관인官人이다."

그러면서 여자가 박성국에게 '병마만호'의 글씨가 수놓아진 가죽 손덮개를 내밀었다. 글씨가 손톱만 한 데다 낡아서 잘 보이지도 않았는데 말에 실린 짐을 뒤지다가 찾아낸 것이다.

"네가 병마만호의 수하냐?"

여자가 물었으므로 모두의 시선이 모아졌다. 좁은 산길을 빽빽하게 둘러싼 산적은 족히 오륙십 명은 되어 보였다. 박성국이 손덮개를 내려다보았다. 국경의 겨울, 저 손덮개를 하고 말달리면서 여진과 싸웠다. 박성국이 머리를 들고 대답했다.

"내가 전前 병마만호 박성국이다."

그 순간 주위가 술렁였고 여자의 눈동자가 흔들렸다. 박성국이 말을 이었다.

"피란 가는 백성들 같은데 산적이 되었는가? 이제 왜군과 관군을 함께 맞으려고 하느냐?"

"그대는 모른다."

여자가 차갑게 말하더니 주위를 둘러보았다. 조금도 위축되지 않는 자세다.

"이 사람들 끌고 불당으로 돌아가자. 묶을 필요도 없다."

그러더니 박성국에게 시선을 돌렸다.

"따라오시오, 만호."

✝

불당佛堂이라고 했지만 두 평쯤 되는 당堂을 만들고 안에 작은 불상 하나를 모신 곳이었다. 그러나 요지要地다. 앞은 개울이 흘러 시야가 트였고 좌우는 깎아놓은 것 같은 절벽이며 뒤쪽은 깊은 숲이다. 숲이 깊은 데다 산꼭대기 근처여서 그야말로 은신하기에는 천혜의 땅이었다. 그곳에 남녀, 애 어른 할 것 없이 칠십여 명이 가 건물 십여 채를 세워놓고 거주했는데, 가까운 마을에서 오십여 리나 떨어진 첩첩산중이다. 산채 복판의 가건물로 끌려간 박성국에게 여자가 마루에 앉기를 권하면서 말했다.

"나는 전前 참판의 며느리인 이씨라고 하오."

마당에는 십여 명의 사내가 이곳저곳에 모여서 이씨와 박성국을 바라보고 있다. 박성국이 시선만 주었더니 이씨가 말을 이었다.

"도무지 그대는 말이 없구려, 산채에 끌려왔어도 무서워하는 기색이 없으니 우리가 장난질이라도 하는 것 같소?"

"아니, 그렇지는 않소."

쓴웃음을 지은 박성국이 마당의 사내들을 둘러보며 물었다.

"지금까지 산적질은 몇 번이나 하셨소?"

"그건 왜 묻소?"

"너무 익숙한 듯해 그렇소."

그러자 이씨가 눈을 깜박이며 박성국을 보았다. 스물대여섯이나 되었을까? 얇은 입술은 다부지게 닫혀졌고 눈꼬리가 조금 위로 솟아서 야무진 인상이다. 그때 이씨의 시선이 마당에 서 있는 사내들을 훑고 지나갔다. 사내들도 모두 박성국의 말을 들었다. 그러나 눈동자만 굴릴 뿐 별 다른 반응은 없다. 그때 이씨가 다시 박성국을 보았다.

"지금 비꼬시는 것이오?"

"이제 아셨소?"

"목숨이 경각에 달려 있다는 것을 잠깐 잊으신 모양이오."

"내가 정녕 모르고 있다가 잡힌 것 같소?"

불쑥 박성국이 묻자 이씨의 눈 주위가 붉어졌다. 그것이 요염하게 보였으므로 박성국은 숨을 들이켰다. 박성국이 말을 이었다.

"산길을 걷는데 이미 백여 보 앞에서도 소음이 들렸소. 조용히 하라는 그대의 꾸짖는 말도 두 번이나 들었소."

어깨를 편 박성국이 마루에 앉아 마당의 사내들을 보았다. 이제는 엄격한 표정이 되어 있다.

"나는 사흘 전에 왜군 선봉대 여섯을 죽이고 내려오는 길이오. 그들과 비교하면 이곳 산적들을 잡는 것은 발로 벌레를 문질러 죽이는 것과 같소."

"무, 무엇이?"

제법 결기가 있어 보이는 사내 하나가 마당에서 어깨를 부풀리며 나섰다가 박성국의 눈빛을 받더니 뱀 앞의 쥐처럼 굳어졌다. 박성국이 말을 이었다.

"내 앞으로 우, 하고 몰려오는 것이 방물장수한테 몰려가는 사람들 같았소. 칼로 한 번 후려치면 모두 무사하지 못했을 것이란 말이오."

이제 마당은 조용해졌고 박성국의 목소리가 사방으로 퍼졌다.

"내, 자세한 연유는 알 수 없으나 당신들이 지금처럼 지내다가는 관군이건 왜군이건 누군가에게 몰사당할 것이라는 건 확실히 알고 있소. 그런 연유에서 하는 말이니 내가 당신들을 훈련시켜드리리다."

여자의 이름은 이경李景, 전前 승지 이유훈의 딸로 전前 참판 조희만의 아들 조성하와 혼인을 했으나, 두 해 만에 남편이 병으로 죽고 과부가 되었다. 슬하에 소생이 없었지만 시아버지 조희만을 모시고 세 해 동안 시집살이를 하다가 난리를 만난 것이다.

열흘 전, 성천현령 윤시백이 왜군이 온다는 기별을 듣고 야반도 주하는 바람에 고을은 무주공산이 되었다. 양반집 가문들은 그다음 날 바로 가솔家率들을 이끌고 임금이 피란을 온다는 평안도로 떠나거나 산으로 들어간 것이다. 그런데 시아버지 조희만은 달랐다. 도망치지 않은 관속 몇 명과 장교를 모으고 상민, 천민까지 끌어들여 의병을 조직했는데 사흘 만에 이백여 명이 되었다고 했다. 그런데 이게 무슨 날벼락이란 말인가? 성천을 지나가던 함경도 병마사란 인간이 의병을 왜군과 결탁한 향도의 무리로 오인하고 기습해서 십여 명을 살상했다. 그러고는 항의하는 시아버지 조희만을 역모의 무리로 몰아 처형한 것이다.

분개한 이씨가 흩어진 의병을 모아 이곳 운석산으로 들어온 것이 오늘로 엿새째가 되는 날이다. 내막을 다 털어놓은 이씨가 외면한 채 말을 맺었다.

"행인을 잡은 건 오늘이 처음이오. 양식이 떨어지고 있어서 어젯밤에 산적 노릇을 하기로 결정을 했습니다."

다시 이씨의 눈 주위가 붉어져 있다.

‡

술시(밤 8시경)가 조금 넘은 시각. 가건물 안에 모인 산적 무리는 모두 여덟, 그중에는 이경과 박성국, 끝쇠까지 포함되어 있다. 관솔불이 타오르면서 그림자가 흔들렸다. 5월 중순, 박성국이 남하한 지 보름이 되었다. 도중에 세자의 향방을 잘못 듣고 강원도까지 남하했다가 북상했으며 금강산 입구에서는 피란민을 수습하느라 나흘을 허비하기도 했다. 박성국이 머리를 들고 산적 무리를 보았다. 이제 이씨를 비롯한 산적 수뇌부는 박성국을 어느 정도 신뢰하고 있다.

"이곳은 방어하기에 천혜의 요새요. 앞면의 바위에 다섯만 배치해서 활을 쏘게 하면 한나절 동안은 적이 불당 근처에 들어오지 못할 것입니다."

박성국의 시선이 이경과 산적 사내들을 스치고 지나갔다. 모두 농사를 짓던 상민과 종, 의병에 끼어든 중도 있다.

"그동안 뒤쪽 숲을 통해서 빠져나갈 수가 있소."

모두 대답하지 않았고 눈동자만 굴리고 있다. 그때 박성국이 이경에게 물었다.

"병마사란 위인은 지금 어디에 있소?"

"그 서북방으로 오십여 리 떨어진 용문현에 있습니다."

대담한 사내는 중이다. 머리에 상제 두건을 쓴 중이 박성국의 시선을 받았다.

"제가 이곳에 오면서 제 동문 아무개한테서 들었지요. 용문현 현청에서 관군 삼백을 모아놓고 있는데 군량을 모은다고 백주에도 민가를 약탈한다고 합니다."

병마사는 종삼품 관직이며 각 고을 수령도 겸직할 수 있다. 병마사는 종이품인 병마절도사나 각 도에 한 명씩 임명된 정삼품 순영중군의 지휘를 받지만 지금은 난리 중이다. 박성국이 남하하는 동안에도 병마사를 여럿 보았고 순영중군이 도道에 두 명, 세 명이 나타났다가 사라졌다. 조정의 기강이 해이해졌고 기능이 무너졌기 때문이다. 박성국의 시선이 이경에게 옮겨졌다.

"그 병마사가 성천 의병을 참판 댁 며느리가 이끌고 있다는 것을 알고 있습니까?

"네, 알고 있습니다."

대답은 종 출신의 의병 장희가 말했다. 기골이 큰 사십대 사내다. 장희의 시선이 이경을 스치고 지나갔다.

"마님께서 그놈 고태선이한테 꼭 원한을 갚겠다고 공언하신 것을 듣고는 눈에 불을 켜고 찾는다고 합니다."

고태선, 그 병마사의 이름이다. 같은 무관이지만 처음 듣는 이름이어서 박성국이 가만히 있을 때 누군가가 나섰다. 참판 댁 문객門客이던 허생원이다.

"고태선이는 평안도 양재군에서 참봉 소리를 듣고 있긴 했지만 문, 무과에 든 적이 없는 건달이오."

사십대의 허생원이 주위 시선을 받더니 헛기침을 했다.

"그러다 이번 난리가 터지자 평안도 비변사備邊司 조해문의 막하에 들더니 곧 병마사를 따고 함경도로 왔습니다. 들리는 소문으로는 주상께서 개성을 떠나실 때 큰 공을 세웠다고 하오."

그때 박성국이 머리를 돌려 이경을 보았다.

"잘 알았소. 이제 성천 의병이 살길을 본 것 같소."

‡

"주상께서 평양을 떠나시겠다고 합니다."

최성연이 다가와 말했으므로 광해는 수척해진 얼굴을 들었다. 이곳은 평양성 동문 안, 미시(낮 2시경)였지만 주위는 어둡다. 곧 비가 내릴 것 같다. 동문 순시를 나온 광해의 뒤를 장교 둘만 따를 뿐이다. 이제는 모두 경황이 없어서 전처럼 광해의 일거수일투족을 주시하지 않는다. 알고 있는 사실이어서 광해가 머리를 끄덕였다.

"나도 곧 분조로 떠나야 할 것 같소. 어제 황해도 순영중군 최동훈이 내 경호대장으로 임명되었고 이조참판 윤시욱이 내 보좌역이 되었소."

최성연이 옆으로 다가섰다.

"세조 저하, 저도 따르지요."

"허락하시겠는가?"

"병을 핑계로 도망친 고관高官이 절반이 넘습니다. 저는 몰래라도 따르겠습니다."

광해는 머리만 끄덕였다. 최동훈과 윤시욱도 동인으로 이산해의 심복인 것이다.

"육지에는 믿을 만한 장수가 없구나."

광해가 혼잣소리로 말했지만 최성연에게는 가슴에서 쥐어짜낸 말처럼 느껴졌다.

‡

왜군은 이미 각지에서 조선군을 대파하고 평양성 밖에 이르렀다. 조선군 지휘부의 무능과 무책임, 그리고 비겁함은 군사들은 물론이고 백성들이 왜적보다 더 증오하는 형편이었지만 임금에 의해 중용重用되고 또 중용되었다. 도원수 김명원이 그렇다. 선조 22년 정여립의 옥사를 수습한 공으로 평난공신 삼등에 책정되더니 왜란이 발발하자 곧 순검사, 팔도도원수가 되어 도성 방어를 맡았다. 그러나 김명원은 왜군이 한강으로 다가오자 병기, 화포, 기계를 모두 강물에 집어넣고 다른 옷으로 갈아입고 도망쳤다. 싸우지도 않고 도망친 것이다. 그러나 임금은 김명원의 죄를 묻지도 않았다. 김명원은 오히려 공을 세운 부원수 신각을 모함했는데 그 말만 믿은 임금이 선전관을 보내 신각을 베어 죽였으니 그 임금에 그 신하다. 또한 왜란이 일어나기 전에 도요토미 히데요시를 만나고 와서 정사正使 황윤길과는 정반대로, 도요토미 히데요시가 작고 왜소해서 조선을 침략할 인물이 못 된다고 말한 부사 김성일에 대한 처리도 그렇다. 왜란이 일어나자 임금은 당장 김성일을 잡아 오라고 선전관을 보냈다가 동인인 유성룡을 비롯한 대간들이 김성일을 옹호하자 소환을 취소했다. 김성일이 동인이었기 때문이다. 오히려 김성일은 경성우병사에서 비변사로 승진했다. 다만 해상은 전라좌수사 이순신의 활약으로 연승을 거두는 중이었다. 5월 초, 이순신은 목포, 합포, 적진포 해전에서 왜선을 대파하고 해상권을 장악했다. 경상우수사 원균의 지역인 거제도 근처까지 들어가 거둔 승리였다. 이순신의 활약마저 없었다면 조선 땅은 들개 떼에게 뜯어 먹힌 시체 꼴이 되었을 것이다.

‡

평양성 안, 평안감사가 집무하던 청 안에 선조가 앉아 있다. 앞에는 명에서 돌아온 선전관, 유평수가 엎드려 있다. 명에 원병을 청하려고 청원사請援使 이덕형이 가 있었지만 유평수는 다른 일로 다녀왔다. 유평수가 머리를 들고 임금을 보았다.

"명 조정에서는 왜군이 너무 빨리 북상해오는 것을 의심하고 있습니다. 심지어 조선군이 왜군을 인도해오고 있다고까지 했습니다."

"무엇이?"

기가 막히다는 표정을 짓고 선조가 주위를 둘러보았지만 아무도 눈을 맞추지 않는다. 유평수가 말을 이었다.

"다만 병부상서 석성이 노고를 치하하고 좋은 말로 위로했지만 전하께서 월경越境하는 것은 아직 허락할 수 없다고 했습니다."

청 안은 이제 숨소리도 들리지 않는다. 선조는 명황제에게 국경을 넘어 명으로 피신하게 해달라고 청했던 것이다. 그러나 거절당했다. 어깨를 부풀렸다가 내린 유평수의 목소리가 청을 울렸다.

"조선 조정이 전하를 따라 명에 입국하면 왜군을 끌어들이는 형국이 될 것이며 아직 명 조정의 의심이 풀리지 않았으니 당장 입국은 어렵다고 했습니다."

이제 선조는 눈만 껌벅였고 유평수의 목소리는 한없이 가라앉았다.

"꼭 입국하신다면 전하를 포함해서 백 명만을 받아들이도록 황제께 주청해보겠다고 하십니다."

청 좌측에 선 홍문관 직제학 최성연이 소리 죽여 숨을 뱉는다. 그러고 보니 앞에 선 대신의 어깨도 처져 있다.

‡

"저기 있소."

하면서 중 도솔이 가리킨 앞쪽에 장교 십여 명에 둘러싸인 관리가 있다. 말총갓을 쓰고 허리에는 환도를 찼는데 거드름을 피우면서 지시를 하고 있다. 이곳은 용문현청 앞쪽의 대로변으로 오가는 행인이 많았지만 대부분 피란민이다. 이경은 오늘도 남장 차림으로 상인들이 쓰는 삿갓을 써서 머리를 숙여야만 얼굴이 보인다.

"부인, 내가 이야기를 끝내면 바로 불당으로 돌아가시오."

삿갓을 조금 젖힌 이경이 시선만 주었고 박성국이 말을 이었다.

"이야기가 잘 끝날 테니 부인께서는 너무 걱정하지 않으셔도 될 것이오."

"나리."

이경이 이제는 박성국을 나리라고 부른다. 이번에도 눈 주위가 붉어진 이경이 박성국을 보았다.

"나리께서는 곧장 떠나십니까?"

"그렇소, 세자 저하를 뵈어야 합니다."

박성국의 시선이 사십 보쯤 앞쪽의 병마사 고태선에게로 옮겨졌다. 오봉산의 불당에서 나왔을 때는 인시(새벽 4시경) 무렵이다. 용문현청에 진을 치고 있는 병마사 고태선이 더 이상 성천 의병을 해코지하지 않도록 다짐을 받아주겠다면서 나온 것이다. 박성국은 증인으로 이경을 대동했는데 중 도솔과 이경의 시댁 시종인 장쇠, 문객이었다가 의병이 된 허생원까지 동행했다. 박성국이 이경의 시선을 받은 채 말을 이었다.

"몸 보중하시오. 꼭 다시 찾아뵈리다."

이경이 입술을 달싹였지만 말은 나오지 않았다.

‡

"성천 역도놈들은 오봉산에 박혀 있겠지만 곧 소탕할 것이야."

고태선이 어깨를 펴고 말했다. 현청 대문 앞은 언제나 오가는 인파가 많았지만 요즘은 난리를 만나 줄어들었다. 현청 대문 앞에서 세 방면으로 길이 나눠지기 때문이다.

"의병을 가장한 향도 놈들을 조심해야 돼."

현청으로 발을 떼면서 고태선이 말을 이었다. 그러나 그가 전前 참판 조희만을 잡아 죽인 것은 홧김에 저지른 것이다. 성천 의병 중 한 놈이 왜적 앞잡이인 향도와 비슷하다는 장교의 말을 듣고 불시에 기습한 것이 화근이었다. 놀란 성천 의병들이 반항하는 바람에 싸움이 일어났고 십여 명을 살상했다. 그러자 조희만이 대든 것이다. 이제 방법은 하나다. 관군을 동원해서 골짜기에 숨은 성천 의병 잔당을 모조리 죽여 입을 막는 것뿐이다. 그때 두건을 쓴 사내 하나가 다가왔으므로 고태선의 시선이 고정되었다. 육 척 장신에 허리에는 칼을 찼다. 다리에 가죽 덮개를 했고 조끼를 입은 것이 여행자의 행색이다. 세 발자국쯤 거리로 다가왔을 때 장교 하나가 물었다.

"누구시오?"

사내의 표정이 태연했기 때문에 장교의 물음도 건성이다. 네 앞에 병마사가 계시니 조심해서 비켜 가라는 투다. 그때 사내가 한 걸음 거리로 다가오면서 웃었다.

"더러운 놈."

고태선은 물론이고 주위에서 함께 걷던 장교 넷도 다 들었다.

‡

박성국이 거침없이 다가갔으므로 중 도솔이 마침내 한마디 했다.

"혹시 박 만호께서 저놈을 아는 게 아닐까?"

그때였다. 한 걸음 앞으로 다가간 박성국이 허리에 찬 칼을 후려 치듯이 뺐었는데 그 칼바람에 핏줄기가 뿜어났다.

"아앗."

외침 소리는 넷의 입에서 일제히 터져나왔다. 고태선과의 거리 가 삼십여 보였기 때문에 그쪽의 외침도 동시에 일어났다.

"앗!"

옆쪽 장교들이 외침을 뱉었을 때 목이 잘린 고태선이 비틀거리 며 세 걸음이나 걸었다. 끔찍한 모습에 비명이 이어졌다. 두 손으 로 목을 감싸 쥐었지만 핏줄기가 석 자 정도는 손가락 사이로 뿜 어져 나오고 있다. 그때 이경은 박성국이 앞쪽으로 달려가는 것을 보았다. 장교들은 박성국을 보았지만 쫓지도 못하고 있다. 그때 말 발굽 소리가 들렸다. 말 두 필이 맹렬한 속도로 달려오고 있다. 앞 선 기수를 본 이경이 또 눈을 치켜떴다. 박성국의 부하 끝쇠다. 종 이었다가 장교가 되었다고 했던가? 이곳까지는 같이 왔다가 잠깐 말을 끌고 사라지더니 그새 나타난 것이다. 그때 달려온 말이 옆 을 지날 때 박성국이 한 손에 칼을 쥔 채로 뒤쪽 말에 뛰어올랐다. 끝쇠가 뒤에 빈 말을 끌고 달려온 것이다. 끝쇠가 던져준 말고삐를 잡아챈 박성국이 말에 박차를 넣었다. 두 필의 말이 쏜살같이 달리 는 바람에 행인들이 좍 갈라졌다. 그러더니 순식간에 모퉁이를 돌 아 보이지 않았다.

"저것 좀 보시오."

그제야 정신이 든 허생원이 가쁜 숨을 헐떡이며 앞쪽을 가리켰 다. 장교들에게 둘러싸인 고태선이 길바닥에 널브러져 있다. 피가 쏟아져 나와서 흥건하게 고였는데 장교들도 피를 밟지 않으려고 이리저리 비켜서고 있다. 이제 장교들의 시선은 모두 시체가 된 고태선에게 내려져 있다. 아무도 두 필의 말이 사라진 모퉁이 쪽을 보지 않는다. 행인들이 모여들기 시작했다.

"가십시다, 마님."

그때 장쇠가 이경에게 붙어 서면서 말했다. 장쇠의 눈이 번들거린다.

"제 평생 그런 칼솜씨는 처음 보았습니다, 마님."

장쇠가 어깨를 부풀렸다가 내리면서 말을 이었다.

"저렇게 이야기를 끝내셨군요. 과연 이제 걱정하지 않으셔도 되겠습니다."

이경의 눈 주위가 다시 붉어졌다.

‡

선조가 세자 광해를 보았다. 평양성의 분위기는 시간이 지날수록 험악해지고 있다. 청 안으로도 타는 냄새가 흘러들어왔다. 왜군이 성 밖 이쪽저쪽에 불을 놓았기 때문이다.

"내가 평양성을 떠난다는 소문을 듣고 성안 민심이 흉흉하다고 한다. 네가 대동문에 나가서 백성들에게 이곳을 굳게 지킬 테니 불안해하지 말라고 이르거라."

"예, 전하."

"당장 나가 일러라."

허리를 숙여 보인 광해가 청을 나왔다. 신시(낮 4시경) 무렵이다. 대문 밖으로 나온 광해에게 뒤쪽에서 정철이 서둘러 다가왔다. 정철은 이제 임금 측근에 머물고 있으나 얼굴에 지친 기색이 가득하다. 다가선 정철이 목소리를 낮추고 말했다.

"저하, 백성들에게 거짓말을 하는 셈이 될 터이니 저하께서는 서 계시고 소신이 옆에서 외치겠습니다."

쓴웃음을 지은 광해가 발을 떼었고 정철이 옆을 따른다. 광해가 말을 이었다.

"세자 체면 따위는 아무것도 아닙니다. 주상 말씀대로 하겠소."

‡

"세자 저하의 말씀은 못 믿겠소!"

사내 하나가 벌떡 머리를 들고 소리쳤다. 사십대쯤으로 평양 상인商人의 우두머리 중 하나다. 사내가 다시 소리쳤다.

"도성을 도망쳐 나올 때에도 백성들에게는 지킨다고 해놓고 야반도주를 하셨지 않습니까?"

작심을 한 듯 사내의 시선은 광해에게서 떠나질 않았다. 광해는 당황했지만 곧 마음을 굳게 먹었다. 이것은 처음 백성을 상대하는 것이다. 앞에 엎드린 부로父老 십여 명은 백성의 대표다.

"그런가? 상황이 급변해 백성들에게 설명할 여유가 없었다."

겨우 그렇게 대답했을 때 이번에는 여럿이 함께 소리쳤다.

"왜 백성을 성안에 가둬놓고 도망치시오? 그것은 백성을 인질로 내놓고 가는 것 아닙니까?"

"왜놈들이 백성의 귀를 떼어가는 시간을 벌려는 것 아니오?"

"어허, 네 이놈! 무엄하다!"

옆에 서 있던 정철이 상기된 얼굴로 발을 굴렀고 순영중군 최동훈이 칼자루를 쥐었다. 그때 부로 뒤쪽에 몰려 서 있던 수백 명의 백성이 아우성을 쳤다. 위축되어 있다가 부로들의 호통에 기가 살아난 것이다. 기가 살면서 지금까지 쌓인 조정과 탐관오리의 무능에 대한 분노가 폭발했다.

"임금도 다 필요 없다!"

"임금은 무슨 임금! 백성 없는 임금이 있다더냐! 제일 먼저 도망질을 하는 것이 임금 노릇이냐!"

이곳저곳 아우성이 하늘로 치솟았다. 뒤쪽 백성들이 부로들을 밀어젖히면서 밀려나왔으므로 광해의 얼굴이 새하얗게 굳었다. 예상하지 못했던 일이어서 정철도 어, 어 하는 소리만 뱉는다.

"저리 비키지 못하느냐!"

경호대장 최동훈도 놀란 것은 같다. 칼을 빼 들려던 최동훈이 백성들의 기세에 눌려 주춤거렸고, 그것을 본 장교 십여 명도 겁을 먹었다. 유시(저녁 6시경)쯤 되었다.

"임금을 죽여라!"

"이럴 바에는 새 세상을 만들자!"

뒤쪽 상민 한두 명이 소리치면서 군중은 눈이 뒤집히기 시작했다. 순영중군 최동훈이 두어 걸음 물러선 것이 군중의 기세를 더 부추겼다. 장교들은 이제 광해보다 더 뒤쪽으로 우르르 물러섰고 부로들을 제치며 군중이 덤벼들었다. 일촉즉발.

"임금 없는 세상에서 살자!"

바로 그때다. 몸을 굳힌 채 숨도 죽이고 대동문 돌벽 위에 서 있던 광해는 군중 사이에서 번쩍이는 물체가 재빨리 앞쪽으로 나서는 것을 보았다. 그것은 바로 칼이었다. 한 사내가 쥐고 있는 칼이 석양의 비스듬한 빛을 받아 반짝이고 있다. 그 칼이 이제는 군중 속에 있다가 맨 앞으로 나와 악을 쓰며 선동하는 사내 옆으로 다가간다.

"앗!"

그 순간 짧은 외침은 광해와 그 옆에 서 있던 정철의 입에서도 동시에 일어났다. 칼빛이 번뜩이면서 핏발이 허공으로 뿜어져 나온 것이다. 맨 앞 사내의 목이 단칼에 베어졌다.

"으악!"

비명과 외친 소리는 군중 사이에서 들렸다. 목이 잘린 사내가 머리 없는 몸으로 세 걸음을 걸었으므로 군중의 비명이 더 커졌다. 잘린 목에서 피가 분수처럼 치솟고 있다. 그때 칼을 든 사내가 이제는 입을 딱 벌리고 선 또 하나의 선동자 옆으로 다가가서니 다시 칼을 내려쳤다. 거침없는 동작이다.

"으악!"

놀란 외침 소리는 수십 명의 입에서 동시에 터져 나왔다. 이번에는 사내가 머리를 잃은 채 뒹굴었고 목을 벤 사내는 허리를 굽히더니 잘린 머리를 손으로 집어 들었다. 그리고는 머리통을 치켜들면서 소리쳤다.

"이놈들! 너희들이 반역도임을 아느냐!"

사내의 목소리가 대동문을 울렸다. 그것도 군중이 어느새 숨을 죽이고 있다는 표시였다. 사내가 피가 줄줄 흘러내리는 머리통의 머리칼을 움켜쥐고는 다시 흔들었다. 머리가 덜렁거리며 흔들린다.

"이놈들! 역도들은 모조리 베어 죽인다!"

그때 광해는 군중이 일제히 등을 보이며 도망치는 것을 보았다. 엎어지고, 자빠지면서 도망쳤는데 숨 다섯 번쯤 쉬고 났더니 대동문 앞마당에는 시체 두 구와 사내만 남았다.

‡

정철의 지시로 순영중군 최동훈이 사내를 데려올 때까지 광해는 사내에게서 시선을 떼지 않았다. 사내는 육 척 장신에 눈빛이 맑았다. 호남이다. 한눈에도 무인임을 알겠다. 칼집에 칼을 꽂고는 두 손을 모으고 다가온다. 최동훈은 뭔가 못마땅한 듯 찌뿌둥한 표정이다. 그럴 수밖에 없다. 최동훈은 패장인 것이다. 사내가 세 걸음 앞에 섰을 때 먼저 입을 뗀 것은 정철이다. 정철이 호의에 가득 찬 얼굴을 숨기지 않고 물었다.

"그대, 무반이 틀림없네. 그렇지 않은가?"

그때 사내가 털썩 무릎을 꿇더니 광해를 보았다. 이십대 중반쯤 되었을까? 광해는 이렇게 절절한 눈빛은 처음 보았다.

"전前 함경도 종성 병마만호 박성국이 세자 저하를 뵙습니다."

숨이 탁 막힌 광해가 입을 벌렸고 눈빛이 흐려졌다. 그때 사내의 목소리가 귓속으로 파고들었다.

"저하를 모시고자 왔나이다. 받아주시옵소서."

‡

다음 날 오전, 정철로부터 자초지종을 들은 임금 선조가 말했는데 건성이다.

"역도들을 제압했다니 장하다. 그자 이름이 무엇이라고 했소?"

"예, 전前 종성 병마만호 박성국입니다. 전하."

정철의 시선이 동인 이산해, 유성룡의 얼굴을 스치고 지나갔다. 그런데 그들의 표정도 어둡다. 어제 대동문 밖 사건을 모두 들었기 때문이다. 폭동이 일어난 것이다. 예삿일이 아닌 것이다. 그때 정철이 말을 이었다.

"전하, 박성국이 병마만호에서 파직된 신분이나 공이 큽니다. 무장이 하나라도 아쉬우니 복직시켜 싸우다 죽게 하옵소서."

"그리하라."

"이번에 세자가 분조로 떨어져 나가니 세자와 함께 싸우도록 하는 것이 합당할 줄 압니다."

"시행하라."

던지듯이 말한 선조가 머리를 돌려 팔도도순찰사 한응인을 보았다.

"평양성이 안전하겠느냐?"

이것은 밖의 왜군보다 안의 폭도에 대해서 묻는 것이다. 선조는 정철이 박성국에 대해서 말하는 동안 그 생각을 한 것이다. 그것이 박성국에게 다행이었다.

‡

그날 저녁, 광해의 처소에 선전관 하나가 들어왔다. 술시(저녁 8시 경)가 지난 시간이어서 광해는 방에 촛불을 켠 채 혼자 앉아 있다.

"저하, 신 박성국이 인사드립니다."

종사품 선전관이 된 박성국이 인사를 올린 것이다. 광해가 얼굴을 펴고 웃었다.

"먼 길을 와주었구나. 고맙다."

"저하."

호흡을 가눈 박성국이 무릎을 꿇고 절을 했다.

"저하께서 보내주신 서신, 지금도 가슴에 품고 있사옵니다."

"그런가?"

광해의 얼굴이 더 밝아졌다.

"홍문관 직제학 최성연에게 자네와 신할에 대한 이야기를 전해 듣고 보낸 것이네."

"예."

"정 정승도 그대를 내 옆으로 데려오려고 애를 많이 썼어."

"예."

"잘 왔어. 어디 민심 이야기나 듣자."

광해가 고쳐 앉더니 박성국에게 손짓을 했다.

"선전관 그대도 편히 앉으라."

‡

"왕은 세자에게 분조를 맡기고 명과의 국경인 의주로 피란할 것 같습니다."

미우라가 말하자 하나는 엷은 입술 끝을 올리며 웃었다.

"이미 조선 땅은 일본국 수중에 들어왔어. 명의 원군이 온다고 해도 전세를 뒤집지는 못할 것이야."

하나는 상투를 틀어 올리고 남장을 했지만 고운 얼굴을 숨기지는 못했다. 그래서 외출할 때마다 삿갓을 눌러써야만 한다. 평양성 동문 근처의 허름한 초가 안이다. 마당에 피란민 행색의 상민 서너 명이 모여 앉아 있었지만 그들도 모두 하나의 부하들이다. 미우라가 조심스러운 시선으로 하나를 보았다.

"아씨, 문간방에서 조선 궁의 무수리가 기다리고 있습니다만."

"금붙이 몇 개하고 후추를 반 근만 싸줘."

"예."

머리를 숙여 보인 미우라가 방을 나갔다.

하나의 본명은 하나코. 고니시 유키나가의 가신家臣 아베 산자에몬의 딸로 다섯 해 전부터 조선 땅에 밀파되어 밀정 노릇을 했다. 조선말이 유창할 뿐만 아니라 풍속에도 통달해 아녀자 행색을 하고 나서면 아무도 의심하지 않는다. 그때 열린 문 앞으로 정보원 한 조가 다가와 섰다. 한조는 양반 차림으로 머리에는 해진 갓을 썼다.

"아씨, 대동문 앞 난동을 수습한 놈이 전前 종성 병마만호 박성국이란 무장이라고 합니다."

하나의 시선을 받은 한조가 말을 잇는다.

"난동을 수습한 공으로 종사품 선전관으로 복직되어서 광해의 경호를 맡게 되었습니다."

"이것이 어디 나라냐?"

하나가 다시 입술 끝을 비틀고 웃었다.

"외침外侵을 받은 왕이 도망칠 궁리만 하니 그 누가 왕조에 충성을 바치겠느냐? 백성들만 불쌍할 뿐이다."

그때 무수리를 보낸 미우라가 돌아와 한조의 옆에 섰다. 궁에서 사는 무수리는 하나의 밀정이었다.

"아씨, 후추를 받은 무수리가 좋아서 어쩔 줄 모르더군요. 마침 궁에 후추가 떨어져서 후추 한 줌이 그 부피만큼의 금덩이 값을 쳐준다고 합니다."

미우라가 말하자 하나는 자리에서 일어섰다. 큰 키다. 벽에 걸린 삿갓을 집어 든 하나가 미우라에게 말했다.

"말복이를 부르라."

"아씨, 어딜 가시렵니까?"

이미 유시(저녁 6시경) 무렵이다. 6월 초여서 해는 길었지만 늦은 시간이다. 하나가 방을 나서면서 대답했다.

"광해에게 배속된 선전관 놈을 보러 간다."

"제가 모시지요."

하나가 머리만 끄덕이자 미우라가 서둘러 말복을 부른다. 집 안에는 그들뿐이었지만 모두 조선말을 쓴다. 그때 뒷마당에서 머리에 수건을 동여맨 사내가 달려왔는데 소백정 출신의 말복이다. 기골이 크고 힘이 세어서 장수감이었지만 조선 땅에서는 대대로 소를 잡는 천민으로 사람 취급을 받지 못하고 살아야 한다. 말복은 왜란이 일어나자마자 앞잡이 격인 향도嚮導를 자원해 고니시군을 따라 한양성까지 왔다가 하나의 휘하로 배속되었다. 하나가 말복에게 말했다.

"선전관 박성국의 사저私邸로 가자."

"예."

발을 뗀 하나가 말을 잇는다.

"내가 오늘은 그놈의 얼굴을 익혀놓으려고 그런다."

"한번 보시면 잊지 않으실 것입니다."

말복이 빈 지게를 지고 앞장을 서며 말했다. 손에는 지게 작대기를 쥐었는데 안에는 철심이 박혀 있다. 무기인 것이다.

‡

"저놈입니다."

말복이 눈으로 앞쪽을 가리키며 말했지만 하나는 이미 박성국을 보았다. 서문 근처는 평안 감영監營의 하급 관리들의 저택이 많았는데 대개 세 칸에서 다섯 칸짜리 기와집이다. 감영은 관찰사가 직무를 보던 관아를 말한다. 지금 박성국은 하인 하나와 함께 이쪽으로 다가오는 중이다. 술시(밤 8시경)가 다가오고 있어서 주위는 어스름한 그늘이 덮여 있었지만 행인이 많았다. 그중 대부분이 외지에서 임금이 있다는 평양성으로 들어온 피란민이다. 하나는 삿갓 사이로 다가오는 박성국을 보았다. 길가의 우물에는 수십 명의 노소남녀가 모여 물을 긷고 마시느라 떠들썩했는데 그 사이에 끼어서 있는 것이다. 박성국은 평복 차림이었지만 관리 티가 났다. 도포 안쪽 허리에 장검을 매달아 손잡이만 밖으로 내놓고는 빼기 쉽도록 손잡이 아래쪽 칼집을 왼손으로 쥐었다. 하나 옆에 선 미우라가 낮게 말했다.

"제법 칼을 쓰는 놈 같습니다. 기세가 강하군요."

박성국은 육 척 장신이다. 일본인에 비해 조선인 허우대가 큰 데다 박성국은 그중에서도 큰 체구다. 십 보쯤 앞으로 다가온 박성국이 힐끗 이쪽으로 시선을 주었으므로 하나는 숨을 죽였다. 시선은 금방 스치고 지났지만 강했다. 굵은 눈썹 밑의 맑은 눈이다. 곧은 콧날에 입술은 굳게 닫혀 있다. 말복의 말대로 한번 보면 잊지 못할 강한 인상이다. 박성국이 하나의 다섯 걸음 옆쪽을 스쳐 지나가자 뒤를 장검을 쥔 하인이 따른다. 머리에 상주 행색으로 검정 두건을 썼고 다리에 가죽 각반을 감은 것이 당장이라도 전장으로 달려갈 차림의 하인이다.

"종사품 무관으로 함경도 종성의 병마만호를 살았던 놈이니 실전에 강할 것이야."

박성국의 뒷모습을 보면서 하나가 낮게 말을 잇는다.

"다른 선전관은 별것 아니다. 광해를 무력화하려면 먼저 저놈부터 없애야 될 것 같다."

86

그러고는 하나가 머리를 돌려 말복을 보았다.

"저놈이 몇 시에 입궐하고 몇 시에 집에 돌아오는지 내가 수하 두 명을 보내줄 테니 지금부터 감시해라."

"예. 아씨."

우물가에서 발을 뗀 하나가 말을 이었다.

"주군의 지시가 언제 내려올지 모른다."

하나에게 주군은 왜군 1번대 대장 고니시 유키나가를 말한다. 말복을 남겨두고 하나와 미우라는 그곳을 떠났다. 성안에는 어둠이 내려 있었지만 피란민으로 소란했다. 행인 사이로 조선군과 명군이 뒤섞여 지나고 있었는데 복장도 흐트러졌고 군율도 잡히지 않아서 비적 떼 같았다.

"주군께서 곧 공격해올 것 같습니다."

옆을 따르던 미우라가 말하자 하나는 머리만 끄덕였다. 평양성 공격은 1번대 대장 고니시 유키나가가 맡고 있다. 하나는 이미 조선군의 배치와 병력, 군의 사기와 민심까지 모두 보고했다. 그때 미우라가 갑자기 생각났다는 얼굴로 말했다.

"한조가 아침에 동문 근처에서 가토 님의 밀정을 보았다고 합니다."

"그놈들은 우리처럼 깊은 내막을 모르고 있어. 조선왕이 도망칠 궁리만 하고 하룻밤 사이에 영의정이 바뀌는 난장판 조정이 되어 있는 줄은 모를 거야."

그렇다. 유성룡은 영의정이 되었다가 바로 다음 날 탄핵을 받아 물러나고 좌의정 최홍원이 그 자리로 올라갔다. 하나의 삿갓 밑으로 드러난 입을 벌리더니 소리 없이 웃었다.

"내가 보기에는 조선은 진즉 망했어야 할 나라다."

‡

선조가 눈을 가늘게 뜨고 광해를 보았다. 입을 꾹 다물고는 부풀려졌던 어깨가 천천히 내려갔다. 아래쪽에 시립한 대신들은 숨을 죽이고 있다. 평양감영 안의 청은 무거운 정적으로 덮였다. 청 밖 마당에도 잡인의 출입을 금한 터라 군관 서넛이 장승처럼 서 있을 뿐이다. 이윽고 선조가 입을 열었다.

"짐이 백성들 앞으로 나서란 말이냐?"

"예, 전하."

머리를 든 광해가 선조를 보았다.

"백성들은 소자의 말을 믿지 않습니다. 전하께서 한 말씀만 내려주시면 백성들은 감읍할 것입니다."

"이런 고얀."

선조의 목소리가 높아졌다. 이제는 두 눈을 부릅뜨고 있다.

"당장 며칠 후면 거짓임이 드러날 터인데 내가 백성들 앞에서 거짓말을 하란 말이냐? 한다고 해도 말려야 될 놈이 저만 살겠다고 감히 짐에게 미뤄?"

성난 목소리가 청을 울렸고 광해는 시선을 내렸다. 그때 정철이 나섰다.

"전하, 황공하옵니다."

먼저 허리를 숙여 보인 정철이 말을 잇는다.

"소신도 대동문 밖에서 군중을 보았사온데 폭도나 다름없었습니다. 세자 저하도 큰 화를 당할 뻔하지 않았습니까? 만일 오늘 중으로 다시 그들을 누그러뜨리지 않는다면 전하께서 평양성을 나가시는 데 가로막고 폭동을 일으킬까 두렵습니다."

"어허, 이럴 수가."

선조의 얼굴이 금방 굳어졌다. 대동문 밖에서 광해가 겪었던 일로 짐작은 하고 있었으나 상황은 더욱 급박했다. 주위의 대신이 웅성거리기는 했지만 유성룡과 윤두수도 입을 다물고 있다. 머리를 숙인 정철의 목소리가 이어졌다.

"전하, 대국大局을 위해 백성들을 위무慰撫하는 수밖에 없습니다. 오늘 낮에 대동문 밖으로 부로들을 불러 전하께서 굳게 평양성을 사수하신다고 타이르신 후에 밤을 틈타 성을 빠져나가시는 것이 나을 것 같습니다."

"내가 부덕한 탓이다."

선조가 뱉듯이 말했으므로 대신들은 일제히 머리를 숙이며 소리쳤다.

"황공하옵니다."

이것으로 임금이 백성들에게 직접 평양성 사수를 약속한다는 것이 결정되었고 동시에 오늘 밤의 탈출까지 정해진 셈이었다. 임진강의 패전 소식을 들은 후부터 오늘이냐 내일이냐 하던 참이어서 놀라는 대신은 없다. 선조가 자리에서 일어서며 말했다.

"좌상은 도원수와 순찰사를 지휘해 평양성 방위를 맡으라. 나는 오늘 밤에 떠나겠다."

좌의정 윤두수는 머리만 숙였고 도원수 김명원과 도순찰사 이원익은 목소리를 높여 대답은 했지만 표정이 어둡다. 임금을 따라 영의정 최홍원과 우의정 유홍 등이 청을 나갔을 때 광해 옆으로 정철이 다가와 섰다.

"참으로 기가 막힐 노릇입니다, 저하."

외면한 채 정철이 입술만을 달싹여 말을 잇는다.

"앞으로는 임금의 말씀을 어린애도 믿지 않게 될 터이니 사직을 어떻게 이어갈지 걱정입니다."

대역무도한 말이었지만 말하는 이나 듣는 이나 허탈한 표정일 뿐이다. 청 안에는 이제 둘뿐이었지만 정철이 목소리를 낮춰 말을 잇는다.

"이미 왕비마마와 빈들께선 평양성을 다 빠져나가셨으니 내일 아침이 되면 백성들이 폭동을 일으킬 것입니다."

그렇다. 이미 왕비와 후궁, 왕자와 공주들은 모두 빠져나갔다. 광해가 길게 숨을 뱉고 나서 말했다.

"나는 성을 지키다 죽고 싶소."

‡

그러나 그날 밤 동문으로 나가던 임금의 행차는 백성들에게 발각되었다. 십여 명이 길가 초가 담장에 숨어 지키고 있다가 일제히 벽력같은 고함을 내지른 것이다. 그러자 순식간에 수백 군중으로 늘어났다. 노소남녀가 제각기 통곡하거나 부르짖었으므로 성안은 아수라장이 되었다. 박성국은 광해와 함께 나란히 말을 타고 있었는데 행렬의 후미였지만 외침 소리는 선명하게 들렸다.

"우리를 죽이고 떠나라!"

"임금놈아! 낮에는 성을 지킨다더니 어딜 도망가느냐!"

"이놈아! 못 간다!"

그때 광해가 머리를 돌려 박성국을 보았다.

"내가 남아 있는 것이 낫겠다."

어둠 속에서 광해의 두 눈이 번들거리고 있다.

"그래서 백성들과 같이 죽는다면 분이 가라앉지 않을까?"

"안 됩니다."

바짝 몸을 당긴 박성국이 소리치듯 말을 잇는다.

"저하께선 앞으로 조선의 군주가 되실 몸입니다. 이것을 교훈으로 삼아 살아남으셔야 합니다."

그때 앞쪽에서 기마 군관이 달려왔다. 거친 기세다.

"무슨 일이냐?"

옆을 지나려는 군관을 불러 세운 광해가 묻자 주위로 피란길의 관리들이 모여들었다. 정철의 모습도 보인다.

"도원수께 군사를 얻으러 갑니다."

군관이 서두르듯 대답하자 광해의 눈꼬리가 치켜 올라갔다.

"아니, 왜?"

"폭도들을 베고 나가야 합니다. 폭도들이 모두 낫과 도끼로 무장하고 있어서 시위대만으로 막기가 어렵습니다."

"그렇다면 군중을 베고 나간다는 말이냐?"

"예. 벌써 돌팔매에 맞아 여럿이 다쳤습니다."

"누구의 명이냐?"

"주상 전하의 명이시오."

"안 된다."

소리쳐 말한 광해가 번들거리는 눈으로 박성국을 보았다.

"선전관, 나하고 앞으로 가자."

그때 광해에게서 풀려난 군관이 말에 박차를 넣더니 뒤쪽으로 달려갔다. 군중은 더 모였고 소란은 더 심해졌다. 그때 정철이 다가와 소리쳐 광해를 불렀다. 정철도 옆에서 다 들은 것이다.

"저하, 안 됩니다."

광해가 앞으로 가려는 이유를 아는 정철이 광해의 말고삐를 쥐었다.

"전하의 뜻을 거스르지 마십시오. 지금은 어쩔 수가 없습니다."

"백성을 베고 도망친단 말이오?"

광해가 소리쳐 물었을 때 돌팔매가 날아와 정철이 탄 말 목에 맞았다. 놀란 말이 앞다리를 들었지만 정철은 고삐를 단단히 틀어쥐고 있던 터라 말에서 떨어지지는 않았다.

"저하, 옆쪽으로 가시지요."

이제는 박성국이 앞장을 서서 옆쪽 민가 담장 쪽으로 다가갔다. 다시 돌멩이들이 날아와 이번에는 박성국의 말 엉덩이에 맞았다.

"이제 민심民心은 떠났다."

말을 달래는 박성국의 귀에 광해의 목소리가 들렸다. 머리를 든 박성국이 광해의 일그러진 얼굴을 보았다.

"임금이 백성들한테 돌팔매질을 당하다니, 이런 왕조가 어디 있단 말이냐?"

아우성은 더 높아졌고 앞쪽에서는 불길까지 일어났다. 분노한 백성들이 민가에 불을 지른 것이다. 박성국은 광해의 몸을 가리듯이 막고 서서 어금니를 물었다.

‡

"저것 봐라, 저것이 조선 왕조다."

담장에 등을 붙인 하나가 미우라에게 말했다. 군중은 악을 쓰며 돌멩이를 던졌고 도망치려던 선조의 행렬은 혼란에 빠져 있다. 시위대 군관 대여섯 명이 칼을 빼 들고 나섰다가 집중적인 돌팔매를 맞아 서너 명이 쓰러졌다. 앞쪽은 화광火光이 충천했고 통곡과 외침 소리가 이제는 분노의 함성으로 바뀐다.

"왕이 이곳에서 죽으면 조선은 망하는 것 아닙니까?"

미우라가 말했을 때 하나의 시선이 옆쪽으로 옮겨졌다. 광해를 보는 것이다. 광해는 박성국과 함께 담장에 붙어 서 있었는데 삼십 보쯤 떨어진 거리여서 표정은 보이지 않았다. 그때 한 무리의 군중이 하나의 옆을 지나 광해 쪽으로 다가갔다. 어둠 속에서 그들이 쥔 낫과 도끼, 몽둥이가 섬뜩하게 드러났다.

"세자까지 함께 죽는다면 조선 땅은 그야말로 무주공산無主空山이 되겠지."

하나가 소리쳐 말했다. 그만큼 소음이 컸기 때문이다. 그들은 군중과도 십여 보 간격을 두고 옆쪽 골목길에 서 있었는데 목표는 광해다. 광해를 따라가는 것이다. 이제 군중은 수천 명이 되어서 조선왕 행렬을 빈틈없이 포위했다. 길의 앞뒤를 막고 있는 터라 움직일 수가 없다. 좌우로 골목길이 여러 개 있었지만 그곳도 군중이 들끓는다. 그때 군중 틈에 끼어 있던 말복이 서둘러 다가왔다.

"아씨, 군사들이오!"

하나의 시선을 받은 말복이 다가서서 말을 잇는다.

"뒤쪽에서 도원수 휘하 병력이 달려옵니다."

"이제 살육이 일어나겠다."

그럴 줄 알았다는 표정을 짓고 하나가 삿갓을 들어 올리며 웃었다. 어둠 속에서 가지런한 이가 드러났다.

"도망치려고 제 백성을 베어 죽이는 조선왕을 보아라."

곧 군사들의 함성이 들리더니 군중이 갈라졌다. 골목 안으로도 무리 지어 들어오는 바람에 하나 일행은 벽에 등을 붙였다. 하나는 달려가는 군사들을 보았다. 군사들은 광해 일행도 지나 앞쪽으로 내닫고 있다. 군중의 함성이 곧 놀란 외침과 갖가지 부르는 소리로 바뀌었다.

"광해를 놓치지 마라."

하나가 좌우에 붙어선 부하들에게 말했다.

"성을 나가면 왕은 광해를 떼어놓을 테니까."

선조가 광해에게 분조를 맡겼다는 것은 이미 백성들도 다 아는 사실이다. 그 순간 앞쪽에서 남녀의 비명이 울렸다. 군사들이 가로막은 군중을 베는 것이다. 여자의 날카로운 비명이 밤하늘에 울려 퍼진다. 쓴웃음을 지은 하나가 발을 떼었다.

"자, 가자."

그 소리에 맞게 정지되었던 왕의 행렬이 움직이기 시작했다.

"이놈아! 명으로 들어가 두 번 다시 조선 땅을 밟지 말아라!"

가까운 곳에서 사내 하나가 악을 쓰며 외쳤으므로 하나는 깜짝 놀랐다. 맨상투 바람의 백성이다. 행렬을 향해 사내가 다시 외쳤다.

"이제 나는 양반 상놈 구별 없는 왜국 세상에서 살 것이다!"

사내의 옆을 지나면서 하나가 미우라에게 낮게 말했다.

"주군께서 바로 입성하실 수 있겠다."

"백성들이 성문을 열어줄 것 같습니다."

미우라가 대답했다. 앞쪽 비명은 그쳐 있었고 행렬의 걸음이 빨라졌다. 오십여 보 앞으로 광해와 박성국, 그리고 세자 일행이 보였다. 어디선가 통곡 소리가 들렸다.

‡

민심이 무너졌다. 광해를 따라 순안, 숙천, 안주 땅을 지나면서 박성국의 가슴은 점점 무겁게 내려앉는다. 민심을 얻지 못한 왕조는 멸망하는 것이 순리順理라고 배웠다. 임금이 온다고 해도 백성들은 관외 창고를 약탈했고 관리들은 먼저 도망질을 쳐서 끼니를 준비하는 것도 어려웠다. 박천에 닿았을 때 선조가 광해를 불렀다. 밤중이었고 박성국은 청 밖에서 시립하고 있었다.

"네가 지금부터 조정을 맡아라."

선조가 지친 목소리로 말을 잇는다.

"나는 지금 의주로 떠나겠다."

순찰사 이원익과 종사관 이호민이 평양에서 패주해 온 터라 임금의 마음은 조급해져 있었다. 이미 예상하고 있던 광해가 머리를 숙이며 말했다.

"전하, 부디 옥체를 보중하소서."

"영상이 너를 보좌해줄 것이다."

옆쪽에 서 있던 영의정 최홍원이 잠자코 두 손을 모으고 허리를 숙였다. 그러자 우의정 유홍이 나섰다.

"전하, 소신도 세자를 보좌하겠소이다."

그런데 허락할 줄 알았던 임금은 대답하지 않는다. 선조의 목적지는 의주다. 그곳에서 명으로 넘어갈 작정이다. 그때 다시 유홍이 말했다.

"전하, 허락해주소서."

"다 따라가면 나는 어쩌란 말인가?"

선조가 버럭 역정을 내었으므로 둘러선 대신들이 아연했다. 임금을 따라가면 명으로 들어갈 확률이 높다. 그러면 목숨은 건지게 될 것이다. 그런데도 세자와 함께 조선 땅에 남아 왜적과 싸우겠다는데 화를 내다니, 민심이 떠난 것은 말할 것도 없고 신하들의 존경심도 사라지고 있었다. 그때 영의정 최홍원이 말했다.

"전하, 남고 떠나는 대신들을 나누기 어려우니 이름 위에 점을 찍어 떠나는 대신을 정해주소서."

"그리하라."

그래서 한밤중에 서둘러 백지에 대신들의 이름이 적혔고 선조는 붓으로 이름 위에 점을 찍는다. 그것을 청 밖에서 올려다본 박성국이 길게 숨을 뱉었다. 이것이 전란으로 사직社稷의 존망이 걸린 조선 조정의 현실이다. 선조가 점을 찍은 종이를 최홍원에게 건네주었고 곧 호명이 되었다. 선조를 따라갈 대신들의 이름이 밤하늘에 울리고 있다. 그때 청 밖으로 대신 하나가 나왔다. 대신은 박성국이 서 있는 앞쪽 돌계단을 내려온다. 호조판서 한준이다. 그는 조금 전에 임금을 따라가는 대신으로 이름이 불렸다. 그때 한준이 돌계단 위에서 삐끗하더니 아래로 떨어졌다.

"아이쿠."

비명이 컸으므로 청 안이 조용해졌다. 박성국이 다가가 한준을 부축해 일으켰다.

"아이구, 다리가 부러졌네."

한준이 소리치듯 말하고는 박성국에게 말했다.

"날 좀 밖으로 데려가주게."

"어찌된 일이오?"

청 위에서 누가 묻자 한준이 소리쳐 대답했다.

"계단에서 굴러 다리가 부러졌소."

그러고는 한준이 박성국의 팔을 두 손으로 움켜쥐었다.

"자, 날 대문 밖까지만 부축해주게."

박성국이 한준의 겨드랑이에 팔을 넣고는 마당을 가로질렀다. 한쪽 다리를 든 채 발을 떼던 한준이 마당을 다 건넜을 때 박성국에게 말했다.

"이보게, 선전관, 난 임금 따라가기 싫어서 일부러 그런 걸세. 내 다리는 멀쩡하네."

이미 알고 있었으므로 박성국은 대답하지 않았다. 이제는 왕명도 먹히지 않는 현실이 되었다.

‡

"선전관, 행군 속도를 더 늦춰라."

광해가 말했을 때 순영중군 최동훈이 퍼뜩 눈썹을 치켜 올렸지만 나서지는 않았다. 영변을 거쳐 운산 쪽으로 북상하는 길목이다. 한여름 오시(낮 12시경) 무렵이어서 햇살이 뜨겁다. 박성국이 소리쳐 선두 기마군관에게 걸음을 늦추라고 일렀다. 태자의 분조 행렬은 길다. 영의정 최흥원과 정철, 다리가 부러진 척했던 호조판서 한준에다 우의정 유홍까지 합류했다. 그러나 광해가 행렬 속도를 늦추라고 한 이유는 따로 있었다. 세자 행렬 뒤쪽을 따라오는 수백 명의 피란민 대열 때문이다. 노소남녀가 지게에 노인이나 아이를 싣고 또는 등짐에다 아이를 걸리면서 따르는데 어림잡아도 삼사백 명이 넘었다. 그리고 시간이 지날수록 숫자가 늘어난다. 세자 행렬이 멈춰 서면 그쪽도 쉬고 떠나면 따르는 것이다. 선전관 노용수가 뒤쪽을 흘겨보며 혀를 찼다.

"저것들을 끌고 어느 세월에 강계에 닿는단 말인가?"

박성국은 들은 척도 않고 광해에게로 말을 몰아 다가갔다.

"저하, 소인이 피란민 대열을 정돈하고 오겠소이다."

"어떻게 말이냐?"

"이왕 데려갈 바에는 조를 만들어 조장, 부조장이 이끌고 도와주도록 해야 될 것 같습니다."

"옳지."

머리를 크게 끄덕인 광해가 금방 내린 말에 다시 오른다.

"같이 가자."

박성국이 만류할 사이도 없이 광해는 앞장서 말을 걸렸다. 말고삐를 챈 박성국이 순영중군 최동훈에게 목례를 하고는 뒤를 따른다. 백성들은 길가 이곳저곳에 앉거나 누워 있다가 다가오는 세자를 보더니 제각기 땅바닥에 무릎을 꿇고 앉는다. 금방 주변이 조용해졌지만 부모에게 잡히지 않은 아이 십여 명은 멀뚱하게 서 있거나 주저앉았다. 백성들 복판으로 들어선 광해가 말에서 내리더니 둘러보며 말했다.

"나는 세자 광해다. 내가 임시로 조정을 맡아 국난을 헤쳐나가게 되었다."

광해의 목소리가 마른 대지 위에 울렸다.

"이렇게 나를 따르니 어깨가 무겁지만 함께 극복하기로 하자. 기운들 내라."

백성들은 눈만 껌벅이며 감동을 느낀 것 같지는 않다. 그때 박성국이 소리쳤다.

"행진 속도를 맞추려면 조 편성을 해야겠다. 지금부터 스무 명씩 조를 짜는데 노약자와 어린애를 적당히 섞어 서로 도우면서 걸기로 한다."

광해는 잠자코 서서 박성국이 조를 나누는 것을 구경했다. 박성국과 종 끝쇠는 북방에서 여진과 싸울 때 피란민 대열을 편성한 적도 있다. 조를 짜면서 피란민을 헤아렸더니 모두 사백오십여 인이나 되었다. 그리고 앞으로도 더 늘어날 것이다. 끝 쪽 조를 둘러보던 박성국이 발을 멈춘 것은 삿갓을 쓴 사내 앞이었다. 힐끗 시선을 준 박성국이 길가 풀숲 쪽으로 발을 떼며 말했다.

"날 따라오게."

대여섯 걸음 앞장서 간 박성국이 돌아서서 사내가 다가오기를 기다렸다. 사내가 멈춰 서자 박성국이 먼저 주위부터 둘러보았다. 군중과는 십여 보나 떨어진 곳이다. 박성국이 사내에게 물었다.

"그대, 남장을 했지 않은가?"

그러자 사내가 삿갓을 조금 치켜 올리면서 울상을 지었다.

"그렇습니다. 전 개성에서 피란 온 유진사 댁 딸입니다."

여자의 맑은 목소리가 이어졌다.

"평양에서 식구와 헤어져 종 하나와 함께 세자 저하 행렬에 끼었습니다."

박성국이 여자를 지그시 보았다. 곱다. 피부는 햇볕에 살짝 그을렸지만 윤기가 흘렀고 또렷한 눈, 콧날은 곧고, 엷은 입술은 야무지게 닫혀 있다.

"식구들을 어떻게 잃었는가?"

박성국이 묻자 여인의 시선이 내려졌다.

"아버님이 병환이 나서 어머님은 간병을 하셔야 했습니다. 이제 평양성이 함락당했다니 두 분의 생사를 알 수가 없게 되었습니다."

머리를 든 여인의 눈에 물기가 가득 고인 것을 보고는 박성국은 어깨를 늘어뜨렸다. 박성국이 몸을 돌리면서 말했다.

"어려운 일 있으면 나한테 알리게."

백성들이 불편해할까봐서 멀찍이 혼자 떨어져 서 있던 광해에게로 박성국이 서둘러 돌아갔다.

"내가 여럿한테 물었더니 끼니를 제대로 먹은 사람이 없어."

광해가 기다렸다는 듯이 말했다.

"고을에 닿기 전에 미리 양곡을 준비했다가 피란민을 먹이는 것이 어떻겠느냐?"

"하오나 저하."

말을 이으려던 박성국이 어깨를 늘어뜨리고는 입맛을 다셨다. 고을에 양곡이 그만큼 남아 있을지도 알 수 없었고 그런 양곡이 있었다면 고을 백성들한테 먼저 나눠줘야 맞다. 그러나 광해의 시선이 떼어지지 않았으므로 박성국이 머리를 숙였다.

"예, 조처하겠습니다."

이제 피란민 대오 편성이 끝난 터라 광해와 박성국은 말머리를 나란히 하고 행렬로 돌아온다. 늦춰졌던 분조의 세자 행렬이 다시 나아가기 시작했을 때, 순영중군 최동훈이 박성국의 옆으로 말을 몰아 다가왔다.

"선전관, 세자께서 오늘은 어느 고을에서 묵으실 예정인지를 여쭤보게."

최동훈이 앞쪽 세자의 등을 힐끗거리면서 말을 잇는다.

"이 속도로 가면 유시(저녁 6시경) 무렵에나 운산에 닿겠어."

허리를 편 최동훈이 마상에서 좌우를 둘러보았다. 이곳은 적운령산맥 서쪽 끝자락으로 좌우는 황무지다. 나무는 드물고 잡초만 허리까지 돋아나 있었는데 자갈투성이의 척박한 땅이어서 밭도 일구지 못했다.

"고니시군 별동대가 준동한다고 들었는데 피란민 꼬리까지 붙였으니 난감하군."

이제 뒤쪽을 돌아본 최동훈이 말을 잇는다.

"피란민과 섞이면 유사시에 함께 당할 수가 있으니 행렬과 이백 보쯤 떨어져 따라오라고 했네."

최동훈도 무관이다. 맞는 말이었으므로 박성국이 가만히 머리를 끄덕였다.

"피란민 대열에 장정이 사오십 명 끼어 있었습니다. 호신용으로 제각기 작대기와 손도끼, 낫을 짐 속에 넣고 있는 것을 보았으니 그냥 당하지는 않을 것입니다."

그리고 장정이 많이 섞인 조는 대열 끝 쪽에 편성해놓은 것이다. 주위에는 인가도 없을 뿐만 아니라 길에는 오가는 행인도 없다. 마차 한 대가 겨우 다닐 만한 험한 길이 잡초 사이로 뻗어 있을 뿐이다. 산새 한 마리 날지 않고 벌레 소리도 들리지 않는 황야다. 최동훈이 말에 박차를 넣어 앞쪽으로 떨어졌을 때 끝쇠가 말을 몰아 다가왔다.

"나리, 그놈이 시치미를 떼고 있지만 일행이 있을 것입니다."

끝쇠가 말하자 박성국이 어금니를 물었다가 풀었다. 평양성 서문안 사가私家에서 이쪽을 감시하던 사내다. 눈썰미가 빠른 끝쇠가 피란민 대열에서 그자를 다시 본 것이다. 박성국이 피란민 대열을 정돈한 것도 그것을 이용해 살펴보려는 의도였다. 박성국이 입을 열었다.

"나를 정탐한 놈이라면 목표는 세자 저하일 것이고 왜놈 밀정일지도 모른다."

‡

앞쪽에서 소동이 일어난 것은 운산에서 십여 리쯤 떨어진 작은 산비탈을 돌아갈 무렵이었다. 도로에 하나둘씩 행인이 보이는 것이 마치 육지에 가까워지면 갈매기가 나타나는 것 같아서 반가웠지만 그쪽은 아닌 모양이었다. 기마 군관과 늘어선 관리 대열을 보고는 황망히 옆쪽 풀숲으로 내빼거나 오던 길을 되짚어서 도망쳐 버렸다. 앞쪽 척후를 맡은 별장 하나가 말을 달려와 최동훈에게 소리쳐 보고했다.

"안주성에 왜군이 쳐들어오고 있답니다. 그래서 피란민 수백 명이 도망쳐 오다가 앞쪽에 모여 있습니다."

"이런."

탄식한 최동훈이 말머리를 돌려 광해에게 다가왔다. 그러나 십여 보 뒤쪽에 서 있던 터라 광해는 이미 들었다.

"저하, 행렬을 돌리셔야 될 것 같습니다."

"그럼 어디로 간단 말인가?"

신시(낮 4시경) 무렵이다. 가장 가까운 마을까지 돌아간다고 해도 서너 시는 더 걸릴 것이다. 그때 행렬을 따라온 영변 현감 김도순이 광해에게 말했다.

"북쪽 샛길로 시오 리쯤 가시면 오막골이라고 이십여 호가 모여 사는 마을이 있습니다. 산골짜기에 박혀 있지만 가까운 마을은 그곳뿐이니 그쪽으로 가시지요."

그래서 행렬은 샛길로 빠져들었다. 사람 하나가 걷는 샛길이어서 행렬은 뱀처럼 끝없이 이어졌는데 안주에서 도망쳐 온 피란민까지 더해졌기 때문이다. 함경도 방면으로 진출한 왜군은 가토 기요마사가 이끄는 2번대 이만여 명이다. 그때 박성국이 광해에게 다가가 말했다.

"저하, 군사와 함께 먼저 가시지요. 소인은 걸음이 처지는 대열 후미와 피란민을 맡겠습니다."

"네가 나와 함께 가자."

광해가 일언지하에 거절했다.

"다른 무장에게 시키면 될 것 아니냐?"

"아닙니다."

목소리를 낮춘 박성국이 광해의 옆으로 바짝 붙었다. 좁은 길에 말 두 필이 배를 부딪치며 걷는다.

"저하, 피란민 사이에 수상한 자가 끼어 있습니다. 그자를 저와 제 종놈만 압니다."

놀란 광해가 눈만 크게 떴고 박성국은 말을 이었다.

"제가 기마군 십여 기만 이끌고 뒤를 따르다가 처리하겠사오니 먼저 가시지요."

"알겠다."

마침내 머리를 끄덕인 광해가 말고삐를 채어 앞으로 나가면서 소리쳐 순영중군 최동훈을 부른다. 박성국이 뒤를 따르던 별장을 보았다.

"이보게, 기마군 십 기만 데리고 나를 따르게."

"예, 나리."

별장이 소리쳐 기마군을 지명했으므로 주위가 잠깐 어수선해졌다. 박성국이 대열의 후미로 돌아갔을 때였다. 피란민 무리와는 이제 오십여 보 간격으로 가까워져 있었는데 앞장서 다가오는 사내는 끝쇠였다. 말을 버린 끝쇠가 도보로 피란민 사이에 끼어오고 있었던 것이다. 서둘러 다가온 끝쇠가 다시 말머리를 돌린 박성국과 나란히 걸으면서 말했다.

"나리, 그놈이 보이지 않습니다."

박성국을 올려다본 끝쇠가 말을 잇는다.

"안주에서 도망쳐 온 피란민 속까지 샅샅이 훑었지만 없습니다. 조장한테 물어보았더니 샛길로 빠졌을 때 사라진 것 같다고 합니다."

"그놈이 밀정이라면."

눈을 가늘게 뜬 박성국이 잇새로 말했다.

"왜군에게 우리 진로를 알려주려고 갔을 것이다."

✝

　말은 기운차게 내달렸다. 지금까지 걷기만 한 것이 갑갑했는지 갈기를 휘날리며 내닫는다. 놀란 피란민 대열이 황급히 길가로 몸을 피한다. 다시 큰길로 들어서자 말은 더 속력을 낸다. 뒤를 따르는 끝쇠가 기를 쓰고 말 배에 박차를 넣었지만 벌써 이십여 보나 떨어졌다. 박성국은 좌우로 갈라진 피란민을 날카롭게 훑으며 내달린다. 모두 이쪽으로 도망치는 중이어서 마주 보는 위치다. 큰길을 삼 리쯤 달렸을 것이다. 박성국은 백여 보쯤 앞에서 이쪽에 등을 보이며 뛰듯이 걷는 사내를 보았다. 모두 이쪽으로 오는 피란민 중에 그 하나만 등을 보이는 것이 눈에 띈 것이다.

　"저놈!"

　박성국이 짧게 외친 순간 말발굽 소리를 들은 사내가 뒤를 돌아보았다. 그러더니 곧장 옆쪽 황무지로 몸을 날린다. 즉각적인 반응이었지만 오히려 잘되었다. 숲속이라면 몰라도 황무지에서는 말이 인간보다 더 잘 달린다. 그때 내닫는 사내를 끝쇠도 보았다.

　"저놈입니다!"

　소리친 끝쇠가 박성국을 따라 황무지로 말머리를 틀었다. 놀란 피란민들이 머리를 뽑고 두 필의 말과 앞쪽에서 도망치는 사내를 본다. 박성국은 사내가 오십여 보 황무지 안으로 도망쳐 들어온 지점에서 뒤로 바짝 붙었다. 말굽 소리를 들은 사내가 뒤를 돌아보더니 멈춰 서면서 허리춤에 찬 단도를 뽑아 쥐었다. 십여 보 앞에 선 사내의 얼굴이 뚜렷이 드러났다. 그놈이다. 엷은 베잠방이에 가죽

106

조끼를 걸친 농군 차림이었지만 뼈대가 굵고 어깨가 넓다. 그 순간 박성국의 얼굴에 웃음이 떠올랐고 곧장 달리면서 허리에 찬 장검을 뽑았다. 그러고는 사내에게로 와락 덮쳐갔다. 두 걸음 간격을 두고 사내를 스쳐 가면서 박성국이 휘두른 장검이 사내의 팔을 쳤다. 칼등으로 쳤기 때문에 사내가 단도를 떨어뜨리더니 맞은 팔을 다른 팔로 움켜쥐었다. 그 순간에 덮쳐온 끝쇠가 말에서 두 팔을 벌리면서 뛰어내려 사내를 덮쳤다. 박성국이 말머리를 돌려 그 자리로 돌아왔을 때는 끝쇠가 사내를 깔고 앉아 주먹으로 어지럽게 얼굴을 치는 중이었다.

"그만해라."

말에서 내리면서 박성국이 말하자 끝쇠는 주먹질을 그쳤지만 사내는 늘어져 있었다. 여진족을 포로로 잡을 때 이렇게 먼저 기를 죽였다. 그래야 고분고분해지는 것이다. 사내의 각반을 풀어 뒷결박을 하고 일으켜 세웠을 때 박성국이 물었다.

"네 일행이 행렬에 남아 있을 것이다."

사내는 피투성이가 된 입을 꾹 닫은 채 눈만 치켜떴다. 그것을 본 박성국이 쓴웃음을 지었다.

"넌 이실직고하게 된다. 자, 그놈을 싣고 가자."

그러자 끝쇠가 차고 있던 검을 오른손으로 옮겨 쥐더니 칼집째로 사내의 뒷머리를 후려쳤다. 눈을 까뒤집은 사내가 통나무처럼 쓰러지자 끝쇠는 발까지 묶고는 말 안장에 사내를 가로로 걸쳤다.

"일행이 있다면 이놈을 싣고 오는 것을 보고 도망칠 것입니다."

말에 오른 끝쇠가 말했다.

"이미 눈치챘는지도 모른다."

말을 속보로 걸리면서 박성국이 말을 이었다.

"이놈은 왜군한테 세자 행렬 위치를 보고하려고 간 것이야."

이제 둘은 다시 말을 달려 내려간다.

"이쪽으로 달려오는 놈이 있다면 이놈 일행일 것입니다."

끝쇠가 소리쳐 말했다. 6월의 긴 해가 저물고 있다.

‡

"분하다."

말은 그렇게 했지만 하나의 얼굴에는 쓴웃음이 배어나 있다. 풀숲 속에 엎드린 하나의 오십여 보 앞으로 박성국이 지나고 있다. 그 뒤를 따르는 부하의 말 등에 늘어진 말복이 짐처럼 실려 있는 것이다.

"말복이 죽었다면 저렇게 데려가지 않습니다."

옆에 엎드린 미우라가 앞쪽을 응시한 채 말했다.

"살려 끌고 가 자백을 받으려는 겁니다."

그러나 이미 이쪽은 행렬에서 빠져나온 것이다. 풀숲 사이로 멀어져가는 박성국의 등을 보면서 하나가 말했다.

"저놈하고는 다시 만나게 된다."

하나의 입술은 굳게 닫혔고 눈은 번들거리고 있다.

"아씨, 어떻게 할까요?"

미우라가 묻자 하나가 몸을 반쯤 일으켰다.

"나는 군주께 다녀올 테니 네가 부하들을 데리고 저놈들을 쫓아라."

"그건 어렵지 않습니다만."

눈을 가늘게 뜬 미우라가 뒤쪽을 둘러보며 말을 잇는다.

"안주성을 공격한 부대는 2번대 가토 님의 선발대일 것입니다. 그들과 마주치면 신분을 밝혀야만 할 텐데요."

1번대 대장 고니시 유키나가와 2번대 대장 가토 기요마사는 경쟁 관계라기보다 대립 관계. 고니시의 밀정이라면 벨지도 모른다. 이야기를 듣던 하나가 몸을 일으켰다. 이제 행렬의 뒤를 따르는 피란민도 뚝 끊겨 있다. 하나가 발을 떼며 소리쳤다.

"걱정 마. 한조, 너는 나와 함께 간다."

"옛."

풀숲 속에서 몸을 일으킨 한조가 소리쳐 부하들을 모았고 어느덧 예닐곱이 하나의 주위에 둘러섰다.

"세자가 분조에 자리 잡으면 바로 나에게 기별을 하도록. 난 아버님의 진에서 기다리고 있겠다."

미우라에게 말한 하나가 몸을 돌렸다. 조선 땅에 잠입한 지 다섯 해. 그동안 본국에는 딱 한 번 다녀왔을 뿐이다. 그러다 마침내 지난 4월에 일본군이 조선 땅에 상륙했으니 마치 해방군처럼 느껴졌다. 하나 일행이 샛길에서 나왔을 때 피란민만 밀려 내려올 뿐 일본군은 안주성을 점령한 채 더 이상 남진南進하지 않은 상태였다. 피란민과 섞여 가다가 저녁 무렵이 되었을 때에는 하나 일행만 남았는데 당시 앞에는 고니시군이 뱀처럼 도사리고 있었기 때문이다. 고니시군은 조선왕이 떠난 평양성에 무혈입성無血入城을 한 것이다. 임금이 도망치자 성안 백성들은 창고를 약탈하고 도처에 불을 질렀다. 성안에서 좌상 윤두수, 도순찰사 이원익이 각각 연광정과 왕성탄을 지켰지만 싸움 한번 제대로 하지 않고 도망쳤다. 무기를 대동강에 쓸어 넣고는 수십만 석의 양곡을 팽개치고 도망친 바람에 모두 왜군의 수중에 들어갔다.

3장

대란(大亂)

하나가 평양성 안에서 고니시를 만난 것은 다음 날 저녁 무렵이다. 고니시는 조선왕이 앉았던 청의 상석을 차지했고 단 밑쪽 좌우로 부하 무장들이 질서 있게 늘어앉았다. 하나의 부친 아베 산자에몬도 왼쪽 열에 끼어 있었지만 시치미를 뚝 뗀 표정이다. 고니시가 열 발자국쯤 전면에 단정히 앉은 하나를 보았다. 하나는 여전히 조선옷으로 남장을 했는데 깨끗한 옷으로 갈아입었다. 머리에는 삿갓 대신 두건을 써서 미소년 같다. 고니시가 낮고 억양 없는 목소리로 물었다.

"그래. 광해가 조선 왕권을 물려받고 독립해 나갔단 말인가?"

"당분간은 그렇습니다. 하지만."

두 손을 청 바닥에 붙인 하나가 말을 잇는다.

"조선왕은 상황을 봐서 다시 왕권을 찾을 것입니다. 지금은 위험한 상태라 세자에게 대행을 시킨 것이지요."

고니시 유키나가가 머리를 끄덕였다.

"조선왕이 명으로 도망치면 광해가 조정을 장악할 수 있을까?"

"예. 왕을 따라온 무수리한테 들었는데 명은 왕이 데려오는 머릿수를 일백 미만으로 제한한다고 했답니다. 그래서 대부분의 대신은 도망치든지 광해 쪽으로 붙든지 한다는군요."

"참, 한심한 놈이다."

쓴웃음을 지은 고니시가 팔걸이에 몸을 기댔다. 그러더니 잇새로 말한다.

"빌어먹을 수군만 제대로 해준다면 뒷걱정 없이 밀고 올라갈 텐데 말야."

6월부터 남해에서 전라좌수사 이순신이 이끄는 조선 수군은 열세에도 불구하고 왜선을 차례로 대파했다. 6월 10일까지 이레 동안 거제도 서쪽 해역에서 벌어진 전투에서 왜선 칠십여 척이 침몰했고 수천 명의 왜군이 몰사했다. 조선군의 피해는 전상자 수십 명뿐이었다니 역사상 유례가 없는 패전을 한 것이다. 고니시가 정색하고 하나를 보았다.

"광해의 뒤를 쫓고 있다고 했느냐?"

"예. 주군."

"수고했다. 네 공이 가장 크다."

고니시의 칭찬을 받은 하나가 머리를 숙였고 아베 산자에몬의 얼굴은 상기되었다.

　　　　　　　　　　✝

　먼저 청을 나온 하나가 대문 앞에서 기다렸다가 곧 뒤따라온 산
자에몬에게 말했다.

　"아버님, 광해를 죽이면 조선은 머리 없는 뱀이 될 것입니다. 지
금 광해가 분조에 자리 잡기 전에 죽여야 합니다."

　산자에몬의 옆을 따라 걸으며 하나가 말을 이었다.

　"그럼 조선왕은 더 겁이 나서 기어코 명으로 도망칠 것이고 조
선 땅은 무주공산이 됩니다. 향도로 자원하는 조선인은 더 늘어날
것이고요."

　"지금 임해군과 순화군이 함경도 땅으로 가 있다. 이놈들도 조
선왕이 뿌려놓은 인질이지."

　이미 주위는 어두웠지만 어둠 속에서 산자에몬의 웃음 띤 얼굴
이 드러났다.

　"광해는 평안도의 분조로, 두 왕자는 함경도로 보내 왕의 대역
을 시키려는 수작이 아니겠느냐?"

　임해군은 광해군의 동복형이며 순화군은 순빈 김씨의 소생이다.
알고 있는 사실이었으므로 하나는 잠자코 옆을 걷는다. 그리고 조
선왕은 죽은 신성군의 동복동생인 정원군을 데리고 있다. 인빈 김
씨가 왕의 총애를 받고 있는 터라 올해로 열세 살이 된 정원군한
테 왕위를 물려준다는 소문이 났다. 왕실 안에서 일어나는 일은 모

두 무수리를 통해 알고 있는 것이다. 산자에몬이 말을 이었다.

"광해를 죽이면 임해를 대역으로 내세우겠지. 임해가 죽으면 순화군. 이렇게 말이다."

하나는 듣기만 했다. 왕자는 또 있다. 그때 발을 멈춘 산자에몬이 주위를 둘러보는 시늉을 했다. 이곳은 평양성의 감영 안이다. 주위는 왜군들로 가득 찼고 뒤에 떨어져서 따라오던 부하들이 주춤거리며 멈춰 섰다. 산자에몬이 지그시 하나를 보았다.

"하나, 네 부하로 있던 조선인 향도가 광해의 무장한테 잡혔다고 했느냐?"

"예. 이번에 돌아가면 그 무장을 죽여 없애려고 합니다."

하나가 잇새로 말했을 때 산자에몬이 정색했다.

"그놈이 자백하면 네 윤곽이 드러나지 않을까? 강둑도 쥐구멍으로 무너지는 법이다."

"그 조선놈은 아직 제가 누군지도 모릅니다."

그렇게 말했지만 하나의 얼굴은 굳어 있다.

‡

"네놈은 풀려나도 다시 왜놈한테는 돌아가지 못해."

끝쇠가 말하고는 자리에서 일어섰다.

"왜놈들이 널 믿어줄 것 같으냐? 아마 우리 첩자가 되어 돌아왔다고 죽여 없앨 것이다."

"저는 억울합니다."

114

말복이 기어드는 목소리로 말했지만 끝쇠는 몸을 돌렸다. 나흘째 심문을 받았지만 말복은 억울하다고만 했다. 고향인 개성에서 평양성 서문안 박진사 댁에 심부름을 왔다가 난리가 나는 통에 임금 행차를 따라왔다는 것이다. 심부름을 보냈다는 개성의 조판관이나 평양성의 박진사를 대질할 수도 없는 터라 이쪽도 답답했다. 평양성 사가 앞에서 왜 얼쩡거렸느냐고 물었더니 그쪽을 몇 번 다녔을 뿐이라는 것이다. 왜 단도를 들고 대항했느냐고 묻자 그럼 가만 앉아서 당해야 하느냐고 되묻는 형편이다. 나흘 동안 심문을 하면서도 낮에는 짐을 지워 행렬을 따르게 했고 밥도 먹였다. 밤에는 결박해서 재웠는데 오늘은 방을 차지했다. 세자 일행이 분조를 차릴 강계에 도착했기 때문이다. 해시(밤 10시경)쯤 되었다. 동아줄로 뒷결박을 해놓은 터라 벽에 등을 붙이고 앉은 말복은 끝쇠가 방을 나가자 입술 끝을 비틀고 웃었다.

"병신 같은 놈."

그때 방 안으로 끝쇠와 함께 박성국이 들어섰으므로 말복은 와락 긴장했다. 웃음이 지워지기도 전에 문이 열렸기 때문이다. 그러나 둘은 눈치를 챈 것 같지는 않다. 박성국이 아랫목에 앉더니 시선을 들어 말복을 보았다. 지금까지 심문은 끝쇠가 맡았다. 가끔 주먹질과 발길질을 받았지만 작심하고 친 것이 아니어서 잠깐 몸이 지끈했을 뿐이다. 그때 박성국이 말했다.

"네가 잡혀 왔을 때 각 조에서 이탈한 피란민이 열둘이나 되었다. 갑자기 그것도 이유 없이 빠져나간 것이지."

박성국이 시선을 떼지 않은 채 빙그레 웃었다.

"남장한 여자까지 포함해서 말이다. 난 그들이 모두 네 일행이라고 믿는다."

"나리, 저는 도무지⋯."

말복이 말을 이으려고 했다가 옆에 서 있던 끝쇠가 발길로 옆머리를 치는 바람에 방바닥에 뒹굴었다. 이번은 발끝이 독했다. 신음을 뱉으며 쓰러진 말복은 박성국의 말을 듣는다.

"여자까지 낀 첩자단. 우리가 널 찾으러 달려가자 재빠르게 대열에서 빠져나간 것이다. 네가 잡혀 자신들을 지목해낼 수도 있으니까."

"⋯⋯."

"아마 그놈들은 멀찍이에서 우리 대열을 따라왔을 것이고 지금은 이 근처에 잠복하고 있겠지."

그때 끝쇠가 말복의 멱살을 잡아 일으켜 앉혔다. 박성국이 말을 잇는다.

"널 죽여 없앨까 했지만 살려두기로 했다."

퍼뜩 시선을 든 말복을 향해 박성국이 희미하게 웃었다.

"내가 여진 포로를 여러 놈 데리고 있었다. 별놈이 다 많았지."

자리에서 일어선 박성국이 말복을 내려다보았다.

"왜군 앞잡이 하는 놈을 그냥 곱게 죽일 수는 없다. 넌 앞으로 내 종이다."

박성국이 방을 나가자 끝쇠가 쓴웃음을 띤 얼굴로 말복을 보았다.

"우리를 병신 같은 놈이라고 비웃었느냐?"

방으로 들어서면서 끝쇠가 본 것이다. 말복의 시선을 잡은 끝쇠가 눈을 가늘게 떴다.

"이놈아. 어디, 날 죽이고 도망쳐보아라."

‡

분조의 살림은 옹색해서 세자 광해의 조반은 밥에 나물 두 가지뿐이었다. 그러나 밥그릇을 깨끗이 비운 광해가 상을 물리자마자 마루로 나와 마당에 서 있는 박성국에게 물었다.

"준비되었느냐?"

"예, 저하."

마당에는 십여 필의 말이 끌려와 있었는데 제각기 고삐를 잡고 선 군관들은 무장을 갖췄다. 광해는 동쪽으로 육십여 리쯤 떨어진 낭림 근처 산기슭으로 의병단을 찾아가려는 것이다. 그때 마당 옆쪽에서 우의정 유홍이 다가왔다. 유홍은 예순아홉의 노인이다.

"저하, 가토군이 수시로 출몰한다고 하니 조심하셔야 하오."

마당으로 내린 광해의 옆으로 다가선 유홍이 말을 잇는다.

"강계 현령의 말을 들으면 길목에는 꼭 도적이 있다고 했습니다."

"다녀오겠소."

말 등에 오른 광해가 유홍과 최동훈 등 고관들을 내려다보았다. 강계 현령의 감영을 분조의 행재소로 삼고 있어서 한 줌밖에 안 되는 마당은 고관과 기마군 십여 기로 가득 찼다.

"이틀 후에는 돌아오리다."

던지듯이 말한 광해가 말고삐를 채었고 뒤를 박성국이 따른다. 기마군 십여 기가 자욱한 먼지를 일으키며 감영 대문 밖으로 뛰쳐나가자 모여 서 있던 백성들이 급급히 몸을 비킨다. 광해도 베옷에 조끼 차림이었고 다리에는 헝겊 각반을 찬 데다 가죽신을 신었다. 머리는 반갓으로 얼굴을 가렸기 때문에 잘해야 무반으로밖에 보이지 않는다. 강계는 작은 고을이다. 감영 근처에 백여 호의 민가와 상가가 있을 뿐이어서 기마대는 금방 황량한 들판 길로 들어섰다. 광해는 말을 잘 탄다. 타고 있는 여진마도 네 살배기 전마戰馬여서 기세 좋게 달린다.

"선전관, 네 하인이 둘이냐?"

말을 달리던 광해가 문득 뒤를 돌아보고 나서 물었다. 박성국을 따르는 끝쇠와 말복을 본 것이다.

"예. 저하."

박성국이 앞쪽을 향한 채로 대답했다. 말복은 비무장인 채 뒤에 빈 말 두 마리를 끌고 있다. 빈 말 등에는 세자의 침구와 양식, 갈아입을 옷가지가 실려 있다.

"비적들의 준동이 심하다는데, 어떤 무리란 말인가?"

다시 광해가 묻자 박성국이 옆으로 바짝 붙었다.

"수령이나 관속이 도망친 고을이 무법천지가 되는 건 당연합니다. 다행히 몇 명이 자위대를 조직하거나 의병이 모아지면 질서가 잡히지만 그러지 못하면 비적들의 소굴이 됩니다."

"임금이 도망쳤으니 오죽할 것인가?"

불쑥 광해가 말하더니 얼굴을 일그러뜨리며 웃었다.

"고을 수령 탓할 것 없다. 대비를 못한 책임은 임금에게 있다."

"저하."

당황한 박성국이 목소리를 낮췄다.

"황공합니다. 그러시면 안 됩니다."

"나라가 망하기 직전이네."

광해의 얼굴이 상기되어 있었으므로 박성국은 몸을 굳혔다. 이제 기마대는 산골짜기를 달리는 중이다. 한여름이다. 아직 사시(아침 10시경)밖에 안 되었지만 피부를 스치고 지나는 대기는 덥다. 이제 광해가 소리치듯 말한다.

"선전관, 그대도 보지 않았는가? 백성들이 임금을 멸시하는 마당에 어찌 세자랍시고 낯을 들고 다니겠느냐?"

그때였다. 박성국은 앞쪽 산비탈에서 어른거리는 무리를 보았다. 그리고 그들의 손에 쥔 쇠붙이가 햇볕에 반짝였다. 비적이다.

"비적이다!"

오십 보쯤 앞장서 달리던 군관이 외치면서 말고삐를 당기는 바람에 말은 두 다리를 치켜들며 멈춰 섰다. 군관이 소리친 것은 대열에 위험 신호를 보낸 것이다. 뒤를 따르던 기마 대열도 멈추는 바람에 흥분한 말이 울었고 먼지가 구름처럼 일어났다.

"저하, 여기 계시지요."

대열이 멈춰 섰을 때 박성국이 광해에게 말하고는 앞으로 나아갔다. 그러나 광해는 잠자코 박성국의 옆으로 걷는다. 박성국은 먼지가 걷힌 앞쪽을 노려보며 천천히 말을 걸렸다.

"비적입니다."

앞서 가던 군관이 다가온 박성국에게 말했다. 이제 앞을 가로막은 무리와는 백 보쯤 떨어져 있다. 비적이 맞다. 모두 손에 칼과 창, 장대에 매단 낫을 들었는데 오십여 인 정도. 머릿수를 믿고 관군을 가로막은 것 같다. 말을 세운 박성국이 주위를 둘러보았다. 앞쪽은 좌우가 낮은 언덕이어서 빠져나갈 길이 없다. 잔나무가 무성한 좌우 언덕에서도 살기가 풍기고 있다.

"저하, 돌아가야겠습니다."

박성국이 옆으로 다가선 광해에게 말했다.

"저놈들은 좌우 언덕에도 수십 명씩을 숨겨놓고 있습니다."

"비적이면 이 근방 양민들이 아니었나?"

광해가 혼잣소리처럼 물었을 때 박성국이 손을 뻗어 광해의 말고삐를 쥐었다.

"저하, 돌아가시지요."

그때였다. 앞쪽 무리 속에서 누군가가 고함을 쳤다.

"이놈들! 말과 가진 것을 다 내려놓고 간다면 목숨은 붙여주마!"

"이런."

그 순간 머리를 돌려 뒤쪽을 본 박성국이 혀를 찼다. 뒤쪽에서 달려오는 무리를 본 것이다. 그 숫자도 오십여 인이나 된다.

"할 수 없군."

입맛을 다신 박성국이 안장에 붙인 활을 꺼내 쥐었다.

"어설픈 비적은 죽이지 않으려고 했지만 뚫고 나가야겠습니다."

활에 살을 먹인 박성국이 주위에 붙어 선 기마군에게 소리쳤다.

"준비하고 있다가 내가 소리치면 곧장 앞으로 뛰어라!"

박성국이 뒤에 서 있는 끝쇠를 보았다.

"네가 앞장을 서라! 난 뒤를 맡는다!"

그러고는 기마군관들을 둘러보았다.

"너희들은 저하를 에워싸고 돌진하라!"

"이놈들! 내 말을 듣느냐!"

다시 무리 속에서 사내 하나가 외친 순간이었다. 박성국이 힘껏 당긴 활시위를 놓자 '쌕' 소리와 함께 화살이 날았다.

"와앗!"

함성은 주위 군관의 입에서 터졌다. 방금 이쪽에다 소리친 사내가 목을 움켜쥐고 엎어진 것이다. 목에 화살이 박힌 것을 모두 보았다.

"쌕!"

또 다시 한 발.

"와아앗!"

군관들의 함성이 더 높아졌다. 연거푸 날아간 화살이 두 명의 가슴을 꿰뚫은 것이다. 그때 뒤쪽에서 달려오는 무리와의 거리가 오십여 보로 가까워졌다. 다시 화살을 시위에 먹이면서 박성국이 소리쳤다.

"자, 가라!"

그러고는 활시위를 놓았다.

"와앗!"

함성과 함께 기마군이 앞으로 내달았고 앞쪽 무리 중에서 또 하나가 쓰러졌다. 그 순간 앞을 가로막은 무리가 좌우로 흩어졌다. 길이 뚫린 것이다. 그러자 말에 박차를 넣은 박성국이 달리면서 다시 활시위에 화살을 걸친다.

‡

한 덩이가 된 세자 일행이 질풍처럼 내달렸다. 앞을 가로막은 비적 떼는 화살에 놀란 데다 기세에 밀려 길을 터주었다. 박성국은 말에 박차를 넣으면서 맨 뒤를 내달렸다. 여진과 수없이 전투를 치르면서 실전 경험을 쌓은 터라 상황을 냉정하게 파악할 수 있었다. 돌멩이에 놀란 고기 떼처럼 잠깐 흩어졌던 비적들이 모였지만 이미 기마대는 오십 보쯤 앞으로 내닫고 있다. 비적 떼 중에서도 궁수가 서너 명 있었으므로 등을 겨누고 화살이 날아왔지만 모두 빗나갔다. 산기슭을 돌아 사방이 탁 트인 황무지로 들어섰을 때 기마대는 말의 속도를 줄였다. 그때 광해가 탄식했다.

"어허, 큰일이다."

"저놈들이 왜적과 합류할 수도 있습니다."

옆으로 붙은 박성국이 소리쳐 대답했다. 관군 복색을 한 이쪽에 적대적인 것이 그 증거이리라. 박성국이 말을 잇는다.

"닥치는 대로 민가를 습격해서 재물을 약탈하고 사람을 죽이는데 대개 종이나 천민의 무리입니다."

그러나 지금 광해가 만나러 가는 의병단 또한 종과 천민으로 이루어진 집단이다. 낭림에 사는 광대 육손이가 동료 광대와 백정,

종들을 모아서 의병단을 만들었는데 근처 양민들까지 가세해 군세가 오백여 명이라고 했다. 광해가 혼잣소리처럼 말했다.

"천민이나 종을 벗어나게 해준다고 왜적이 선동하겠구나."

박성국은 입을 다물었다. 실제로 왜군은 그렇게 회유하고 있었기 때문이다. 왜군의 향도가 되어 길 안내를 하고 점령지의 치안 보조를 하는 조선인 대부분이 그런 약속을 받은 것이다. 그들은 이제 새 세상이 왔다는 희망에 부풀어 있다. 수백 년간 성姓도 없는 상놈으로 멸시를 당해오던 그들에게 왜군은 은인이 될 것이다. 황야를 달려 의병단 진지에 도착했을 때는 미시(낮 2시경) 무렵이다. 며칠 전에 연락을 했던 터라 골짜기 안으로 들어선 지 얼마 되지 않아서 의병장 육손이 부하들을 이끌고 내달려왔다. 모두 말을 탔고 허리에는 칼을 찼는데 기세가 대단했다. 삼십여 기의 말이 골짜기를 울리며 달려오더니 이십 보쯤 앞에서 일제히 멈추고는 모두 말에서 뛰어내려 땅바닥에 엎드린다. 그러자 그 뒤로 수백 명의 무리가 내달려 왔는데 졸개들이다. 말에서 내린 광해가 엎드린 육손의 앞으로 다가섰다. 박성국이 뒤에 섰고 군관들은 좌우로 벌려 광해를 호위했다. 광해가 머리를 들고 주위를 둘러보았다. 달려온 보군步軍들도 모두 땅바닥에 무릎을 꿇었으므로 자욱한 먼지가 가라앉고 있을 뿐 이제 주위는 조용하다. 그때 광해가 육손에게 말했다.

"의병장은 머리를 들라."

"예에."

대답과 함께 육손이 머리를 들었다. 굵은 눈썹, 황소 눈, 굵은 콧날과 두터운 입술, 어깨는 넓고 상반신이 큰 장수감이다.

"일어나라."

다시 광해가 말하자 육손이 일어났다. 육 척 장신이다. 광해가 다시 묻는다.

"네 의병은 모두 몇 명인가?"

"예, 모두 오백이십사 명입니다."

육손의 우렁찬 목소리가 골짜기를 울렸다. 머리를 끄덕인 광해가 다시 물었다.

"모두 천민이냐?"

"예에."

두 손을 모으고 선 육손의 시선이 잠깐 내려졌다가 올라갔다.

"예에, 양민이 삼십여 명 섞였지만 모두 노비, 광대, 사당, 백정, 무당이고 중이 이십여 명 있습니다."

중도 천민인 것이다. 주위는 조용해졌고 다시 광해의 목소리가 울렸다.

"육손이 너에게 성을 내려주마. 너는 오늘부터 이李씨이며 네 본本은 낭림이다. 너는 이제 낭림 이씨가 되었다."

육손은 눈만 부릅떴고 광해의 말이 이어졌다.

"그리고 넌 지금부터 무관이다. 너를 정칠품 참군으로 봉한다."

그러더니 광해가 허리에 찬 칼을 풀어 육손에게 내밀었다.

"이 칼을 받으라. 세자가 주는 칼이다."

"저, 저하."

그제야 육손의 입이 터졌다. 갈라진 목소리로 말한 육손이 광해를 보았다.

"소, 소인은 도무지….'

"받으라."

세자가 내민 칼을 흔들며 말했다.

"이육손, 내 말을 다 들었느냐?"

"예에이."

"받으라."

그때 박성국이 헛기침을 하고 나섰다.

"참군은 무엇을 하는가? 저하께서 칼을 내리시지 않는가?"

"예에."

그제야 육손이 휘청거리며 다가가 두 손을 떨며 칼을 받았다. 그 러더니 털썩 무릎을 꿇고는 땅바닥에 이마를 붙였다.

"황공하오."

땅바닥에 대고 소리치듯 말했는데 울부짖는 것 같다.

"소인이 죽어서 은혜를 갚겠소."

그때 광해가 머리를 들고 의병들을 보았다. 모두 숨을 죽이고 있 어서 나뭇가지가 흔들리는 소리도 들린다.

"이제부터 너희들도 천민이 아니다. 종은 노비 문서를 모두 태 워줄 것이며 광대, 무당, 백정은 모두 양민이 된다! 그것은 조선 세 자인 내가 너희들에게 약속한 것이니 믿으라."

이제 의병들은 술렁이기 시작했다. 뒤쪽에서부터 파도가 밀려오 는 것처럼 흥분된 목소리로 덮이는 것이다. 그때 광해가 손을 들었 다. 그 순간 의병들은 숨을 죽였고 광해의 목소리가 이어졌다.

"너희들은 양민이 되었으니 마음대로 성을 만들도록 하라."

"저도 이씨를 주소서!"

앞쪽에 꿇어앉은 의병 하나가 벽력같이 소리쳤는데 육손의 부장副將급 같았다. 그러자 광해가 머리를 끄덕였다.

"그리하라. 내 성씨를 가져가라. 본本은 제가 태어난 곳을 붙이도록 하라."

"항공하오!"

"만세! 만세!"

뒤쪽에서 갑자기 만세 소리가 퍼졌고 골짜기 안도 환호성으로 뒤덮였다. 아직도 엎드려 있는 육손에게 박성국이 다가가 말했다.

"이보게, 참군. 의병들을 진정시켜 돌려보내게."

"예에."

벌떡 일어선 육손이 소리쳐 부장들을 모으고 지시했는데 군율이 잡혀서 부하들이 일사불란하게 움직였다. 의병들이 물러가고 육손과 부장급 십여 인과 함께 광해는 골짜기 안의 지휘소에 들어가 앉았다. 그때 광해가 육손에게 물었다.

"오다가 비적 떼를 만났는데 그들을 아는가?"

"호금곡에서 만나셨습니까?"

놀란 육손이 되물었다.

"서쪽으로 삼십 리쯤 떨어진 곳이었네. 골짜기가 들쑥날쑥하더군."

박성국이 대신 대답하자 육손이 크게 머리를 끄덕였다.

"호금곡이 맞습니다. 그곳 비적 놈들은 왜군 2번대인 가토군과

126

내통하고 있습지요. 무리를 이끄는 양기석은 성간 양진사의 서자입니다."

광해가 머리를 돌려 박성국을 보았다. 서자라면 양반 사회에서 수모도 많이 받았을 것이다.

‡

그날 밤은 육손의 의병단 숙소에서 묵었다. 숙소는 산 중턱에 만들어진 자연 동굴이다. 동굴은 깊고 넓어서 여름에는 선선하고 겨울에는 따뜻하다고 했다. 안쪽 광해의 숙소는 벽을 병풍으로 가렸고 양초로 불을 밝혀서 은근했다. 깊은 밤이다. 동굴 안은 조용하다. 광해의 침소에는 박성국이 불려와 바깥쪽에 무릎을 꿇고 앉아 있다.

"선전관, 편히 앉으라."

광해의 말에 박성국이 편하게 앉는다. 촛불이 일렁거리면서 벽에 붙었던 그림자가 흔들렸다. 그때 광해가 입을 열었다.

"선전관, 내일 호금곡에 사람을 보내 양기석이란 자를 불러올 수 없을까?"

시선을 든 박성국이 먼저 숨부터 들이켰다가 뱉었다. 광해의 의도를 알 수 있었기 때문이다.

"예에, 심부름은 보내겠습니다. 하오나."

잠깐 말을 그친 박성국이 광해를 보았다.

"저하께서는 그자를 회유하실 작정이십니까?"

"그렇다."

정색한 광해가 말을 잇는다.

"벼슬을 내리고 의병장을 시키겠다. 수하 비적들도 모두 사면하고 천민은 양민으로 만들어줄 터이다."

"갑자기 사람을 보내면 놀랄 터이니 며칠 기다리는 것이 나을 듯하옵니다."

광해의 시선을 받은 박성국이 말을 이었다.

"소문을 퍼뜨리게 하는 것입니다. 그럼 양기석도 알게 될 터이고 수하 비적들도 동요할 테니 그때 보내시는 것이 낫습니다."

"네 말이 맞다."

머리를 끄덕인 광해의 얼굴이 부드러워졌다.

"내가 성급했다. 갑자기 사람을 보내면 그자들이 의심하고 보낸 사람을 해칠 수도 있겠구나."

박성국은 입을 다물었고 광해가 문득 물었다.

"선전관, 그대 식구는 어디에 있느냐?"

"경기도 광주에 있습니다."

"처자가 그곳에 있단 말이냐?"

"제가 몇 해 전에 상처해서 제 부모만 광주에 있습니다."

"그렇구나. 무사하시냐?"

"왜란이 일어나고 연락을 못 드렸습니다. 그래서 알 수 없습니다."

"저런."

입맛을 다신 광해가 다시 시선을 들었다.

128

"선전관, 이 난리를 우리 힘으로 극복할 수 있을까?"

"수군 덕분으로 아직 전라도가 온전하다고 들었습니다."

"그렇지. 이순신 덕분이지."

"하오나…."

숨을 들이켰던 박성국이 이윽고 시선을 내리면서 어깨를 늘어뜨렸다.

"육지에선 어렵습니다."

"망하게 될까?"

"그건 알 수 없지만 희망을 잃으시면 안 됩니다. 저하."

"임금께서는 이미 포기하신 것 같다."

"저하께서는 그러시면 안 됩니다."

박성국이 깊은 눈으로 광해를 보았다.

"지금 백성들에게 저하만이 조선의 희망이옵니다. 저하께서는 금일今日처럼만 해주소서."

"나는 호금곡에서 도망쳐 나오면서 내 무능함을 뼈저리게 느꼈다."

벽 쪽에 시선을 둔 채로 광해가 말을 잇는다.

"조선 왕조는 올해로 딱 이백 년째다. 그 이백 년 동안 문약文弱에 빠져 국방을 소홀히 했고 백성의 고통은 아랑곳하지 않은 채 당파 싸움에만 골몰했다. 이것은 그 인과응보다."

박성국이 소리 죽여 숨을 뱉는다. 그것이 올해 열여덟이 된 세자 광해의 탓은 아니다.

✝

"광해는 낭림 근처의 의병 무리에 갔습니다."

마루에 앉은 한조가 말을 잇는다.

"선전관 박성국이 말복이까지 데리고 따라갔습니다."

"말복이를?"

놀란 하나가 한조를 보았다. 사시(아침 10시경)쯤 되었다. 하나는 미우라와 함께 강계 분조에 도착한 지 얼마 되지 않았다.

"그럼 말복이가….”

말을 멈춘 하나가 마루에 나란히 앉은 미우라와 한조를 번갈아 보았다. 그러자 한조가 머리를 조금 기울였다.

"말을 타고 박성국이 종놈하고 같이 가는 것을 보았습니다."

"예상했던 일이 아닙니까?"

쓴웃음을 지은 미우라가 말을 이었다.

"하지만 말복이 그놈이 아는 것을 다 자백한다고 해도 별 지장은 없습니다. 우리 얼굴만 드러내지 않으면 됩니다."

"그놈부터 없애.”

하나가 가라앉은 목소리로 말했지만 둘은 긴장했다. 주위는 소란하다. 이곳은 강계 현청에서 일 리쯤 떨어진 고을 끝 쪽이지만 사방에서 몰려온 피란민들로 들끓고 있다. 각 지방에서 달려온 수령들과 이름만 남은 병마사, 방어사, 만호, 중군 등 무장들이 세자를 찾아왔고 군사도 모였다. 한조는 세 칸짜리 초가를 금 한 냥을 주고 구입해놓은 것이다. 난리 통에 가장 요긴한 귀물이 바로 금이다. 비싼 값에 금덩이를 받은 집주인은 처자식을 이끌고 남쪽으로 야반도주를 하다가 일가가 몰사했다. 집을 산 한조가 뒤쫓아 일가를 죽이고 금을 도로 뺏어왔기 때문이다. 하나가 말을 이었다.

"미우라, 이번에 데려온 석동이를 보내는 것이 낫겠다. 말복이 놈이 얼굴을 모를 테니까 말야."

"예, 아씨."

"석동이한테 둘만 딸려서 보내."

"알겠습니다."

"광해가 언제 돌아오지?"

하나가 묻자 한조가 대답했다.

"사나흘 걸린다고 했습니다."

"세자가 직접 의병을 만나다니 세상이 달라졌구나."

쓴웃음을 지은 하나가 눈을 가늘게 떴다.

"하지만 이젠 너무 늦었어. 수백 년 동안 너무 썩어 있었으니…."

"광해는 어떻게 합니까?"

따라가지 않은 한조가 묻자 하나는 목소리를 낮췄다.

"주군은 지금 광해를 죽이나 살리나 중요하지 않다고 하셨다. 명이 지원군을 보내면 조선왕이 다시 그 뒤로 따라붙을 테니까 말이야. 그리고 광해는 민심 수습용 인질이지 조선왕이 왕위를 물려줄 가능성은 아직 적다고 하셨다."

이것은 하나의 보고를 받은 고니시 유키나가의 판단이다. 하나가 말을 이었다.

"광해가 세력이 커지지 않도록 측근 중 위험인물은 제거하고 민심이 모이지 않도록 방해한다. 이것이 주군께서 나한테 직접 내리신 명이시다."

"예."

한조가 앉은 채로 허리를 숙였다. 마당에는 한 무리의 피란민이 둘러앉아 있었는데 모두 왜군 밀정이다. 향도를 지원한 조선인도 셋이나 끼어 있는 데다 이번에 하나가 고니시의 본진에서 십여 명을 더 충원받아 온 것이다. 그러나 모두 피란민 행색을 하고 있는 데다 조선말이 유창해서 전혀 티가 나지 않았다. 한조와 미우라가 마루에서 떠나자 하나는 방문을 닫았다. 광해 측근 중 위험인물의 첫 번째가 바로 선전관 박성국이다. 정철과 유홍, 윤두수 등 정승들도 옆에 있지만 광해의 최측근에서 가장 영향을 끼치는 인물이 박성국인 것이다. 시선을 든 하나가 벽을 보았다. 박성국의 얼굴을 떠올리려는 것이다.

‡

다음 날 아침, 밖에서 두런거리는 소리에 박성국이 먼저 동굴 밖으로 나가보았다. 햇살이 환한 밖에 한 무리의 기마군이 모여 있었는데 모두 말에서 내렸지만 말고삐들은 쥐었다. 방금 도착한 것 같다. 그때 박성국을 본 이육손이 다가왔다.

"나리, 병마우후라는 분이 세자 저하를 뵙겠다고 오셨소."

이육손의 뒤에는 갑옷 차림의 무장들이 따르고 있다. 그중 앞에 선 사십대쯤의 사내가 박성국에게 물었다.

"귀공이 선전관이시오?"

"그렇습니다만."

박성국의 시선을 받은 사내가 거침없이 말했다.

"나는 안주의 병마우후 서달석이오. 세자 저하께서 이곳에 납시었다는 말씀을 듣고 군사를 모아 호위해드리려고 왔소. 저하를 뵙게 해주시오."

기세가 당당했고 체구는 작달막했지만 눈빛이 강했다. 박성국이 사내에게 물었다.

"군사가 몇이나 됩니까?"

"기마군 오십 기가 되오."

"어디서 오시는 길입니까?"

그러자 서달석이 이맛살을 찌푸리며 말했다.

"장강에 있었소."

장강이란 강계 서북방 육십 리쯤 거리에 있는 고을이다. 안주하고는 수백 리나 떨어진 곳이다. 서달석이 말을 이었다.

"안주에서 병이 나 고향인 장강에서 정양靜養을 하다가 저하께서 오셨다는 말을 듣고 군사를 모아 온 것이오."

머리를 끄덕인 박성국이 서달석 뒤쪽에 서 있는 군관들을 쳐다보았다.

"그대들은 장강에서 왔는가?"

"예에. 저는 장강현의 병방 유호문이라고 합니다."

텁석부리 사내가 대답했고 옆쪽 사내가 말을 잇는다.

"저는 별장 조형선이오. 나머지는 군관들입니다."

"장강 현감은 어디 있는가?"

"왜군 척후대가 오던 날 식솔들하고 도망쳐서 현청이 무주공산이 되었소."

대답은 병방이 했다. 그 말을 들은 뒤쪽의 이육손 부하들이 소리 죽여 웃는다.

"네 이놈들. 시끄럽다!"

그것을 본 서달석이 꾸짖자 박성국이 병방에게 머리를 끄덕여 보였다.

"잘 왔네. 수고했으니 좀 쉬시게."

그래놓고 이육손에게 말했다.

"참군, 부하들에게 일러서 저들에게 아침을 먹이고 말 먹이도 주시게."

"아니, 이보시오. 선전관."

서달석이 박성국을 불렀다. 눈살을 찌푸리고 있다.

"방금 이자에게 뭐라고 하셨소?"

그러자 주위는 순식간에 조용해졌다. 서달석을 따라온 무관들뿐만 아니라 의병들도 숨을 죽였다. 박성국이 힐끗 긴장한 표정의 이육손에게 시선을 주고 나서 말했다.

"어제 세자 저하께서 참군에게 이씨 성을 주시고 정칠품 무관직인 참군으로 봉하셨소. 그리고…."

박성국의 시선이 이육손의 허리에 채워진 장검으로 옮겨졌다.

"세자께서 이 참군에게 친히 검을 하사하셨소. 그것은 세자 저하 외에는 누구도 이 참군을 벌하지 못한다는 표지요."

입을 딱 벌린 서달석이 이육손을 보았다. 군관들도 마찬가지였다. 다시 박성국의 말이 동굴 밖을 울린다.

"그리고 여기 모인 의병대는 어제부로 천민이 아니오. 모두 양민이 되었고 성씨도 하사받았소."

이제 이 소문은 화살처럼 조선 땅에 퍼져나갈 것이다. 박성국은 심호흡을 했다. 갑자기 세자가 자랑스러워졌기 때문이다.

‡

"병마우후 서달석이 문안드리옵니다."

서달석이 허리를 굽히면서 인사를 했으나 광해는 묵묵히 시선만 주었다. 광해는 동굴 밖에 나와 걸상에 앉아 있다. 앞에는 서달석과 휘하 군관이 서열에 맞춰 허리를 굽히고 있었는데 제법 질서가 잡혔다. 머리를 든 서달석이 말을 잇는다.

"세자 저하를 모시려고 달려왔습니다. 받아들여 주시옵소서."

"잘 왔다."

광해가 차분한 얼굴로 말을 잇는다.

"그대는 선전관의 지휘를 받으라."

그 순간 서달석의 얼굴이 굳어졌다. 서달석의 시선이 광해의 뒤쪽에 서 있는 박성국에게 옮겨졌다가 돌아왔다.

"예에."

서달석이 대답은 했지만 어금니를 문 듯 볼 근육이 굳어 있다. 병마우후는 종삼품 무관이다. 양기석은 박성국이 종사품 선전관임을 알고 있을 것이다. 그러나 세자의 명이다. 광해의 말이 이어졌다.

"호금곡의 비적들이 가토군의 지휘를 받는다고 한다. 그래서 그 자들을 회유하거나 제거해야 되겠다. 우후는 비책이 있는가?"

"예. 그것은….."

난데없는 질문이었으므로 서달석의 눈동자가 흔들렸다. 그러나 곧 똑바로 세자를 응시하며 말했다.

"양기석은 제법 병서를 읽은 데다 무술에 능하고 인심을 얻은 놈입니다. 따라서 회유하기는 어려울 것 같습니다."

"그자를 잘 아는가?"

"휘하 군관한테서 들었습니다."

"그럼 어떻게 하는 것이 낫겠는가?"

"예. 그자는 가토의 지원을 받고 있는 터라 무력으로 응징하는 것도 어렵습니다. 그래서….."

"말하라."

"양기석 하나만 제거하면 수하 졸개들은 머리 잃은 뱀 꼴이 될 것입니다. 양기석을 암살함이 나을 것 같습니다."

"양기석이 병법과 무술에 능하다고 하지 않았는가?"

"예에."

"그럼 어떻게 적진에 들어가 양기석의 목만 취할 수 있겠는가? 묘책이 있는가?"

광해가 다그치듯 물었더니 서달석이 손등으로 이마의 땀을 닦는다. 동굴 앞에는 이육손과 부하들까지 백여 명이 모여 있었지만 기침 소리도 들리지 않는다. 서달석이 입을 열지 않았으므로 동굴 앞마당은 잠깐 정적이 덮였다. 그때 박성국이 한 걸음 나서며 말했다.

"저하, 조금 기다렸다가 다시 논의하시지요."

"맞다. 숙고하기로 하자."

선선히 머리를 끄덕인 광해의 시선이 뒤쪽 이육손에게로 옮겨졌다.

"호금곡 비적단이 동요하면 틈이 보일지도 모르겠다."

이틀 예정으로 왔으나 광해는 이곳에 더 머무를 작정인 것 같다. 광해가 동굴에 들어가 조반상을 받았을 때 박성국은 서달석과 이육손과 함께 바위 사이의 공터에 둘러앉았다.

"어제 호금곡으로 부하 둘을 보냈습니다."

이육손이 먼저 입을 열었다.

"호금곡 비적 중에 동네 사람들이 있다는 부하들입지요. 그 둘이 동네 사람들을 통해 소문을 퍼뜨릴 것입니다."

그때 서달석의 시선을 받은 박성국이 말했다.

"세자께서는 이곳의 모든 천민을 양민으로 인정하셨소. 종 문서를 태울 것이며 천민 모두는 성씨를 받았소."

일국—國의 세자 지시였으니 곧 국법이나 같다. 서달석이 머리를 끄덕였다.

"옳지. 비적단이 동요한다는 건 바로 그것 때문이군요."

✝

"나리가 활을 잘 쏘십디다."

말복이 불쑥 말했으므로 화살촉을 박던 끝쇠가 머리를 들었다. 박성국의 숙소인 동굴 안이다. 조반을 먹고 난 박성국은 세자한테 가 있고 동굴 안에는 그들 둘뿐이다. 다시 화살촉을 박으면서 끝쇠 가 말복을 노려보았다.

"북방에서는 기마군이 말을 달리면서 적 기마군을 쏘아 떨어뜨 린다."

"나도 이야기는 들었소."

"네 왜놈 상전들은 조총만 쏘느냐?"

"글쎄 나는….."

"닥치거라. 이 왜놈의 종놈아."

눈을 부릅뜬 끝쇠가 화살을 회초리처럼 쥐고 말복의 어깨를 때 렸다. 세게 때리지는 않아서 말복은 어깨만 들썩였다. 끝쇠가 잇새 로 말을 잇는다.

"이놈아, 새 세상도 좋지만 어찌 왜놈 밑에서 새 세상을 산단 말 이냐? 지금 이곳에서도 천민이 다 양민이 되었다."

"……."

"나도 이번에 졸지에 종에서 벗어나 양민이 되었단 말이다."

"날 왜 데려왔수?"

정색한 말복이 다시 불쑥 물었으므로 끝쇠는 쓴웃음을 지었다.

"나리께서 내 일손을 덜어주시려고 그런갑다."

"군사 하나만 더 데려오면 될 것을. 귀찮지도 않고."

"그렇지. 널 분조 행재소에서 죽여 없애고 홀가분하게 오는 것이 나았지."

"……."

"괜히 감시하랴 신경 쓸 것도 없이 말이다."

"난 그렇게 큰 위인이 못 되우. 그저 시킨 대로 일만 한 졸자였수."

그 순간 끝쇠가 머리를 들고 말복을 보았다. 말복이 제 신분을 털어놓은 것이다. 머리를 숙인 채 말복이 말을 잇는다.

"나한테서 가져갈 내막이 없단 말이우. 난 우두머리가 여자라는 것밖에 모르우."

"가만."

자리를 차고 일어선 끝쇠가 말복을 보았다.

"잠깐 기다려봐. 내가 나리를 모시고 올 테니까."

몸을 돌린 끝쇠가 말을 잇는다.

"나리께 직접 말씀 올리는 것이 낫다."

그리고 잠시 후에 끝쇠가 박성국을 앞세우고 다시 동굴 안으로 들어섰다. 박성국이 자리에 앉자 일어서 있던 말복이 무릎을 털썩 꿇었다.

"소인은 왜군 밀정과 함께 일했소이다."

박성국이 머리만 끄덕였고 말복의 말이 이어졌다.

"세자 저하를 감시하다가 잡혔습지요, 나리께서 맞히셨습니다."

"밀정 우두머리가 여자라고 했느냐?"

박성국이 묻자 말복이 두 손을 땅바닥에 짚었다. 얼굴은 굳어 있지만 시선은 떼지 않는다.

"예에. 하나라고 불렀는데 본명이 하나코이고 고니시 유키나가 가신의 딸이라고만 들었습니다."

"그년은 내가 보았다."

"예에. 분조로 가던 행렬에 남장 여자로 끼어 있었지요. 나리께는 개성에서 피란 온 유진사 댁 딸이라고 했다고 들었습니다."

"그년이 지금 어디 있을 것 같으냐?"

"틀림없이 분조에도 부하들을 보냈을 것입니다. 나리께 얼굴이 알려진 상태여서 앞에 나타나지는 않겠지요."

"……."

"하지만 끈질긴 데다 수단이 악독합니다. 지금까지 무관, 지방의 수령 등을 삼십여 인이나 암살했는데 실패한 적이 없습니다."

그러자 박성국이 길게 숨을 뱉고 물었다.

"너도 천출이냐?"

"예에. 소백정이올시다."

"그럼 너도 이제 양인이 되었다. 저하께서 성씨까지 주셨으니 받아라."

"예에."

이마를 땅바닥에 붙였다가 뗀 말복이 머리를 돌려 옆쪽에 서 있는 끝쇠를 보았다.

"성님도 성을 받으셨수?"

"내가 왜 네 성님이냐?"

눈을 부라리던 끝쇠가 힐끗 박성국을 보더니 헛기침을 했다.

"그려. 받았다."

"다 저하께서 주신 이씨가 되었던데 성님도 이씨유?"

"난 나리께 받았다. 그래서 박근서다."

"끝쇠가 근서가 되셨구려. 아주 유식하십니다그려."

"이놈아 닥쳐라!"

버럭 소리치던 끝쇠가 다시 박성국의 눈치를 보았다. 그때 박성국이 자리에서 일어서며 웃었다.

"네 이름은 그대로 써도 되겠다. 네 부모가 글자를 안 모양이다."

그러자 말복이 다급하게 말했다.

"나리, 저도 나리 성을 줍시오."

‡

그날 밤, 광해의 동굴 안에 광해와 박성국, 서달석에 이육손, 그리고 두 졸개까지 여섯이 모였다. 동굴은 꽤 컸으나 안쪽 벽에 기대앉은 광해와 거리를 두고 꿇어앉는 바람에 좁게 느껴졌다.

"아마 지금쯤 소문이 다 퍼졌을 것입니다."

이육손의 말이 이어졌다.

"양기석의 심복은 참모 윤홍구와 소두목 서너 명뿐이라고 합니다. 나머지 소두목 십여 명과 졸개 사백여 명은 누가 두령이 되건 따를 것입니다.

지금 그들은 호금곡에 소문을 퍼뜨리고 돌아온 졸개들의 보고를 듣는 중이다. 그때 박성국이 졸개들에게 물었다.

"양기석이 진영에 왜군 감독관이 머물고 있지 않더냐?"

"향도가 한 놈 있다고 했습니다."

졸개 하나가 대답했다.

"부산진에서부터 따라온 자인데 닷새에 한 번씩 왜군 대장한테 보고하고 무기를 받아온다고 합니다."

머리를 끄덕인 박성국이 광해에게 말했다.

"저하, 우후의 비책대로 양기석과 그 심복을 은밀히 처단함이 나을 것 같습니다."

"기습을 하겠다는 말이냐?"

광해가 묻자 박성국이 정색했다.

"예에. 정예를 모아 야음을 타고 잠입하는 겁니다."

"누가 갈 것인가?"

"소인입니다."

망설이지 않고 말한 박성국이 말을 잇는다.

"소인이 대여섯 명만 데리고 가겠습니다."

"소인이 따르지요."

이육손이 말을 받았으므로 광해가 길게 숨을 뱉었다.

"목숨을 걸어야겠구나."

"전란 중이니 당연한 일 아니겠습니까?"

그러고는 박성국이 머리를 돌려 서달석을 보았다.

"그동안 우후는 저하를 경호하고 계시오. 우리가 돌아오지 않으면 저하를 모시고 분조로 돌아가야 할 테니까."

"소임을 다하겠소."

서달석도 정색하고 머리를 숙였다.

"따르고 싶지만 저하를 모시는 일도 막중하니 목숨을 바치지요."

그때 광해가 박성국에게 묻는다.

"언제 떠나겠느냐?"

"오늘 밤중에 떠나 호금곡 근처에서 염탐한 후에 내일 밤에 결행하겠습니다. 이틀 후 오전까지 돌아오지 못하면 일이 틀어진 것으로 아소서."

머리를 든 박성국은 광해의 눈동자가 흔들리는 것을 보았다. 그러나 입은 열리지 않았다.

‡

야습夜襲조는 여섯, 박성국과 이육손, 대장장이 출신에 검술에 능한 고경만, 그리고 끝쇠에다 어제 호금곡에 다녀온 종 출신 석이, 그리고 말복이다. 말복이는 여럿에게 박말복이라고 자신을 소개했다. 여섯 기의 기마인이 호금곡이 멀리 보이는 야산 골짜기에 도착했을 때는 오시(낮 12시) 무렵. 골짜기 으슥한 곳에 말을 매어놓고 이제 여섯은 산줄기를 타고 호금곡으로 접근한다.

"뒤쪽은 경계가 허술합니다요."

앞장선 석이가 말하면서 손으로 건너편 산등성이를 가리켰다. 그들은 호금곡의 뒤쪽으로 다가가는 중이다.

"감히 누가 우릴 습격해 오겠느냐고 합니다요."

그럴 것이다. 근처에는 관군도 없고 고을 수령들은 다 도망쳐서 무주공산이 되어 있다. 더구나 왜군의 지원을 받고 있는 터라 무엇이 두렵겠는가? 산세가 험했으므로 신시(낮 4시경) 무렵에야 호금곡 뒤쪽 능선에 도착한 그들은 풀숲에 둘러앉아 가져온 떡과 육포로 식사를 했다.

"이쪽은 가토군 선봉대 나가시마군의 지역입니다."

박성국의 옆으로 다가온 말복이 목소리를 낮춰 말했다.

"이곳 사정이 알려지면 나가시마가 가만히 있을 리가 없습니다. 나리."

"그놈들이 달려온다고 해도 이 넓은 황야에서 어떻게 우리를 찾겠느냐?"

가볍게 말했지만 박성국의 얼굴은 굳어 있다. 다시 육포를 씹는 박성국에게 말복이 말을 잇는다.

"나리, 소인이 오면서 생각했습니다만 가토군의 향도대를 없애면 가토군은 귀먹은 개가 될 것입니다."

박성국의 시선을 받은 말복이 얼굴을 일그러뜨리며 웃었다.

"예. 제가 고니시 밀정단에 끌려다니다가 가토군에 대해서도 알게 되었습지요."

"……."

"고니시와 가토는 왜군의 1번대, 2번대를 차지한 용장이고 둘 다 왜왕 히데요시의 총애를 받고 있지만 견원지간입니다. 대놓고 칼부림만 안 할 뿐이지 뒤에서는 갖은 모략과 방해, 심지어는 살인까지 합니다."

"……."

"소인이 하나를 따라다닐 적에 가토군의 밀정을 암살한 적도 있습니다."

박성국은 이제 씹던 것도 그치고 말복을 응시하고 있다. 말복이 목소리를 낮췄다.

"가토군의 향도대는 낭림고원의 대흥이라는 마을에 모여 있다고 들었습니다. 모두 백오십여 명으로 가토군이 서진西進할 때 앞잡이로 쓰려는 것이지요. 그 향도대를 선봉장 나가시마가 이끌고 있습니다."

"알았다."

박성국이 천천히 머리를 끄덕이면서 웃었다.

"화살 한 대에 쥐와 토끼를 함께 꿰게 될 수도 있겠다."

‡

양기석은 육 척 장신에 병법과 무술에 능했는데 피부가 희었고 용모가 단정한 미남이다. 그러나 출신이 서출인 터라 무뢰배와 어울려 사냥을 다니거나 국경을 넘어 밀무역을 하면서 세월을 보내다가 이번 난리를 만났다. 양기석에게 이번 난리는 세상을 바꿀 수 있는 절호의 기회였다. 왜군이 그것을 대신해주고 있었으니 그에게는 은인이나 같다.

"이년이 이제 그 맛을 아는구나."

아가의 몸에서 떨어진 양기석이 가쁜 숨을 고르며 말했다. 방 안은 환했고 반쯤 열린 문밖으로 마당이 다 보인다. 그러나 방 안의 두 남녀는 지금 질펀한 정사를 끝낸 참이다. 아가가 앓는 소리를 뱉으면서 옷자락으로 음부를 가렸다. 그 순간 비린 정액 냄새가 흩어졌다. 양기석이 손을 뻗어 아가의 젖가슴을 움켜쥐었다. 풍만하고 탄력 있는 가슴이다.

"네가 몇 살이라고?"

양기석이 묻자 아가는 숨을 고르면서 대답했다.

"열여덟입니다."

"내가 두 번째 남자가 맞느냐?"

아가는 대답하지 않았다. 닷새 전에 양기석 일당이 호금곡 앞을 지나던 양반 일행을 잡았는데 갑산에 사는 조진사라고 했다. 증조부가 참판을 낸 집안이라니 양반이 드문 함경도에서 행세깨나 하던 가문일 것이다. 그러나 양기석은 조진사는 물론이고 열일곱 살된 아들, 조진사 마님과 며느리까지 그 자리에서 몰살했다. 그리고 여종 셋만 잡아끌고 호금곡으로 돌아온 것이다. 물론 세간과 짐은 다 빼앗았다. 지금 옆에 누워 있는 아가가 조진사 댁 안방마님 몸종인 것이다.

"나리."

아가가 불렀으므로 양기석이 머리를 돌렸다.

"뭐냐?"

그러자 아가의 동그란 얼굴이 금방 빨갛게 달아올랐다. 얼굴도 둥글고 몸도 둥글둥글하다. 아가가 주저하며 말했다.

"저, 저도 이곳 본채로 옮겨오면 안 됩니까?"

그 순간 눈을 크게 뜬 양기석의 얼굴에 웃음기가 번졌다. 눈이 가늘어지면서 얇고 붉은 입술 끝이 치켜 올라간다.

"내 소실이 되고 싶으냐?"

"예에."

"이 본채에 소실이 몇 명 있는지 아느냐?"

"모릅니다."

이제 시선을 내린 아가의 얼굴이 하얗게 굳었다. 양기석이 말을 이었다.

"모두 여섯이다. 양반집 며느리에 참봉 마님도 있고, 무수리에 양민의 처, 여종이 둘이다."

"……."

"나이는 참봉 마님이던 년이 마흔, 가장 나이가 어린 년은 스무 살짜리 여종이지."

그러고는 양기석이 아가를 보았다.

"네가 오면 제일 어린 년이 되겠다."

몸을 일으킨 양기석이 손바닥으로 아가의 엉덩이를 찰싹 두드리며 말했다.

"제 입으로 내 곁에 있겠다고 한 년도 네가 처음이다."

그러고는 다시 입술을 비틀며 웃는다.

"네년은 육덕이 좋고 샘이 많다. 좋아. 오늘부터 본채에 있거라."

‡

석이 뒤를 따라온 사내는 사십대쯤의 순박한 얼굴의 곰보였다. 석이가 산채로 숨어들어 데려온 것이다.

"성님, 선전관 나리시오."

석이가 박성국을 가리키며 말하자 사내는 털썩 무릎을 꿇었다. 유시(저녁 6시경) 무렵이다. 이곳은 호금곡 뒤쪽의 능선 위였는데 아래쪽으로 오백 보쯤만 내려가면 산채다. 나무 숲에 가려 있어서 보이지는 않지만 소리는 다 들린다.

"나리, 어제 석이한테서 이야기를 듣고 몇 명이 작당해서 산채를 도망쳐 나오기로 작정했습니다."

사내가 말하자 박성국이 머리를 끄덕였다.

"잘 생각했다. 한데 너는 먼저 산채 구조를 말해줘야겠다. 어디에 몇 놈이 있는지도."

"예. 말씀드립지요."

사내가 정색하고 말했다.

"소인이 어느 집에 몇 놈이 들어가 있는지 다 압니다. 산채에 밥 숟가락 들 수 있는 년놈은 삼백칠십오 인, 계집 삼십이 인, 그중 칼을 쥐고 뛸 수 있는 놈은 이백팔십오 인이며 병자가 십이 인, 나머지는 노인과 아이들입니다."

"어찌 그리 잘 아는가?"

"소인이 부엌살림을 맡은 소두목이올시다. 그래서 가장 잘 압지요."

그 순간 박성국의 얼굴에 쓴웃음이 번졌다.

"내가 가장 요긴하게 쓸 인재를 만났구나. 운수가 트인 것 같다."

듣고 있던 모두의 얼굴에 웃음이 떠올랐다.

‡

술시(밤 8시경)가 되면 창고 옆 종루에서 순시군이 딱딱이를 한 번 두드린다. 딱딱이는 참나무로 만들어서 소리가 높지만 여운이 없다. 그것을 신호로 산채는 야간 통행이 금지된다. 제법 엄격한 규율이었지만, 적의 침입도 없는 데다 두 달 동안 사고도 일어나지 않아서 많이 느슨해졌다. 야간 순시군 십여 명이 사방의 초소에서 번을 섰지만 빌 때도 많고 조장이 나오지 않을 때도 있다. 딱딱이 소리를 들은 김오복이 물그릇을 밥상 위에 내려놓고 물었다.

"술 가져왔어?"

"예. 두 병 가져왔어요."

고분고분 대답한 박씨가 엉거주춤 자리에서 일어나며 묻는다.

"술 가져올까요?"

"오늘 밤에 한 병만 마시지."

그러고는 김오복이 손을 뻗어 박씨의 엉덩이를 움켜쥐었다가 놓았다.

"에구머니."

박씨가 자지러지는 소리를 내며 몸을 비틀었다. 목소리에 교태가 가득 담겼고 흘겨보는 두 눈이 번들거렸다. 그러나 얼굴은 박색이다. 눈이 가늘고 코는 작은 데다 콧구멍이 하늘 쪽으로 나 있으며 입술은 두껍다. 그러나 몸매는 가늘고 엉덩이는 넓어서 언뜻 보아도 색기色氣가 있다. 김오복이 너털거리며 웃었다.

"딱 한 병만 마시면 그놈이 더 힘을 쓰는 거여."

"아이구, 별소리를."

방구석에서 술병을 집어 든 박씨가 이제는 허리를 꼬았다. 한 달 전만 해도 박씨는 장강현의 이방 허만수의 본댁이었지만 이제는 비적의 노리개가 되었다. 그러나 오히려 표정은 밝고 몸놀림도 가볍다. 술병을 들고 온 박씨가 다시 김오복의 옆자리에 앉는다.

"언제 일본군한테 가시우?"

박씨가 묻자 김오복이 머리를 들었다.

"그건 왜 물어?"

"지난번에 가져오신 옥가락지가 너무 작아서 그러우."

눈만 꿈뻑이는 김오복을 향해 박씨가 수줍게 웃었다.

"그걸 좀 큰 것으로 바꿔올 수 없수?"

"이런 여편네 보았나?"

쓴웃음을 지은 김오복이 박씨 치마 속으로 손을 넣었다가 눈을 둥그렇게 떴다. 박씨가 겉치마만 입고 있었기 때문이다. 치마 속은 알몸이다.

"이, 이런."

아예 치마를 들쳐 본 김오복이 신음을 뱉는다.

"아유."

박씨는 몸만 비틀고 가만히 있었으므로 김오복의 몸이 치마를 둘러쓰고 있는 셈이 되었다. 김오복이 박씨의 음부를 주무르면서 말했다.

"내가 요부를 잡았구나."

"아유, 영감."

박씨가 그대로 방에 드러누웠고 다급해진 김오복이 옷을 입은 채로 몸 위에 오른다. 이미 술 마실 생각은 저만큼 달아났다.

"반지 바꿔줄 거유?"

김오복의 바지 끈을 풀면서 박씨가 누운 채로 물었다.

"아, 그럼. 그럼."

한 달 전, 그날은 김오복이 졸개들을 이끌고 조금 멀리 약탈을 나갔다가 이방 허만수 일행을 만났던 것이다. 허만수는 종 둘을 데리고 박씨와 함께 피란을 가던 길이었다. 나이 서른이 되도록 소생이 없던 박씨는 오륙 년 전부터 소박데기가 되어서 허만수와 잠자리도 끊겼던 상황이다. 그러나 난리가 나자 허만수의 소실 둘은 집안의 패물을 몽땅 긁어모아 도망질을 했다. 남은 건 소박데기 박씨뿐이었던 것이다. 그러나 그날 허만수는 김오복의 칼에 맞아 죽었고 종 둘 중에서 하나는 반항하다가 졸개의 창에 찔려 죽으며 다른 한 놈은 용케 도망질을 했다. 그때 바지만 벗어던진 김오복이 서둘러 동굴로 양물을 집어넣는 바람에 박씨는 입을 딱 벌렸다.

"아이구, 나 죽어."

박씨의 입에서 신음이 터졌다. 그러나 말과는 달리 두 손으로 김오복의 엉덩이를 움켜쥐고는 끌어당긴다.

눈을 뜬 양기석은 얼굴 위로 찬바람이 스치고 지나는 느낌을 받는다. 방 안은 어둡다. 그 순간 다시 찬 기운이 느껴졌으므로 양기석이 번쩍 머리를 들었다.

"누구냐?"

불쑥 물은 양기석은 다음 순간 목에 격렬한 충격을 받고는 입을 딱 벌렸다. 소리를 질렀지만 대신 목에서 울컥 피가 쏟아졌다. 목을 움켜쥔 양기석이 상반신을 일으켰지만 머리가 뒤로 젖혀졌다. 목이 뼈만 겨우 남겨놓고 베어졌기 때문이다. 털석 머리부터 다시 눕혀진 양기석이 눈을 부릅떴다. 피가 분수처럼 솟구쳤고 다리에 경련이 일어나고 있다. 그때 사내의 목소리가 울렸다.

"가만있어. 소리 지르면 너도 벤다."

차분하고 굵은 목소리였다. 그것은 옆에 누운 아가한테 하는 말이었다. 아가는 꼼짝하지 않았고 사내의 목소리가 이어졌다.

"이놈은 목이 잘렸다. 너는 방 안에 가만히 있기만 하면 된다."

그러더니 사내의 시선이 양기석에게로 옮겨졌다. 그때 양기석은 선명하게 드러난 사내의 얼굴을 보았다. 장신에 건장한 체구, 부릅뜬 눈이 위압적이었고 입술은 굳게 닫혀 있다. 시선이 마주치자 사내가 말했다.

"죽기 전에 누가 죽였는지는 알고 가거라. 난 세자 저하를 모시는 선전관 박성국이다. 자, 가거라."

사내의 말이 끝긴 순간에 양기석의 혼도 육신을 떠났다. 그 시간

에 김오복은 박씨의 몸 위에 엎어져 있었는데 등이 서늘한 느낌을
받고는 경황 중에도 머리를 비틀어 뒤를 보려고 했다. 그 순간이었
다. 머리통에 극심한 충격을 받은 김오복이 박씨의 몸 위로 엎어졌
다. 눈을 감은 채 비명을 질러대던 박씨는 김오복이 엎어지자 더
흥분했다.

"아이고, 영감."

두 팔로 김오복의 목을 감아 안은 박씨가 허리를 추켜세우면서
부르짖었다.

‡

딱딱이 소리가 들렸을 때는 해시(밤 10시경) 무렵이다. 이런 경우
는 처음이었으므로 산채는 술렁거렸고 사람들이 뛰쳐나왔다. 딱딱
이 소리는 뒤쪽 초소에서 계속해서 들리고 있다.

"무슨 일이야?"

몇 사람이 소리쳤지만 모두 웅성거리기만 할 뿐 신통한 대답이
없다. 딱딱이는 계속해서 울리고 있다.

"뒤쪽 초소야. 무슨 일 있나?"

"오늘 밤 순시대장이 누구야?"

중구난방으로 떠들고 있을 때 누군가가 소리쳤다.

"청 앞마당으로 모여라!"

"대두령 지시인가?"

누가 물었을 때 대답이 돌아왔다.

"빨리 모여라!"

어느새 딱딱이 소리는 그쳐 있었다. 잠시 후에 청 앞마당에는 삼백여 명의 비적이 운집해 있었다. 아녀자와 노인들까지 나와 뒤쪽에서 웅성거린다. 그때 어두운 청으로 횃불을 든 두 사내가 나왔는데 군중이 웅성거렸다.

"모두 입을 다물고 들으라!"

청 아래에서 고함친 사내는 바로 소두목 정명보, 바로 산채 안살림을 맡은 사내다. 모두 어리둥절한 채 입을 다물었을 때였다. 불빛이 환한 청 위로 사내 하나가 나왔는데 한 손에는 뭔가를 들었다. 사내는 바로 박성국이다. 그때였다. 청 아래에 모인 사내들이 웅성거렸다. 놀란 외침도 일어났다. 박성국이 양기석의 머리를 쥐고 있었기 때문이다. 머리칼을 잡혀 대롱거리는 양기석의 머리는 처참했다. 아직도 목에서는 핏방울이 떨어졌고 눈을 부릅뜬 형상이었다.

"대두령 목이다!"

누군가 소리쳤을 때였다.

"들어라!"

박성국이 벽력같이 소리쳤으므로 청 앞마당은 순식간에 조용해졌다. 눈을 치켜뜬 박성국이 말을 이었다.

"모두 소문을 들었을 것이다. 나는 세자 저하를 모시고 있는 선전관 박성국이다. 너희들을 세자 저하의 친위 의용군으로 만들려고 이곳에 왔다. 그래서 먼저 너희들을 역적으로 이끌던 수괴 양기석의 머리를 잘랐다."

그러고는 박성국이 양기석의 머리를 앞으로 던졌다. 머리가 호박 덩어리처럼 굴러가 청 난간 사이로 빠져 앞마당에 떨어졌다. 비적들이 머리를 피하려고 좌우로 갈라졌다. 박성국의 목소리가 다시 마당에 울렸다.

"또한 양기석에게 충성하는 참모 윤홍구와 소두목 셋을 베어 죽였고 왜군 향도로 감시자 노릇을 해온 김오복이는 잡아 묶었다. 이제 너희들은 역적들의 감시에서 풀려났다."

"와아!"

갑자기 마당에서 서너 명이 환성을 지른다. 정명보와 그의 동조자들이 지르는 함성이다. 그러자 십여 명이 따라 외쳤고 곧 수십 명이, 나중에는 모두가 함성을 뱉는다. 잡혀와 밤 시중을 들던 여자들이 소리 내어 울었으므로 마당 분위기가 완전히 장악되었다.

"성님, 이젠 되었소."

군중 사이에 끼어 서 있던 말복이 옆에 선 끝쇠에게 말했다. 둘은 아직도 칼자루를 단단히 쥐고 있었는데 반발 세력을 잡아 죽이는 것이 임무였다.

‡

"호금곡을 장악했느냐?"

진시(아침 8시경) 무렵, 마루에 선 광해가 소리치듯 묻는다. 마당에 엎드린 사내는 박성국의 종 끝쇠다. 주위를 둘러선 사내들이 웅성거렸고 서달석의 얼굴은 일그러졌다가 곧 원상으로 돌아왔다.

"예. 저하."

머리를 든 끝쇠가 광해를 올려다보았다. 납작 엎드려 있었지만 두 눈은 치켜떴고 눈동자는 흔들리지 않는다. 끝쇠가 말을 이었다.

"두목 양기석과 그 무리 네 놈은 베어 죽였고 향도 김오복이는 사로잡았습니다. 지금 선전관은 호금곡 무리를 의병으로 재정비하고 있사옵니다."

"어허, 장하다."

광해의 얼굴에 웃음이 떠올랐다.

"선전관은 호금곡에 있느냐?"

"예에. 저하께서 분조에 돌아가시는 길에 들러주시면 의병들이 감격할 것이라고 했습니다."

"가야지."

머리를 크게 끄덕인 광해가 뒤쪽에 선 서달석을 보았다.

"우후, 호금곡으로 가겠다. 준비하라."

"예에."

대답을 했지만 서달석이 꾸물거렸으므로 광해가 묻는다.

"왜 그러는가?"

"호금곡으로 곧장 들어가시기 전에 다시 한 번 선전관에게 사람을 보내시는 것이…."

"선전관이 그곳에 있다지 않은가?"

광해가 짜증 섞인 목소리로 물었을 때 끝쇠가 대답했다.

"선전관이 호금곡 앞에서 기다리고 있을 것입니다. 저하."

"준비하라."

광해가 소리치듯 말했으므로 모두 움직였다. 박성국을 따라온 군관들이 서달석을 힐끗거리면서 서로 눈짓을 주고받는다.

‡

7월 중순이어서 햇살은 살을 태울 듯이 이글거렸고 바람도 없는 한낮이다. 안동구는 길에서 십여 보 떨어진 바위 그늘로 다가가 등을 붙이고 앉았다.

"이번에는 의주 기생 맛 좀 보고 돌아와야겠다."

등을 붙인 바위가 시원했으므로 안동구가 만족한 표정을 짓고 말했다.

"과부나 주막집 주모보다는 기생이 낫지. 여자는 엉덩이를 잘 흔들어야 되느니."

그러자 주위를 둘러본 마호영이 다가왔다.

"에, 덥다. 오늘은 송원에서 묵지 못하겠구나."

"어림없지. 늦게 출발했으니 사흘 밤은 묵어야 의주에 닿을 거다."

수건으로 얼굴의 땀을 닦은 안동구가 말을 잇는다.

"그나저나 세자는 언제 오는겨? 의병단 산채에서 계집 공양을 해주는가?"

"이놈은 말끝마다 계집 타령일세."

털썩 옆쪽에 앉은 마호영이 하늘을 보았다. 해가 떠 있는 위치로 보아 미시(낮 2시경) 무렵이다.

"왜군이 함경도를 다 쓸었다는데."

저고리 깃을 벌려 바람을 넣으면서 마호영이 말했을 때였다. 뒤쪽 숲에서 바스락거리는 소리가 들렸으므로 둘은 일제히 옆에 놓인 장검을 쥐었다. 농군 복색이었지만 장검을 지니고 보따리에는 표창까지 넣었다. 훈련원 장교들이다. 다시 부스럭거리는 소리가 들렸을 때 둘은 동시에 뛰쳐 일어섰다. 이곳은 강계에서 오십여 리 떨어진 산길. 오가는 행인도 없고 주변에는 민가도 없는 외진 곳이다. 그때 바위 뒤쪽에서 나뭇가지를 헤치고 두 사내가 나왔다. 상투 튼 머리에 수건을 매었고 홑저고리에 바지 차림이었는데 다리에는 각반을 둘렀다. 그리고 손에 장검을 들고 있었으니 이쪽과 비슷한 행색이다.

"네놈들은 누구냐?"

버럭 소리쳐 물은 것은 안동구다. 안동구 뒤로 세 발자국쯤 떨어져 선 마호영은 칼자루를 쥔 채 주위를 살피고 있다. 둘 다 훈련원에서 검술 교관으로 네다섯 해를 보낸 검술의 대가이며 특히 마호영은 고려검법의 달인이다. 둘 다 상민 출신이었기 때문에 무과武科에 응시할 수 없었지만 특차로 훈련원 교관이 된 것이다. 그것은 소속 병마사의 추천이 있었기 때문이다. 따라서 둘은 정구품 별장 호패를 차고 있다. 그때 안동구의 앞쪽 다섯 걸음쯤 앞에서 발을 멈춘 두 사내가 일자로 벌려 섰다.

"호오, 이놈들이."

눈을 가늘게 뜬 안동구가 칼 손잡이를 쥐면서 웃었다.

"감히 덤비겠단 말이냐?"

한 걸음 다가간 안동구가 어깨를 낮추고는 다시 한 걸음을 떼려는 순간이다. 두 사내는 멈춘 상태여서 거리는 세 걸음 반쯤으로 좁혀졌다. 다음 발을 디디는 순간 안동구는 몸을 날리면서 칼을 빼내 후려칠 작정이다. 뒤쪽 비스듬한 위치에 선 마호영은 나머지 한 사내를 응시한 채 가만있었다. 조금 여유가 있던 마호영은 뭔가 께름칙한 기분이 들었기 때문에 선뜻 나서지 않았다. 두 사내가 거침없이 다가온 것이 미끼 같다는 느낌을 지울 수가 없었다. 그러나 그것으로 안동구의 기세를 꺾지는 않았다. 오랫동안 호흡을 맞춰 온 터라 여차하면 자신이 맡을 생각이었다. 그 순간 안동구가 허공으로 뛰어올랐다. 뛰어오른 순간 칼을 빼낸 안동구가 앞쪽 사내의 한 걸음 앞에 발을 디디면서 정확하게 왼쪽 허리에서 오른쪽 어깨까지를 올려쳐 베었다.

"야앗!"

안동구가 지른 함성이 풀숲을 울렸다. 그때 마호영은 숨을 삼켰다. 사내가 번쩍 허리를 비틀어 안동구의 칼날을 피한 것이다. 상반신이 휘청 뒤쪽으로 젖혀졌는데 버들가지처럼 유연했다.

"에이!"

안동구도 검술의 달인이다. 첫 칼이 빗나간 순간 바로 방어 자세를 잡았다가 분한 고함을 뱉으면서 한 걸음 다가섰다. 그 순간 마호영이 앞쪽 상대를 향해 전진했다. 그냥 척, 척, 걸어가면서 칼을 빼 든 것이다. 앞쪽 사내가 와락 긴장한 표정을 지었다. 사내가 두 손으로 칼을 쥐고는 상단으로 겨누었다.

"이놈, 왜놈이구나!"

마호영의 입에서 외침이 터졌다. 조선 검법에 저런 자세는 없는 것이다. 그 순간이었다.

"으윽!"

옆쪽에서 신음이 터졌으므로 마호영이 퍼뜩 시선을 들었다. 그러고는 숨을 삼켰다. 안동구가 가슴에 박힌 화살을 움켜쥐고 있다. 눈을 부릅떴는데 놀란 표정이다. 이를 악문 마호영이 와락 다가서면서 칼을 후려쳤다. 화살은 안동구의 심장을 꿰었다. 안동구는 죽는다. 마호영의 칼날은 빈틈이 없다. 사내가 옆으로 비켰지만 이미 그쪽 공간까지 꿰뚫어보고 칼날이 길게 뻗쳤다.

"악."

짧은 외침과 함께 사내의 왼손이 팔목 부근에서부터 절단되었다.

"으윽!"

두 번째 신음은 마호영의 입에서 울렸다. 화살이 등에 박힌 것이다. 등을 뚫고 심장에 박혔다. 이를 악문 마호영이 칼을 치켜들었다. 이렇게 허망하게 죽다니. 문득 그런 생각이 떠올랐고 눈이 부릅떠졌다. 전란에는 전장에서 무공을 세우고 죽어야 하거늘. 마호영이 내려친 칼이 사내의 어깨에서 허리까지를 비스듬히 갈랐고 내장이 쏟아져 나왔다. 그때 다시 또 한 대의 화살이 날아와 마호영의 목을 꿰었다. 머리를 돌린 마호영은 안동구가 땅바닥에 주저앉아 있는 것을 보았다. 마호영은 앞쪽 사내의 칼까지 맞아 막 숨이 끊어지는 참이었다. 안동구의 시선과 부딪치자 마호영이 얼굴을 일그러뜨리며 웃었다. 그러고는 안동구의 앞으로 넘어졌다. 일부러 그런 것이다.

　　　　　　✝

　　한 시진쯤이 지난 후에 하나는 한조가 바친 밀서를 받아든다. 이
곳은 강계 분조分朝에서 오십 리쯤 떨어진 산속의 민가다. 화전민
이 살던 민가를 하나가 임시 본부로 사용하고 있는 것이다.

　　"두 놈은 의주에 있는 임금의 행재소로 가던 중이었습니다."

　　한조가 말하는 동안 하나는 밀서를 읽는다. 마호영과 안동구를
기습한 무리는 한조가 이끈 사무라이 다섯이었다. 이윽고 밀서에
서 시선을 뗀 하나의 얼굴에 쓴웃음이 떠올랐다.

　　"분조의 숟가락이 몇 개인지까지 인빈 김씨에게 보고하는군."

　　하나가 말을 잇는다.

　　"이건 임금한테 가는 것이 아니다. 후궁 인빈 김씨한테 세자의
경호대장인 순영중군 최동훈이 보내는 보고서다."

　　그러더니 눈을 치켜떴다.

　　"세자의 선전관 박성국이 이번에 정삼품으로 세 계단이나 승
급이 되었군. 그래, 그놈을 죽일 이유가 더 많아졌다."

　　그때 마당으로 미우라가 들어섰으므로 하나가 머리를 들었다.

　　"아씨, 호금곡이 소탕되었습니다."

　　다가선 미우라가 이마의 땀을 손등으로 닦으며 말했다. 놀란 하
나가 시선만 주었고 한조는 숨을 삼켰다. 호금곡의 비적은 가토가
자랑거리로 삼는 전공 중의 하나였다. 가토의 선봉장 나가시마 휘
하로 향도까지 파견했다는 것을 하나도 안다.

　　"뭣이라, 소탕이라니?"

"예. 세자의 선전관 박성국이 심야에 기습을 해서 대두목 양기석과 그 심복들을 베어 죽이고 산채를 장악했습니다."

그러자 심호흡을 하고난 하나가 다시 물었다.

"향도는?"

"잡혔답니다. 죽이지는 않았다고 합니다."

"……."

"나머지 비적들은 모두 박성국에게 투항했다고 합니다. 박성국도 낭림의 천민 의병들에게 해준 것처럼 비적들도 모두 사면하고 양민으로 만들어준다고 약속했답니다."

"……."

"아씨, 산채에서 겨우 빠져나온 비적 한 놈한테서 들었는데 가토군은 아직 모르고 있습니다. 어떻게 할까요?"

그러자 하나가 미우라를 보았다.

"그 비적은 어디에 있어?"

"지금 아래쪽 집에 있습니다."

"죽여 없애."

하나가 낮게 말하자 숨을 들이켠 미우라가 곧 머리를 끄덕이며 대답했다.

"예. 아씨."

‡

청 위에 선 광해가 마당을 가득 채운 비적들을 보았다. 뒤쪽에는 노인과 아녀자까지 모여 있었지만 사백에 가까운 군중은 숨조차 죽이고 있다. 신시(낮 4시경) 광해는 방금 호금곡에 도착한 참이다. 이윽고 광해가 입을 열었다.

"한때 너희들이 역도의 강압에 눌려 왜군 앞잡이가 되었지만 모두 조정의 잘못이다. 조정은 전란에 대비해 미리 외침外侵을 막아야만 했다."

광해의 목소리는 맑고 굵다. 열여덟 나이였지만 궁중에서 온갖 풍상을 겪고 자란 탓에 나이보다 훨씬 조숙해 있다. 눈을 치켜뜬 광해의 목소리가 다시 울렸다.

"그래서 나는 조선의 세자로서 너희들을 사면한다. 너희들이 의병으로 변신했으니 이제 천민과 종은 사면해서 양민이 되었고 죄인은 그 죄를 사한다. 너희들은 지금부터 양민 의병이다."

"황공하오!"

마당의 몇 명이 소리치자 금방 모두가 한입으로 따랐다.

"망극하오!"

"세자 저하 만세! 만세!"

광해가 손을 들자 모두 입을 다물었다. 다시 광해가 말했다.

"호금곡 의병은 지금부터 낭림 의병장 이 참군의 휘하로 배속된다. 함께 힘을 모아 왜적을 물리치고 태평성대를 이룩해야 할 것이다."

다시 만세 함성이 일어났고 광해는 몸을 돌렸다.

"분조로 돌아가자."

뒤쪽에 서 있던 박성국에게 말한 광해가 길게 숨을 뱉는다.

"백성은 착하고 단순하다. 어질고 현명한 임금이 이끌어야 할 것이다."

그것이 자신에 대한 말일 수도 있었으므로 박성국은 뒤를 따르기만 했다. 박성국이 봐도 현 임금 선조는 그런 임금이 아니었다.

‡

평양성을 함락한 고니시군은 한동안 대군으로 북상北上하지 않고 점령지 단속에 주력했다. 그러나 2번대 가토군은 함경도의 대부분을 점령한 상황이다. 고니시군이 평양성에 머문 이유 중 하나는 명군에 대비하기 위해서였다. 마침내 7월 초, 명의 요동 부총병 조승훈이 원군 오천을 이끌고 기세등등한 모습으로 조선 땅을 밟았다. 그러나 7월 19일, 평양성을 공격하던 명군은 선봉장인 유격장군 사유가 칠성문 안에서 선봉대와 함께 몰사했다. 놀란 조승훈이 평양에서 순안, 숙천을 지나 단숨에 안주까지 밤중에 도망쳐 왔으니 사상 유례없는 빠른 도망질이었다. 21일, 의주의 선조 앞에 선 조승훈의 부장 호광이 어깨를 펴고 말했다.

"우리 군사가 평양성 싸움에서 왜군을 거의 진멸시켰으나, 유격장군 사유가 불의의 일격으로 전사한 데다 큰비를 만나 평양성을 탈환하지 못했소. 그러니 다시 군사를 보충해 평양성을 빼앗을 것이오."

"수고하셨소."

선조가 일어나 호광의 손을 두 손으로 감싸 쥐며 말했다. 얼굴이 상기되었고 눈에는 눈물까지 고였다.

"대국의 은혜는 백골난망이오. 조선왕은 명의 황제 폐하께 신명을 다 바쳐 충성할 것이오."

호광이 거드름을 피우고 청을 나갔을 때 유성룡이 옆에 서 있던 정철에게 말했다.

"조승훈이 나한테 먼저 사신을 보내 저렇게 말해주었습니다."

정철의 시선을 받은 유성룡이 말을 잇는다.

"나한테 청천강과 대정강에 설치한 부교를 철거하지 말라고 했으니 아마 지금쯤 두 강을 더 건너 위쪽의 공강정에 주둔하고 있을 겁니다."

"대패한 것이오?"

정철이 묻자 유성룡은 쓴웃음을 지었다.

"따라간 종사관의 말을 들었더니 평양성 칠성문 안으로 들어갔다가 사방에서 조총 공격을 받아 선봉군이 몰사했다고 하오. 명 장군 사유는 그 자리에서 즉사하고 중군에 있던 조승훈은 본대까지 내버려두고 저만 몸을 빼어 도망쳤다고 합니다."

그러고는 유성룡이 길게 숨을 뱉는다.

"이제는 수군하고 의병밖에 믿을 것이 없소."

조선수군은 5월 초의 첫 번째 전투에서 적선 마흔두 척을 침몰시켰고 엄청난 전리품을 노획했다. 그리고 6월 초의 두 번째 전투에서 이레 동안 거제도 서쪽에서 적선 일흔두 척을 침몰시켰으며 왜군 삼만여 명을 수장시켰다. 거물급 장수 가토 요시아키와 가메이 고레노리 등도 전사했는데 아군 피해는 전사자 열세 명, 부상자

서른네 명뿐으로 이순신도 등에 총탄을 맞았다. 대승이다. 이것은 모두 전라좌도 수군통제사 이순신이 지휘해 승리한 해상전이다.

그때 유성룡이 굳은 얼굴로 정철을 보았다.

"대감, 주상께 말씀드릴 일이 있으니 같이 가십시다."

4장

지옥(地獄)

선조는 왜란이 발발한 당시 마흔한 살이었으니 불혹을 지난 장년이요, 재위 25년이 되었다. 따라서 정사는 물론이고 민생民生을 오래 겪고 들었을 터다. 유성룡과 정철이 들어서자 선조는 의아한 표정을 짓는다. 이곳은 임금의 침전 밖에 꾸민 내전. 임시로 의주 부윤의 처소를 고쳤지만 사방에 비단을 덮고 방 안에서는 향내가 났다. 인빈 김씨가 내전을 꾸며놓았다고 했다.

"무슨 일인가?"

선조가 정색하고 묻는다. 그럴 법도 할 것이 유성룡은 동인의 거두요, 정철은 서인의 영수인 것이다. 둘이 함께 들어온 것이 마치 개와 고양이가 나란히 온 것 같을 것이다. 앞에 나란히 선 유성룡이 먼저 입을 열었다.

"전하, 긴히 여쭐 말씀이 있사옵니다."

"말하라."

"세자는 강계에서 의병의 독려와 민중의 사기 진작에 주력하고 있으니 모두 전하의 배려 덕분입니다."

선조는 눈만 꿈뻑였고 유성룡이 말을 잇는다.

"이제 명군이 잠시 물러났다고 하나 곧 다시 지원군이 올 터이니 전하께옵서는 안심해도 되실 줄로 압니다."

머리를 든 유성룡이 선조를 보았다.

"하오니 전하."

"말하라."

"세자가 분조를 굳혔으니 이제 세자께 양위讓位를 해주시는 것이 세자를 중심으로 왕권을 굳히는 계기가 될 것입니다. 통촉해주옵소서."

그 순간 선조의 얼굴이 하얗게 굳었고 입술이 굳게 닫혔다. 그것을 본 정철이 긴 숨을 뱉고 나서 입을 열었다.

"전하, 이제야말로 양위하실 적기입니다. 전하께서는 그래야 대명국에 들어가실 수가 있지 않겠습니까?"

하루라도 빨리 명으로 들어가 난을 피하려고 하면서 왕위를 쥐고 있겠다는 것은 어불성설이다. 그때 선조가 말했다.

"물러가라."

두 대신이 머리를 들었을 때 선조가 다시 말했다. 얼굴이 굳어 있다.

"물러가라고 했지 않은가?"

"예에."

둘은 허리를 굽혀 보이고는 내전을 나왔다. 그때 정철의 나이 쉰 여섯이요, 유성룡은 쉰이다. 그제야 둘은 선조의 심중을 알았다. 명국에 들어가 숨더라도 왕위는 갖고 있을 작정인 것이다.

‡

"미친놈들."

인빈 김씨가 가는 눈을 치켜뜨고 말을 뱉는다.

"이젠 유성룡이도 믿을 놈이 못 돼."

"마마, 고정하옵소서."

환관 이택기가 목소리를 낮추고 말을 이었다.

"전하께서 진노하시고 두 대신을 쫓아내셨습니다. 이제 아무도 그런 말을 꺼내지 못할 것입니다."

"아냐, 두 놈이 나섰다면 이대로 가만있을 리가 없어."

머리를 돌린 인빈이 옆쪽에 앉아 있는 상궁 여씨를 보았다.

"나가서 도승지 김대감을 모셔오너라. 그렇지. 병판 서대감도 같이 오도록 해라."

여씨가 일어서자 인빈이 말을 잇는다.

"그리고 전하께 정원군이 아프다고 해라. 그럼 전하께서 이곳에 들르실 테니 주안상도 준비해두고."

그러고는 인빈도 자리에서 일어섰다. 정원군을 데려오려는 것이다.

‡

박성국이 문밖 마루에 엎드리자 광해는 쓴웃음을 지었다. 분조
의 내실 안이다. 광해가 묻는다.

"무슨 일로 그러느냐?"

"저하, 신께 과분한 직위올시다. 거두어주옵소서."

정삼품 승급을 말하는 것이다. 조금 전에 박성국은 분조의 내정
內政을 맡은 우의정 유홍으로부터 정삼품 선전관 임명증을 받았다.
이제 정삼품이니 당상관이며 도읍의 목사, 병마사까지 수행할 수
도 있다. 그때 광해가 말했다.

"너는 이번 호금곡에서 그 이상 가는 공을 세웠다. 네가 전하의
조정에 있었다면 병마절도사가 되었을 것이다."

박성국이 다시 머리를 들었을 때 광해가 말을 잇는다.

"직을 받으라. 이제 네 승급에 이의를 갖는 사람은 없을 것이다."

박성국은 시선을 내렸고 광해의 목소리가 굵어졌다.

"나는 다시 지방 순시를 가겠다. 이곳에 하루 묵는 것이 일 년
같구나."

호금곡에서 돌아온 지 아직 한 시진도 지나지 않은 것이다. 그때
박성국이 입을 열었다.

"저하. 이곳이 왜군 밀정들에게 노출되어 있습니다. 거기에다 가
토군 선발대와 가까워 언제 기습을 당할지 모릅니다. 따라서 분조

를 옮겨야만 합니다."

광해가 잠자코 박성국을 보았다. 호금곡을 거치면서 광해도 상황을 피부로 느꼈기 때문이다. 박성국의 말이 이어졌다.

"제가 잡은 왜군 향도가 자백을 했습니다. 지금 이곳 강계에도 왜군 밀정이 잠입해 있을 것이라고 합니다."

"그렇다면 어디가 낫겠느냐?"

"내륙 깊숙한 강원도 지역이 낫습니다."

머리를 든 박성국이 말을 잇는다.

"전라좌수사 이순신 덕에 전라도 땅이 아직 왜적의 침입을 받지 않았으나 그곳까지 가려면 왜군 사이를 지나야 합니다. 강원도는 넓고 왜군이 적으니 분조를 세울 시에는 그곳이 적당합니다.

"그렇다면 그대가 알아보라."

"예. 급히 알아보겠사옵니다."

"밀정의 귀에 들어갈 수 있으니 이 일은 너하고 나만 알고 있도록 하자."

"지당하신 말씀이옵니다."

그러자 광해의 얼굴에 쓴웃음이 번졌다.

"의주에도 이곳 내막을 알리는 자가 있을 것이다. 그들도 조심하라."

순간 박성국은 숨을 죽였으나 광해의 말은 이어지지 않았다. 박성국도 같은 생각이었던 것이다. 머리를 든 박성국이 입을 열었다.

"저하, 분조 예정지를 알아보는 한편으로 가토군의 향도 양성소를 기습할까 하옵니다."

‡

"저놈이 벼슬이라도 한 것처럼 으스대는군."

사사키가 낮게 말하자 석동이가 눈을 가늘게 뜨고 웃었다.

"이제는 박성국의 신임을 받고 있는 거여. 아마 장교 한자리는 받았겠지."

둘은 강계 현청에서 저잣거리로 뻗어나간 길모퉁이의 장국밥집 벽에 기대서 있다. 세자가 머문 분조여서 이제 주민 수가 오천여 명이 되었다. 보름 사이에 다섯 배나 늘어난 것이다. 그래서 장국 밥집에는 손님이 들끓었고 거리에도 행인이 버글거린다. 모두 피란민들이다. 멀리 황해도 해주에서 온 백성도 있고 함경도에서 도망쳐 온 백성도 있다. 이곳저곳에서 모인 관군도 칠백여 명이나 되어서 사방에 관군 초소가 세워졌지만 아직 어수선했고 기율이 잡히지 않았다. 옆을 지나가는 군관들 때문에 잠시 입을 다문 석동이 말복의 뒷모습을 노려보며 말했다.

"좋아 저녁때 저놈이 시장에서 돌아갈 때 집 앞 골목에서 베어 죽이기로 하지."

사흘째 박성국의 세 칸짜리 초가를 감시한 결과 말복이 저녁때면 찬거리를 사려고 저잣거리로 다녀간다는 사실을 알아낸 것이다. 지금은 대장간에서 말편자를 가져갔는데 집안 심부름은 다 하는 모양이었다. 발을 뗀 석동이 말을 이었다.

"박성국이가 놀라겠군."

석동은 이제 말복을 벤 후를 생각하고 있는 것이다.

172

✝

현청 대문을 나선 박성국이 문득 걸음을 멈췄다. 뒤를 따르던 호위장교 우남이 따라 멈추더니 박성국의 시선을 좇는다.

"안 돼요."

여자의 날카로운 목소리가 둘러선 사내들 속에서 울렸다.

"이리 내요. 안 팔아요."

"어허. 이 여자가 살쾡이처럼 앙칼지구면."

걸쭉한 사내 목소리에 이어서 웃음이 일었다. 박성국이 발을 떼어 담장 밑에 모여 선 사람들 사이로 다가섰다.

"이리 내라니까!"

여자가 다시 소리쳤을 때 박성국이 사람들 사이로 보았다. 머리는 수건으로 감싸 동여매었는데 흰 저고리는 땟국에 절어 걸레가 다 되었다. 치마 대신 바지를 입고 맨발에 짚신을 신었지만 눈빛이 강하고 입술은 야무졌다. 얼굴의 때만 벗기면 이목구비는 뚜렷해질 것 같으나 지금은 거지 행색이다. 그 순간 박성국이 눈을 치켜떴다. 앞에 앉은 사내가 쥐고 있는 것은 칼이다. 칼집이 없어서 낡은 헝겊으로 검날을 감쌌지만 칼날이 맑고 희다. 칼날이 조선검보다 한 뼘쯤 길고 예리했으나 왜검은 아니다.

"이리 내라니깐! 은 한 조각에는 이 칼 못 팔아!"

이제는 여자가 일어나 칼을 뺏으려고 했지만 남자가 물러나는 바람에 비틀거렸다. 사람들이 다시 웃었다.

"무슨 짓이냐!"

박성국이 버럭 소리치자 사내들이 일제히 머리를 들었다. 박성국은 미복 차림으로 바지저고리에 머리에는 두건을 썼으니 양반 상투 차림이다. 그러나 허리에 찬 장검을 손에 쥐고 있었으니 무반 행색은 났다.

"우린 흥정하우."

아직도 칼을 쥔 사내가 말했을 때 여자가 앙칼지게 소리쳤다.

"네가 은 조각으로 칼을 거저 가져가려고 했잖아! 무슨 흥정이야?"

"돌려줘라."

박성국이 말하자 사내가 엉거주춤 일어섰다. 키는 작달막했지만 어깨가 넓고 팔이 길다. 목자目眦가 불량해서 어지간한 상대는 기세로 제압할 수도 있겠다.

"댁은 뉘시우?"

사내가 물었을 때 뒤에 서 있던 장교가 다가섰지만 박성국이 손을 들어 막았다.

"은 한 조각으로는 저 칼 못 산다. 금 열 냥은 받아야 된다."

박성국이 말하자 사내가 빙긋 웃었다.

"어쨌든 흥정은 내가 하우. 댁도 비키시우."

그때 박성국이 여자를 보았다.

"내가 금 열 냥 값을 드리리다. 나에게 파시겠소?"

그러자 여자의 두 눈이 번들거렸다.

"팔겠습니다."

여자의 목소리가 떨렸으므로 박성국은 머리를 돌려 사내를 보왔다.

"나하고 거래가 되었다. 칼을 내라."

"이보오. 아직 나는 흥정이 끝나지 않았소."

어깨를 편 사내가 칼을 어깨 위에 걸치더니 여자를 보았다.

"난 은자 다섯 조각을 줄 테여. 칼은 내 손에 쥐었으니 나하고
먼저 흥정을 끝내자고."

억지다. 사람들이 술렁댔고 여자의 시선이 박성국에게 옮겨졌
다. 그때 박성국이 말했다.

"네가 칼을 쥐었으니 그 칼로 나를 베고 도망치거라. 아무도 널
쫓지 못할 것이니. 그 방법이 제일 낫다."

그 순간 주위는 숨소리도 들리지 않는다. 박성국이 한 발짝 사내
에게로 다가섰다.

"자, 베거라."

사람들이 슬슬 물러났으므로 담장에는 여자가 붙어 있고 앞에
박성국과 사내가 마주 보고 서 있다. 군관은 한 발짝쯤 뒤쪽이다.
그제야 반쯤 포기한 사내가 거적 위로 칼을 던지며 말했다.

"자, 칼 가져 가시우."

그리고는 사내가 물러서자 여자는 서둘러 칼을 집는다. 햇빛을
받은 칼날이 반짝였다. 그때 박성국이 여자에게 물었다.

"칼집은 어디 있소?"

"먼저 팔았습니다."

여자가 시선을 내린 채 말을 잇는다.

"은장식이 붙어 있어서 쌀 서 말하고 바꿨습니다."

쓴웃음을 지은 박성국이 머리를 끄덕였다. 터무니없이 싼 가격에 판 것이다.

"따라오시오."

박성국이 말하고는 몸을 돌리자 호위장교 우남이 여자에게 다가가 섰다.

"사택으로 가서 대금을 지급하실 것이오. 어서 일어나오."

그러고는 덧붙였다.

"저 어른은 세자 저하를 모시는 정삼품 선전관이시다."

여자가 칼을 헝겊에 다시 싸더니 잠자코 뒤를 따랐고 구경꾼들도 흩어졌다. 사택으로 들어선 박성국이 토방에 올라 몸을 돌렸다. 그러고는 마당에서 주춤거리는 여자에게 물었다.

"내 아까는 묻지 않았는데 그 칼의 임자는 누구요?"

"제 아버님의 칼입니다."

시선을 내린 여자가 말을 잇는다.

"훔친 칼이 아닙니다."

"아버님이 누구라고는 말하지 못하겠소? 이것은 무장의 손때가 묻은 칼이오."

그때 머리를 든 여자가 박성국을 보았다.

"나리, 무장이시니 금 닷 냥만 받겠습니다. 하지만 시각이 급해서 그럽니다. 얼른 금을 주십시오."

"허, 그렇다면."

방으로 들어간 박성국이 금 열 냥을 들고 와 마루 맡에 서 있는 우남에게 건네주었다. 끝쇠가 다가와 박성국과 여자를 번갈아 보

176

았지만 입을 열지는 않았다. 우남이 여자에게 금을 건네자 여자는
다섯 냥만 세어 받고는 손에 쥔 칼을 내밀었다.

"제 어미와 아이가 굶고 있습니다. 빨리 돌아가야 합니다."

"금을 가지고 돌아다니다 빼앗기고 말 텐데."

이맛살을 찌푸린 박성국이 여자를 보았다.

"이곳 행랑채가 비었으니 식구 데리고 사시는 것이 어떻소? 집
안에 남자만 있으니 집안일도 거들면서 말이오."

여자의 시선을 받은 박성국이 말을 잇는다.

"물론 그 금자는 당신 것이오."

‡

여자 이름은 김난. 평안도 숙천의 병마만호 김기순의 딸이었다.
김기순은 임진강 싸움에 참전했다가 왜구의 총에 맞아 죽었는데
시신도 찾지 못했다고 했다. 곽산의 고진사 댁 외아들 고진문에게
출가했던 김난도 재난을 피하지 못했다. 난리가 나자 임금 뒤를 따
르다가 비적을 만나 시부모와 남편까지 잃고 나서 네 살짜리 아이
만 데리고 숙천 친가로 도망쳐 온 것이다. 그러다 친정어머니와 함
께 세자가 있다는 강계까지 피란 온 상황이다. 김난이 식솔을 데리
고 집에 온 것은 그날 저녁 무렵이다.

"나리, 이 은혜는 죽어서 혼이 되어서라도 갚겠습니다."

김난의 친정어머니가 마당에 꿇어앉아 말하는 것을 끝쇠를 시켜
일으켜 세운 박성국이 쓴웃음을 지었다.

"집안에 사내만 있으니 우리도 일손이 필요했습니다. 잘 오셨소."

김난 식구가 행랑채로 들어갔을 때 밖에 나갔던 말복이 다가와 말했다.

"나리 가토군이 함경도를 거의 다 점령했다고 합니다."

"임해군, 순화군 저하는 어찌 되었다는 소식은 없느냐?"

박성국이 묻자 말복이 머리부터 저었다.

"함경도는 워낙 민심이 흉흉합니다. 함경감사 유영립은 산골짜기에 숨어 있다가 조선인들이 왜군을 안내해서 사로잡도록 했다고 합니다."

박성국은 입맛을 다셨다. 함경도 주민은 조정에 대한 반감이 많아서 오히려 왜군을 반기는 쪽이 많았다. 이징옥, 이시애의 난을 겪은 후에 함경도 주민은 역적의 고향이라고 심한 차별을 받았으며 관직에도 등용되지 못했던 것이다. 그래서 지방 수령들에게 가혹한 수탈을 받은 데다 여진의 시도 때도 없는 침입으로 노략질을 당했다. 함경도 남병사 이훈도 갑산으로 도망쳤다가 백성들에게 잡혀 죽임을 당한 후에 왜군에게 넘겨졌다. 말복이 머리를 들고 박성국을 보았다.

"나리, 민심은 이미 임금을 떠났소이다. 지금 조선을 겨우 지탱하는 것은 의병과 수군의 이순신뿐입니다."

"닥쳐라."

박성국이 낮게 꾸짖었지만 말복의 말이 이어졌다.

"도원수, 병마절도사 자리에 병법도 모르는 문인 놈들이 앉아 왜군의 함성이 조금만 높아져도 도망쳐버리는데 어찌 군사들이

앞서 싸우겠습니까? 임금 주위에는 그런 놈들뿐입니다. 제 밑의
군사들을 다 죽이고 돌아와도 벌도 주지 않습니다."

말복의 상기된 얼굴을 본 박성국이 외면했다. 맞는 말이다. 지금
강계 분조에도 그런 지휘관이 들끓고 있다.

‡

"온다."

잇새로 말한 석동이 대장간 옆 골목 담장에 붙였던 등을 떼었
다. 유시(저녁 6시경) 무렵, 도로에는 행인이 많았지만 그것이 오히
려 더 낫다. 길 건너편 시장에서 말복이 나오고 있다. 손에는 큰 망
태기를 들었는데 시장에서 저녁 장을 보고 온 것이다. 석동이 발을
떼자 뒤를 유달과 막내가 따른다. 둘 다 향도 출신으로 석동의 조
수 역할이다. 그들 뒤로 열 걸음쯤의 거리에서 사사키가 자리 잡았
다. 사사키는 감시를 맡았다. 이제 석동이 말복의 다섯 걸음 뒤로
붙었다. 오가는 행인이 많아서 미행의 표시가 덜 난다. 석동은 망
건을 쓰고 등에 보따리를 메었는데 영락없는 피란민이다. 땟국에
전 옷과 얼굴, 손에 굵은 지팡이를 쥐었다. 그러나 허리춤에 한 자
짜리 단검을 찔렀고 지팡이 안에 두 자 반짜리 칼이 숨겨져 있다.
석동의 걸음이 빨라졌다. 거사 장소는 행인 왕래가 가장 많은 채
소 가게 앞. 저녁 무렵이 되면 이곳은 사람이 들어차 걷기도 힘이
든다. 그곳에서 말복의 등에 칼을 박고 나서 몸을 돌려 시장 안으
로 사라지려는 것이다. 그러면 유달과 막내가 소란을 일으키며 좌

우로 갈라진다. 이제 두 걸음 뒤로 붙었으므로 석동은 저고리 안에 손을 넣었다. 칼자루를 움켜쥔 석동이 한 걸음 뒤로 다가갔다. 이제 한 걸음 남았다. 석동이 크게 한 걸음을 떼면서 칼을 빼낸 순간이었다.

"쳐라!"

뒤쪽에서 벽력같은 고함 소리가 울렸으므로 석동이 대경실색을 했다. 그때였다. 말복이 몸을 돌리면서 어느새 빼 든 단검으로 석동의 목을 후려쳤다.

"철썩!"

석동의 귀에는 그런 소리가 들렸다. 목이 반쯤 베어지는 소리가 그렇다. 목을 꺾은 석동이 비틀거렸을 때 놀란 유달과 막내가 좌우로 갈라섰지만 이미 늦었다. 뒤쪽을 끝쇠와 장교 우남이 가로막고 서 있었기 때문이다.

"이얏!"

기합 소리는 우남이 냈다. 우남이 내려친 칼에 막내가 어깨에서 반대편 옆구리까지 비스듬히 갈라진 채 쓰러졌고 유달은 가슴이 칼끝으로 꿰어졌다. 끝쇠가 소리 없이 내지른 단검이 자루 끝까지 박혀버린 것이다.

놀란 사사키는 몸을 돌렸다. 방심했다. 갑자기 옆쪽 쌀가게에서 둘이 튀어나올 줄은 몰랐다. 그 순간 사사키는 앞을 가로막은 사내를 보고는 숨을 들이켰다. 박성국이다. 박성국이 뒤를 따르고 있었단 말인가? 눈을 부릅뜬 사사키가 손에 쥔 지팡이를 들어올렸다. 그리고 손잡이를 쥔 순간 관자놀이가 부서지는 것 같은 충격을 받고는 옆으로 쓰러졌다. 박성국이 칼집째 사사키의 관자놀이를 후려친 것이다.

‡

사사키의 뒤를 받친 사내는 없었지만 한 시진쯤 지났을 때 하나는 장터의 소식을 들었다. 구경꾼의 입에서 전달된 소식이다.

"그럼 사사키가 자백하게 될 것이다."

쓴웃음을 지은 하나가 자리에서 일어섰다.

"이곳을 떠나야 한다."

그러자 앞에 선 미우라가 말했다.

"아씨, 사사키는 독한 놈입니다. 아마 쉽게 입을 열지는 않을 것입니다."

"그놈, 말복이가 거들고 있어. 고문을 하면 배겨내는 놈이 드물다."

그러고는 하나가 얼굴을 일그러뜨리며 웃었다.

"박성국, 이놈. 내 기어코 목줄을 따고 말겠다."

이번에도 당한 것이다. 당할수록 하나의 적개심과 투지는 더 끓는다.

‡

"아마 그년은 이 소식을 듣고 거처를 옮겼을 것이다."

박성국이 끝쇠와 말복을 번갈아 보면서 말을 잇는다.

"이 기회에 나는 이육손과 함께 대흥에 있는 가토군 향도대를 치겠다."

"제가 따르지요."

끝쇠가 말했고 말복도 잇는다.

"예. 소인도."

"너희들은 할 일이 따로 있어."

정색한 박성국이 말을 잇는다.

"너희들 둘은 강원도 이천으로 먼저 떠나거라. 이천으로 분조를 옮긴다."

"예? 이천 말입니까?"

놀란 끝쇠가 물었고 말복도 잇는다.

"거기까지 몇 백 리 길이 되는데요."

"행랑채 여인 둘을 데려가라."

박성국의 말에 둘이 서로의 얼굴을 보았다. 행랑채 여인들을 데리고 먼저 내려가 있으라는 말이었다. 분조 예정지로 이천이 결정된 것은 바로 오늘 오후였다. 그러나 그 사실은 대신 몇 명만이 안다. 이번에 세자는 비밀리에 이천으로 떠날 작정이었다. 전처럼 대행렬을 끌고 갈 수는 없는 것이다. 이천까지는 고니시군, 그리고 이제 9번대까지 상륙해 있는 왜군 사이를 돌파해야만 한다. 박성국이 둘을 번갈아 보았다.

"나는 내일 아침에 출정할 테니 너희들도 변복變服을 하고 행랑채 여인들과 함께 이천으로 내려가거라."

누구 명이라고 거역할 것인가? 둘은 잠자코 머리만 숙였다.

‡

우물가에 앉아 있던 김난이 다가오는 박성국을 보더니 몸을 굳혔다. 해시(밤 10시경) 무렵 저녁을 마친 집 안은 조용하다. 행랑채의 불이 켜져 있었는데 방 안에는 김난의 친정어미 한씨가 손녀딸 옥이하고 있을 것이다. 다가선 박성국이 김난에게 말했다.

"나는 내일 출정하오. 그러고는 돌아오자마자 세자 저하를 모시고 이천으로 분조를 옮깁니다."

놀란 듯 김난이 시선만 들었고 박성국의 말이 이어졌다.

"그래서 끝쇠와 말복에게 그대와 어머니를 모시고 먼저 이천 분조로 떠나라고 했소. 여인네 걸음이니 열흘은 걸릴 텐데, 가시겠소?"

그러자 김난이 자리에서 일어섰다. 달빛을 받아 두 눈이 반짝였고 꾹 닫혔던 입술이 열렸다.

"예. 가겠습니다."

목소리가 떨렸다. 이제 깨끗하게 단장한 김난의 모습은 전혀 달라졌다. 피부는 곱고 갸름한 얼굴 윤곽도 섬세하다. 머리를 끄덕인 박성국이 몸을 돌리면서 말했다.

"그럼 내일 출발할 테니 준비하시오. 사람들이 모르게 떠나야 할 것이오."

마당에 꿇어앉은 노소남녀는 일곱. 모두 겁에 질려서 숨소리도 들리지 않는다. 미시(낮 2시경) 무렵, 한낮의 태양이 비치고 있었지만 고원지대는 서늘하다. 마루 끝에 앉은 최무쇠가 손에 쥐고 있던 칼을 들어 왼쪽 끝을 가리켰다.

"저놈."

그러자 부하 하나가 왼쪽 끝에 꿇어앉은 사내 목덜미를 잡아 앞으로 끌고 나온다. 사내는 하얗게 얼굴이 굳어졌고 벌써 눈의 초점이 멀다. 삼십대쯤으로 상투를 틀었는데 옷은 찢기고 때가 묻었어도 모시옷이다. 모시옷은 양반들이나 입는다.

"네가 조생원집 큰아들이라고?"

최무쇠가 묻자 사내는 입술만 달싹였으므로 대답은 목덜미를 쥔 부하가 했다.

"이놈이 제 종은 물론이고 근처의 반반한 아낙은 다 손을 대었소. 행패가 두려워서 아무도 이놈을 거스르지 못했지요."

"허, 그놈."

최무쇠가 쓴웃음을 지었다. 지금 마당에는 낭림산맥 줄기 끝의 혜음진현에 사는 양반 식솔 스물일곱이 잡혀온 것이다. 그중 반항하던 남자 예닐곱을 이미 죽인 터라 모두 공포에 질려 있다. 머리를 끄덕인 최무쇠가 말했다.

"저놈을 산 채로 그 잘난 물건을 베어 떼어내라."

"예."

두어 명이 소리쳐 대답했을 때 사내의 비명이 마당을 울렸다.

"아이구. 살려줍시오!"

"그 물건 떼어내고 코도 떼어내."

잊었다는 듯이 최무쇠가 소리쳤다.

"소금물에 담갔다가 대장이 오실 때 드려야 된다."

대장이란 왜군 대장을 말한다. 그때 마당이 떠나갈 것 같은 비명이 울렸다. 사내들이 조생원 장남 사지를 누른 사이에 한 놈이 고의춤을 낫으로 찢고 나서 물건을 인정사정없이 베어낸 것이다. 마치 낫으로 풀 깎는 것처럼 훑어 베어서 연장이 낭심과 함께 밑동부터 잘라졌다.

"코를 잘 베어라."

최무쇠가 주의를 주고는 다시 잡혀온 포로를 훑었다.

"여자는 왼쪽으로."

손으로 옆쪽을 가리킨 최무쇠가 말을 잇는다.

"밥만 죽이는 할멈하고 열 살 미만 아이는 죽여 구덩이에 묻고."

포로 사이에서 울음이 터져 나왔지만 최무쇠의 말이 이어졌다.

"물론 묻기 전에 코를 떼어내라."

최무쇠의 시선이 이제 남자들을 훑었다. 남자는 십여 명 되었는데 노인이 서너 명, 아이도 서너 명이다.

"에라, 귀찮다."

이맛살을 찌푸린 최무쇠가 버럭 소리쳤다.

"코만 떼어내고 다 죽여 묻어라!"

그 순간 마당에서 참혹한 비명이 터졌다. 주위를 둘러싼 사내들

이 살육을 시작했기 때문이다. 잠시 후에 마당에는 여자 다섯 명만
앉아 있었다. 나머지는 모두 피투성이가 되어 누워 있는 것이다.
아직 숨이 끊어지지 않은 몸에서도 코를 떼어내느라고 사내들이
기웃거리고 있다.

"에, 비린내."

이맛살을 찌푸린 최무쇠가 혀를 찼다.

"술상 가져오고 저년들은 술시중을 들라고 해라. 그리고 마당에
흙을 덮고."

소리쳐 지시한 최무쇠가 지그시 여자들을 훑어보았다. 오늘로
혜음진현의 양반 일족들은 멸족되었다. 네 가문이 살고 있었지만
여자 다섯 명만 남겨놓고 다 몰사한 것이다. 이곳은 왜군의 발이
닿지 않은 외딴 지역이어서 양반들은 피란을 가지 않았다. 그러다
가 아침 갑자기 들이닥친 최무쇠 일당에게 날벼락을 맞은 것이다.
그때 부관 전막대가 다가와 말했다.

"두령, 오늘 밤은 이곳에서 묵고 가시지요."

"그래야겠다."

집 안을 둘러본 최무쇠의 얼굴에 웃음이 떠올랐다.

"오랜만에 온돌방에서 뒹굴어보자."

‡

왜군은 전리품으로 조선인의 코를 베어 챙겼는데 그 숫자가 많
을수록 전공戰功을 인정받았다. 그래서 왜군이 휩쓸고 간 뒤면 산

사람은 모두 코 없는 병신이 되어 있었다. 그러나 함경도로 진출해온 가토 기요마사의 2번대 상황은 달랐다. 적극적으로 협조해온 주민이 많았기 때문에 코 수집이 잘 안 된 것이다. 혜음진에서 동쪽으로 백 리쯤 떨어진 부전이란 마을에는 가토군의 선봉장 나가시마의 이천 군사가 주둔하고 있다.

"주군. 곧 향도단을 데려와 각 부대에 배치하겠습니다."

가신 오쿠라가 말하자 나가시마는 머리를 끄덕였다.

"산자에몬은 그만하면 향도단의 교육은 충분하다고 했다."

"지금 최무쇠가 고을을 습격해서 살육을 하고 있다는데요."

"놔둬라."

쓴웃음을 지은 나가시마가 지그시 오쿠라를 보았다.

"그놈들이 원한을 많이 가질수록 우리를 의지하게 될 테니까."

"호금곡의 비적들이 소탕된 것은 광해의 선전관 박성국 때문입니다."

나가시마는 시선만 주었고 오쿠라의 말이 이어졌다.

"소문을 들었는데 박성국은 부하들을 이끌고 야습을 해왔는데 양기석과 윤홍구 등 핵심 두목들을 다 죽이고 비적들을 양민으로 승급시켜 의병을 만들었습니다."

"……."

"우리가 보낸 향도 김오복이도 잡혀 죽은 것 같습니다."

"선전관 박성국이, 이놈."

혼잣소리처럼 말한 나가시마가 보료에 몸을 기댔다. 마을 중심부에 위치한 윤진사 댁 청은 넓고 시야가 탁 트였다. 신시(낮 4시경) 무렵이라 햇살은 많이 시들었다. 마당을 가로지르던 군사들이 나가시마를 의식하고는 발소리를 죽인다. 그때 나가시마가 입을 열었다.

"고니시님은 조선에 우리보다 밀정들을 먼저 보낸 터라 정보력이 제법 갖춰졌지만 이번에 최무쇠 패거리가 오면 상황이 달라질 것이다."

오쿠라는 잠자코 듣는다. 대홍리의 향도단은 가토와 나가시마가 공을 들여 제조한 비밀 병기나 같다. 지금까지 고니시도 이런 방식으로 향도단을 양성하지 않았던 것이다. 가토와 나가시마는 부산진에서부터 향도를 하나둘씩 모은 후에 대홍리에 데려가 그곳에서 보름 동안 일본화를 시킨 것이다. 나가시마도 그곳에 가서 하루 동안 향도단을 교육시켰고 지금도 가신 십여 명이 교관이 되어 남아 있다. 대홍리는 향도단의 양성소였고 이틀 후에는 왜군의 눈과 손발이 되어 전면에 배치될 것이었다. 그때 오쿠라가 생각났다는 표정을 짓고 말했다.

"주군, 임해군과 순화군이 함경도에 있다고 합니다."

나가시마가 놀란 듯 눈을 크게 떴고 오쿠라의 말이 이어졌다.

"조선왕이 저는 명과의 국경인 의주로 피신하면서 세자 광해에게 분조를 해주고 평안도 쪽으로, 임해와 순화 두 왕자는 함경도로 보내 왕이 도망치지 않았다는 시늉을 한 것입니다."

"……."

"지금 본진의 기무라 님이 회령 쪽을 뒤지고 계시다고 합니다."

"그런 왕 치하의 백성들만 불쌍한 법이지."

188

나가시마가 혼잣소리처럼 말을 잇는다.

"고니시가 광해를 쫓는다는데 그럼 우린 두 왕자를 잡아 조선왕으로 만들면 되겠다."

‡

술시(저녁 8시경) 무렵이 되자 마당에 펴놓은 화롯불도 시들었고 떠들썩한 소음도 줄어들었다. 청에 모여 술을 퍼마시던 사내 십여 명 중 절반 이상이 빠져나간 데다 나머지 반도 기둥에 기대앉거나 졸고 있다. 최무쇠는 여자 하나를 들쳐 메고 진즉 방 안으로 들어갔고 나머지 여자들도 두목급들이 나눠 제각기 빈 방을 찾아갔기 때문이다.

"내가 최무쇠를 맡을 테니 너희들은 저쪽 행랑채를 맡아라."

벽에 붙어 선 박성국이 앞쪽의 행랑채를 눈으로 가리키며 나직하게 말했다.

"예. 나리."

박성국을 따라온 종사관 오영기와 정수채가 거의 동시에 낮게 대답했다. 그들을 수행한 장교 십여 명은 뒤쪽으로 나란히 사랑채 옆 담장에 붙어 서 있었다. 이곳은 최무쇠 일당이 점거한 혜음진현의 박진사 본가다. 그러나 밖에 서 있던 보초 넷과 중문 안의 다섯 명, 그리고 사랑채 뒤쪽에 모여 있던 여섯 명이 모조리 참살당했고 이제는 사랑채와 행랑채, 청에 들어 있는 삼십여 명이 남았다. 칼집에서 소리 없이 장검을 빼 든 박성국이 발을 떼며 말했다.

"다 죽여라."

‡

칼끝으로 방문을 밀어 열었을 때 신음이 와락 덮어씌우듯이 들려왔다.

"아이고, 나 죽어. 나 죽어."

그리고 이어서 비린 정액 냄새가 맡아졌다. 방 안은 어두웠지만 두 남녀가 엉킨 모습은 선명하게 드러났다.

"제, 제발 한 번만 살려주어요."

여자는 반 애원하고 있었지만 남자는 무자비했다. 여자의 절규에 가까운 신음이 습한 공기를 꿰뚫고 있다. 지금 여자 위에 올라탄 사내는 최무쇠. 그리고 갈가리 옷이 찢긴 채 밑에 깔려 버둥거리는 여자는 오후에 낫으로 물건이 잘려 죽은 조생원 큰아들의 본처다.

"아이고, 나 죽어. 여보."

여자는 자포자기했다. 그러나 그 순간이었다. 등에 찬 기운을 느낀 최무쇠가 움직임을 멈췄다. 최무쇠는 가쁜 숨을 뱉으며 머리를 비틀었지만 여자는 가만히 있지 않는다. 허리를 들썩이며 남은 힘을 쥐어짠다.

"누, 누구여?"

최무쇠가 갈라진 목소리로 물은 순간이었다. 장검을 최무쇠의 머리 위쪽에 쳐들고 있던 박성국이 후려치듯 내려쳤다.

"서걱!"

김난한테서 받은 명검名劍이다. 목이 잘리는 충격과 함께 산뜻하게 베어지는 느낌이 전해 왔다. 목이 잘리는 소리는 그렇게 낮게 들렸다.

"아."

그 순간 뜨거운 피를 뒤집어쓴 여자가 외침을 뱉었지만 아직 영문을 모르는 것 같다. 그러나 육중한 최무쇠의 머리 없는 몸이 누르고 있어서 발버둥은 쳤지만 금방 벗어나지 못했다. 박성국은 여자가 놀라 다시 입을 벌리려는 순간 몸을 날려 급히 입을 막았다. 둔탁한 소음과 함께 여자는 눈치만 살피며 사지를 떨었다. 여자를 주의시킨 다음, 박성국은 이제 옆방 문을 차 부수고 들어가 막 일어서는 사내의 몸통을 휘둘러 베었다. 몸통이 반 이상 잘린 사내가 방바닥에 엎어졌는데 신음도 뱉지 못한다. 그때 사방에서 함성이 일어났다. 조선군의 함성이다.

‡

광해는 조가 반이 섞인 밥에 나물 반찬 세 가지로 아침상을 물리고 나서 청으로 나왔다. 청에는 좌의정 윤두수와 우의정 유홍이 기다리고 있다가 허리를 굽혀 절했다. 이때 윤두수는 나이가 쉰아홉이요, 유홍은 예순여덟이다. 윤두수는 의주에서 임금을 모시고 있다가 이곳에 왔는데 오는 도중에 왜군 척후대를 만나 이틀이 더 걸렸다. 강남산맥을 넘어서 왔기 때문이다. 윤두수가 먼저 입을 열었다.

"7월 17일 요동 부총병 조승훈이 이끈 명군이 평양성을 공략하다 패퇴했지만 7월 초 이순신은 제3차 한산대첩에서 적선 칠십여 척을 격침시키고 사만 명을 수장했습니다. 전라좌수사와 우수사 그리고 경상우수사 이 세 군이 이룬 쾌거올시다."

그러고는 덧붙였다.

"이것은 전라좌수사 이순신의 지휘하에 이룩한 대승입니다."

"나도 이순신의 무공은 들었습니다."

광해가 생기 띤 얼굴로 말을 잇는다.

"이순신은 구국救國의 영웅입니다. 이순신의 배가 지나면 바닷가 백성들이 울며 환호성을 지른다고 들었습니다."

"예에."

대답한 윤두수와 유홍의 시선이 마주쳤다. 그러고는 잠시 입을 열지 않으므로 광해가 묻는다.

"전하께서는 건강하신지요?"

"예에. 근심은 많으시나 건강하십니다."

대답한 윤두수가 다시 말을 이었다.

"사방에서 의병이 일어나 왜적을 치지만 서로 연합하지 못하고 지휘 체계가 분산되어 효율적이지 않습니다. 의병을 병마절도사나 도체찰사, 도원수의 휘하에 두라는 것이 전하의 명이십니다."

도체찰사都體察使나 도원수都元帥 모두 전란이 났을 때 군무를 통괄하던 벼슬이다. 광해가 정색하고 묻는다.

"누구 휘하에 둘까요?"

눈만 껌뻑이는 윤두수에게 광해가 묻는다.

"연전연패해온 김명원 대감 휘하에 둘까요?"

윤두수는 말이 없고 광해의 말이 이어졌다.

"군사를 무 베듯이 죽이고는 임진강에서 왜군의 기세만 보고 도
망쳐 수만 명을 죽인 한응인 대감 휘하에 둘까요?"

유홍과 윤두수의 몸이 굳어졌다. 지금 한응인은 팔도도순찰사가
되어 병권을 장악하고 있다. 한응인은 재작년 정여립의 옥사고변
의 공로로 정난공신 일등에 봉해진 문신으로 임금의 총애를 받고
있기 때문이다. 숨을 길게 뱉은 광해가 두 노신老臣을 보았다.

"나는 선전관 박성국을 시켜 의병단을 연합하고 있소. 또한 천
민 의병을 양민으로 승격하고 관직까지 하사할 계획이오. 이미 낭
림산맥의 의병 이육손에게 성을 하사하고 참군 관직을 주었소."

"잘하셨습니다."

불쑥 윤두수가 말했으므로 유홍이 시선을 주었다. 윤두수가 말
을 잇는다.

"전란입니다. 전란은 전장의 상황에 맞춰 전략을 수립해야 합니
다. 세자 저하께선 잘하셨습니다."

"고맙소."

광해도 뜻밖인지 정색한 표정으로 말했다.

"좌상이 오셔서 큰 도움이 됩니다."

‡

광해가 청을 나갔을 때 윤두수는 머리를 돌려 유홍을 보았다.

"대감, 알고 계시오?"

"뭘 말씀이오?"

유홍이 되묻는다. 광해를 따라 분조에만 머문 유홍은 의주의 행재소 내막을 잘 모른다. 그러자 윤두수가 입맛을 다셨다. 그러고는 빈 청을 한번 돌아보고 나서 말을 잇는다.

"이순신에 대한 이야기는 이제 행재소 안에서 할 수가 없소."

눈만 꿈뻑이는 유홍을 향해 윤두수가 웃어 보였다. 일그러진 웃음이다.

"공을 시기하는 무리가 많아서 사사건건 시비를 거는구려. 제2차 해전에서도 이순신이 늦게 출전해 적장을 놓쳤다고 상소한 무리도 있습니다."

"저런 고약한."

유홍이 치를 떨었다.

"아마 도원수나 도체찰사 무리겠지요. 그자들은 연전연패해 장졸 수만 명을 죽이고 도망쳐 나온 터라 배가 아팠을 것이오. 하지만 죽일 놈들. 그렇다고….'"

"이젠 주상께서도 이순신 이야기가 나오면 안색이 변하시오."

그러자 유홍은 어금니만 물었고 윤두수의 말이 이어졌다.

"그러니 주상 앞에서는 이순신 칭찬을 하지 않는 것이 낫습니다."

"어허."

유홍이 탄식했다. 그러나 유홍 또한 임금의 품성을 아는 터라 더는 입을 열지 않았다.

‡

"무엇이?"

버럭 소리친 나가시마가 오쿠라를 노려보았다. 부전 마을의 선봉장 진막 안이다. 나가시마는 마을 공터에 진막을 치고 기거했는데 조선식 가옥이 싫었기 때문이다. 오쿠라가 시선을 내린 채 말을 잇는다.

"예. 최무쇠를 포함한 향도 오십여 명이 몰사했는데 살아남은 놈은 둘뿐이라고 합니다."

이제 나가시마는 눈만 부릅떴다.

"기습한 조선군은 선전관이라고 부르는 자의 지휘를 받았다고 합니다."

"……."

"선전관이라면 광해의 측근 박성국인 것 같습니다. 그놈이 호금곡에 이어서 어제 혜음진현의 향도들을 기습한 것입니다."

"내, 이놈을."

마침내 잇새로 말한 나가시마가 오쿠라를 노려보았다.

"그럼 부전마을의 향도는 몇 놈이 남았느냐?"

"도망친 둘과 마을에 남아 있던 셋까지 다섯입니다."

나가시마가 다시 입을 다물었다. 쉰일곱 명의 향도를 양성했다가 작전에 투입시키기 이틀 전에 쉰둘을 몰사한 것이다. 어금니를 물었다 푼 나가시마가 오쿠라를 보았다.

"가토 님께 면목이 없다. 오쿠라."

"예. 제 책임입니다. 할복하겠습니다."

"어리석은 놈, 네놈 배 하나로 끝나는 게 아니다."

"예. 주군."

"옹림의 관군을 제물로 삼아 가토님께 속죄하는 수밖에 없다."

오쿠라는 입을 다물었다. 옹림은 서남방 이백 리 거리에 위치한 대읍大邑이다. 그곳에는 평안병사 임우재가 지휘하는 조선군 삼천여 명이 운집해 있었는데 모두 정예다. 평안병사 임우재는 팔도도순찰사 한응인의 심복으로 문신文臣이었다. 나가시마가 뱉듯이 말했다.

"기마군 오백을 모아라. 오늘 저녁에 출발해서 내일 옹림에 닿는다."

"예. 하지만."

기를 쓰듯 머리를 든 오쿠라가 나가시마를 올려다보았다. 진막 안에는 둘뿐이었으므로 숨소리도 들린다.

"주군. 그쪽은 고니시 님의 구역입니다. 고니시 님께 통보하는 것이…."

"멍청한 놈."

입술 끝을 비튼 나가시마가 들고 있던 부채로 팔걸이를 탁 내려쳤다.

"그럼 고니시 님이 그래라, 할 것 같으냐? 네 할 일이나 하라면서 호통칠 게 뻔하다. 아마 혜음진현에서 향도 놈들이 몰사한 것도 지금쯤 다 알고 있을 터."

그러고는 나가시마가 오쿠라를 노려보았다.

"아마 정보를 조선군에다 흘려줄지도 모른다. 닥치고 내 말대로 해. 오쿠라."

‡

"잘했다."

머리를 크게 끄덕인 광해가 웃음 띤 얼굴로 박성국을 보았다.

"네 공이 크다."

7월에 들어서 이순신이 한산도 앞바다와 안골포에서 연이은 대승을 거뒀으나 정잠, 변웅성이 응령을 지키다가 전사했고 전前 동래부사 고경명이 전라도 광주에서 의병 육천을 일으켜 왜군과 싸웠지만 금산에서 패해 전사했다. 육지 전투에서는 연전연패하는 상황이었으니 박성국의 전과가 기쁜 것이다. 광해가 말을 잇는다.

"내일 아침에 이천으로 떠나겠다."

"예에. 준비하겠습니다."

"대신들에게만 알렸으니 오늘은 이전 준비를 마쳐야 할 것이야."

"예에. 모두 기마로 움직이도록 순영중군이 준비를 마쳤다고 합니다."

이천까지는 수백 리 길이다. 지난번 강계로 향하는 분조 행렬처럼 도보의 피란민을 달고 간다면 한 달이 걸릴 것이다. 머리를 든 박성국이 말했다.

"저하의 집무소가 먼저 자리 잡게 되면 백성들이 모일 것입니

다."

그때 청 밖에서 인기척이 나더니 이조참판 윤시욱이 들어섰다. 윤시욱의 뒤로 미복 차림의 사내가 따랐는데 처음 보는 얼굴이다.

"저하, 행재소에서 승지 윤성구가 전하께서 보내시는 어명을 받들고 왔습니다."

"그런가?"

광해가 머리를 돌려 윤성구를 보았다.

"그대는 처음 본다. 언제부터 전하를 모시고 있었는가?"

"한 달 되었습니다."

허리를 굽혀 보인 윤선구가 어명이 적힌 밀지를 들어 올리며 말을 잇는다.

"어명을 읽겠습니다."

광해가 무릎을 꿇자 윤성구가 밀지를 펴고 어명을 읽는다.

"첫째, 천민을 양민으로 만드는 것은 순리를 벗어나는 일이다. 심각하다."

광해는 머리만 숙였고 윤성구의 목소리가 청을 울렸다.

"둘째, 의병이 관의 지시를 받지 않으면 역도의 무리나 같다. 즉각 토벌하라."

박성국은 광해의 뒤쪽에 엎드려 있었는데 잠자코 어금니만 꽉 깨문다.

"셋째, 선전관 박성국을 정삼품으로 승급시킨 것은 허락한다. 그러나 차후에는 행재소의 지시를 받으라."

그러고는 밀지를 내렸으므로 광해가 입을 열었다.

"그대가 직접 전하께 말씀으로 올려라. 나는 내일 분조를 강원도 이천으로 옮긴다."

"예에."

놀란 윤성구가 숨을 죽였고 광해의 말이 이어졌다.

"적의 밀정이 수시로 출몰하는 데다 이곳은 명과 너무 가깝다. 그래서 내륙 깊숙한 곳에서 백성들과 함께 싸우려고 한다."

"예에. 저하."

"그리고."

뒤쪽에 앉은 박성국은 광해의 어깨가 펴지는 것을 보았다. 숨을 들이켰기 때문일 것이다. 광해의 말이 이어졌다.

"앞으로는 내가 전장에서 먼저 등을 보인 장수나 백성을 버린 수령들을 직접 치죄治罪하겠다. 그래야 군령이 서고 백성들이 따를 것이다. 그렇게 전하께 말씀 올리도록 해라."

"예. 저하."

광해의 서슬에 놀란 윤성구의 이마에 땀방울이 돋아나고 있다. 다시 광해가 후려치듯 말했다.

"연전연패하면서도 아직도 도순찰사나 도원수의 직임을 붙이고 있는 이유가 무엇이냐? 백성들이 납득할 상벌이 있어야만 한다."

‡

이곳이 바로 지옥이다. 마을을 둘러보던 광해의 머릿속에 떠오른 생각이다. 이보다 더 참혹한 광경이 있을 것인가? 오시(낮 12시경) 무렵, 광해의 일행 삼백여 기의 기마대는 지금 강계에서 동남 방으로 백여 리 떨어진 박달산 기슭의 마을에 닿아 있다. 이곳은 삼십여 호가 모여 사는 옹림현 구역으로 고니시군과 가토군의 접경지대인 데다 군사적인 요충지도 아니다. 그런데 마을은 도살장이 되어 있는 것이다. 산 생명체는 닭 한 마리 보이지 않는다. 개도 조총에 맞은 후에 칼로 베어져서 몸체가 분리되었다. 지금 광해의 눈앞에는 가슴에 아이를 껴안고 죽은 아낙의 무참한 시신이 있다. 아낙은 칼에 배를 찔렸고 목까지 베었는데 코가 떼어졌다. 마지막 순간까지 아이를 감싸 안았기 때문인지 반쯤 엎드린 등이 칼에 여러 번 찔렸고 아이도 같이 꿰었다. 부엌 옆에는 백발의 노인이 목이 잘려 죽었는데 손에 도끼를 들었다. 저항하려고 했던 것 같다. 노인의 코도 어김없이 떼어져서 피투성이가 된 구멍만 두 개 뚫려 있다.

"저곳."

다가온 박성국이 말했으므로 광해가 머리를 들었다. 박성국이 안채를 손으로 가리켰다.

"마당에 아이들만 십여 명 있습니다."

광해는 홀린 것처럼 발을 떼어 안채 대문으로 들어섰고 뒤를 대신들이 따른다. 발걸음 소리만 들릴 뿐 주위는 조용하다. 마당으로 나온 광해는 숨을 들이켰다. 마당은 아이들의 시체로 덮여 있었다. 두어 살짜리에서부터 열 살쯤 되는 여자아이까지 모두 한칼에 몸통이 잘려 있었는데 그중에는 코를 떼어낸 시체도 있다. 한 아이는 코가 작았기 때문인지 반쯤 떼다가 말았다.

"이 죽일 놈들."

마침내 광해가 이를 악물었다가 풀면서 말했다. 부릅뜬 눈에는 어느덧 핏발이 깔렸다.

"이 철천지원수 놈들. 우리 조선 백성에 무슨 원한이 있다고 이러느냐?"

"저하."

뒤에서 윤두수가 말했다.

"가슴에 깊게 새기시고 후일을 도모하소서."

"왕실의 죄가 가장 많다."

광해의 눈에서 눈물이 흘러내렸다. 손등으로 눈물을 닦은 광해가 말을 잇는다.

"썩은 관리나 무능한 장수를 나무라기 전에 왕실에서 솔선해서 모범을 보였어야만 했다. 참으로 부끄럽고 미안하구나."

"저하."

윤두수와 유홍까지 함께 광해를 부른다. 그들도 목이 메었다.

"황공하오."

머리를 든 광해가 박성국을 보았다.

"선전관. 시체가 몇 구나 되느냐?"

"노소남녀, 백이십여 구 됩니다."

"묻어줘라."

"기구도 없는 데다 시각이 급합니다. 죽은 지 하루쯤 지나 부패할 것이니 집 안에 넣고 화장하는 것이 낫습니다."

그러자 광해가 길게 숨을 뱉고 나서 말했다.

"죄 없는 인생이 지옥에서 살았으니 후생에서는 꼭 성군 치하에서 태어날 것이다."

광해가 발을 떼자 모두 따른다. 바람결에 피비린내가 맡아졌고 그 냄새 때문인지 까마귀 소리가 들렸다.

‡

"놓쳤습니다."

다가선 한조가 말했을 때 하나는 들고 있던 물그릇을 던졌다. 물그릇이 날아가 한조의 가슴에 맞으면서 물이 튀었다.

"이런 병신."

하나의 목소리는 낮았지만 선뜻하게 울렸다. 이곳은 강계에서 서북쪽으로 삼십여 리 떨어진 산골짜기 마을이다. 다섯 가구에 스무 명 남짓한 주민이 살던 마을이었는데 모두 피란을 떠난 터라 하나 일당이 마을 주민이 되었다. 눈을 치켜뜬 하나가 물었다.

"어디에서 놓쳤느냐?"

"강계에서 육십 리쯤 떨어진 곳까지는 미행을 했습니다만…."

하나의 눈치를 살핀 한조가 말을 잇는다.

"삼백여 기가 모두 기마대였습니다. 말을 타지 않은 이상 쫓을 수가 없었습니다."

"아씨."

옆에 서 있던 미우라가 나섰다.

"분조를 옮겨도 곧 의주 행재소로 연락할 테니 위치는 밝혀집니

다."

"요즘은 언제나 한발 늦어."

하나의 목소리가 높아졌다.

"부전마을의 향도대가 혜음진현에서 박성국에게 몰사한 것도 이틀이 지나서야 알게 되었다. 이제야 광해의 새 분조 위치를 알아내는 게 말이나 되느냐?"

"사사키가 잡힌 후부터 수습하느라 그렇게 되었습니다."

다시 변명하던 미우라가 시선을 들었다가 찔끔했다. 하나의 매서운 시선과 부딪쳤기 때문이다.

"입 닥쳐! 미우라."

"예, 아씨."

"한 번만 더 주둥이를 놀린다면 아예 네 원래 소속으로 보내주마."

미우라의 원래 소속이라면 하나의 부친 아베 산자에몬의 보병 오십 인장쯤 된다. 미우라가 산자에몬의 가신家臣으로 오십 석 녹봉을 받고 있기 때문이다. 그때 마당으로 사내 하나가 들어섰다. 땀과 먼지를 뒤집어쓴 사내는 하나를 보더니 서둘러 토방 밑으로 다가와 섰다.

"아씨, 나가시마가 오백 기마군을 이끌고 옹림의 조선 관군을 쳤습니다."

놀란 하나가 눈만 크게 떴을 때 사내의 말이 이어졌다. 사내는 남쪽에 파견된 밀정이다.

"평안병사 임우재는 기마군이 기습하자마자 단신으로 도주했고 조선군 삼천은 오백의 나가시마 기마군에게 유린되어 이천이 넘는 사상자를 내고 부대가 없어졌습니다."

그쯤 전공은 흔했으므로 하나는 시선만 주었다. 제일 먼저 도망치는 것이 조선군 장수라는 것도 너무 자주 들었다. 사내의 시선을 받은 하나가 입을 열었다.

"나가시마가 다급했구나. 우리 1번대 지역까지 들어와 공을 세우려고드는 걸 보면."

그러고는 하나가 혀를 찼다.

"양성한 향도대가 몰사하자 그것을 상쇄할 전공이 필요했던 거야."

그때 한조가 나섰다.

"아씨, 이 사실을 주군께 알려야 하지 않겠습니까?"

"네가 가라."

하나가 던지듯이 말하고는 자리에서 일어섰다.

"주군께선 대로하실 거다. 하지만 우리도 전공을 세워 주군을 기쁘게 해드려야 되겠다."

"예, 그렇습니다."

"광해가 분조를 어디로 옮길지는 지금 뒤를 따르고 있으니 나중에 연락드린다고 해라."

하나가 그렇게 마무리했다.

✝

강원도 땅에 들어선 것은 강계를 떠난 지 닷새째가 되는 날이다. 김난의 어미 한씨가 아직 다릿심이 있었으므로 제법 걸었고 네 살배기 딸은 말복과 끝쇠가 번갈아 업었기 때문이다. 그날 미시(낮 2시경) 무렵, 산모퉁이를 돌아 나오던 끝쇠가 우뚝 걸음을 멈췄다. 바로 열 걸음쯤 앞에 세 사내가 길을 가로막고 서 있었는데 손에 병장기를 들었다. 비적이다.

"어이구, 오랜만에 손님 받네."

사내 하나가 웃음 띤 얼굴로 말했고 다른 놈이 받는다.

"이 사람아, 산 위에서 한 시진 전부터 졸면서 기다리고 있었네. 걸음이 더디더만. 잉?"

그때는 말복과 김난, 한씨까지 뒤에 붙었다. 김난과 한씨는 얼굴이 굳었으나 제각기 두 걸음쯤 뒤로 물러섰다. 김난은 말복의 등에 업힌 옥이를 안아 들었다. 그것을 본 가운데 사내가 씩 웃었다. 수염이 텁수룩한 사십대로 손에 장검을 쥐었는데 그중 우두머리로 보였다.

"제법 손발이 맞는구나. 그래 너희 둘이 덤벼보겠단 말이냐?"

그러더니 손을 치켜들었다. 그 순간 옆쪽 풀숲에서 대여섯 명의 사내가 쏟아지듯 나왔다. 모두 칼과 창을 들었는데 그중 둘은 화살을 잰 활을 쥐었다.

"자, 등짐을 풀고 옷을 벗어라. 그럼 네놈들 목숨은 살려 보내주마."

사내의 말을 듣고 끝쇠가 벌쭉 웃었다.

"말복아, 우리 옷이 우리 목숨을 살렸구나."

"성님, 그기 무신 말이오?"

정색한 말복이 묻자 끝쇠는 혀를 찼다.

"이놈아 못 알아듣느냐? 우리 차림이 깨끗해서 이놈들이 활을 쏘지 않았단 말이다. 화살이 박히면 옷을 버리거든."

"그렇군요."

"멀리서 화살을 날렸다면 나는 피했겠지만 넌 꿰었을 것이다."

"근데 이놈들뿐일까요?"

"그런 것 같다."

그러자 듣고만 있던 사내가 눈썹을 치켜세웠다.

"아니, 이놈들이."

그 순간이다. 끝쇠가 펄쩍 뛰었고 눈 깜박하는 사이에 말복이 뒤를 따른다. 뛰어오른 둘이 먼저 덤벼든 상대는 활을 쥔 둘이다.

"와앗!"

비적들 사이에서도 외침이 들렸고 제각기 병장기를 쥐고 덤볐지만 두서가 없고 겹쳐서 잠깐 혼란이 일어났다. 먼저 뛴 끝쇠가 등에 멘 짐을 벗으면서 손에 쥔 지팡이 칼을 활을 쥔 사내에게 후려쳤다. 후려치는 서슬에 칼집이 빠져 날았고 칼날이 드러나면서 활을 쥔 사내의 목을 쳤다.

"아악!"

목이 잘리면서 단말마의 비명이 풀숲을 울렸다. 이어서 말복이 덮친 또 하나의 궁수는 지팡이 자루로 머리통을 맞고 주저앉는다.

"베어 죽여라!"

두목 격 사내가 아우성쳤을 때 이젠 두 손으로 장검을 쥔 끝쇠가 두 사람째 베었고 말복도 뒤를 잇는다.

"이놈들!"

기세가 오른 말복이 풀숲이 떠나가라 외치면서 비적 한 놈의 허리를 무 베듯이 잘랐다.

"내가 비적 잡는 박말복이다!"

"나는 박근서!"

끝쇠의 외침에 이어서 비명이 일어났다. 이제 비적 떼는 사분오열되었다. 순식간에 대여섯 명이 칼에 베어 쓰러지자 전의를 상실한 나머지는 주춤거리다가 등을 보였다. 그때 끝쇠의 칼이 두목 격인 털보의 가슴을 찔렀다. 이제 싸움은 끝났다.

‡

"네 검술이 놀랍구먼."

싸움이 끝나고 서둘러 산모퉁이를 빠져나올 적에 끝쇠가 소리쳐 말했다.

"아이고 성님, 난 성님 모습이 마치 검귀劍鬼 같습디다."

이제는 말복이 옥이를 업고 달리면서 칭찬을 늘어놓는다. 둘의 옷은 피로 칠갑이 되어 있었지만 상처는 입지 않았다. 그러나 비적 떼는 열 명 중 예닐곱 명이 죽어 널브러졌고 도망친 머릿수는 서넛뿐이다. 앞장서 달리던 끝쇠가 다시 말한다.

"네놈 검술이 그렇게 출중한지 알았다면 나리께 여쭤 장교라도 박아줄 걸 그랬다."

"성님은 왜 장교 안 하시오?"

"난 정삼품 선전관의 부장이다."

"그럼 나도 그렇소."

싸움의 흥분이 남은 터라 둘의 문답은 떠들썩하게 이어졌다. 뒤를 뛰듯이 따르던 김난과 한씨의 얼굴에도 활기가 돌았다.

"아이구, 이제 좀 쉽시다."

마침내 한씨가 그렇게 소리쳤을 때는 한 식경쯤 후였다. 그래서 아이까지 다섯 남녀는 산기슭의 길가에 주저앉았다. 산모퉁이에서 삼 리쯤 떨어진 곳이다.

"닷새 동안 비적을 네 번 만났군."

입맛을 다신 끝쇠가 투덜거렸다. 그중 한 번은 이쪽이 먼저 도망쳤으며 한 번은 숨었고 나머지 두 번은 대결했다. 그러나 엊그제의 대결은 비적 셋을 만나 한 놈을 죽이고 둘을 도망치게 만든 정도였으니 오늘은 대접전을 치른 셈이다.

"오늘은 오십 리는 더 가야 된다."

해를 올려다본 끝쇠가 말했을 때 한씨가 불쑥 물었다.

"선전관 나리께선 본가가 어디시우?"

"그건 알아서 뭐 하실랍니까?"

끝쇠가 되물었지만 한씨는 능청스럽게 대답한다.

"난리 속이니 나리께서도 본가 걱정이 되실 것 아니우? 옥이를 보면 자식 생각도 나실 것이고."

"나리는 그런 걱정하실 필요는 없소."

끝쇠가 외면한 채 말을 잇는다.

"경기도 광주 본가에 계신 어른께서 무고하시기를 바랄 뿐이지."

"두 분 어른만 계시오?"

"박목사 댁이라고 하면 다 압니다. 어른께서 나주목사를 지내셨지요."

"문관이시네."

"나리께선 둘째 서방님이신데 무과에 급제하셨소. 큰 서방님은 문과에 급제하시고 호조정랑까지 지내시다 병으로 돌아가셨지요."

그때 길게 숨을 뱉은 끝쇠가 시키지도 않았는데도 박성국의 내력을 풀어놓는다. 가슴에 맺힌 것이 있는 것 같다.

"목사 어른께선 문반 무반을 가리지 않으셨소. 나리께서 무과에 급제하시자 오대조五代祖께선 병마절도사를 지내셨다면서 그 피가 너한테 왔다 하고 기뻐하셨소."

이제 한씨와 김난, 말복까지 숨을 죽이고 듣는다.

"나리께선 북방 임지에서 네 해 동안 공을 세워 종사품 병마만호에 이르셨소. 북방의 여진족들은 나리 성함을 들으면 감히 대적할 엄두를 내지 못했다오. 그러다 세자 저하의 선전관으로 차출되신 것이오."

그 중간 과정의 모함과 시기를 끝쇠는 낱낱이 알고 있었지만 생략했다. 그때 한씨가 조심스럽게 묻는다.

"나리께선 안댁이 어디 계시오?"

"없구먼요."

"없다니요?"

긴장한 한씨가 물었고 김난도 고인 침을 삼켰다. 그때 끝쇠가 자리에서 일어서며 말했다.

"몇 해 전에 아씨하고 세 살배기 도련님이 강을 건너다 배가 뒤집혀 돌아가셨소."

그러고는 말복에게 버럭 소리쳤다.

"이놈아, 이러다가 길에서 올해 다 보내겠다. 일어나라!"

‡

행군 속도가 갑자기 느려졌으므로 박성국이 이맛살을 찌푸렸다. 앞쪽 척후대에서 신호가 온 때문일 것이다. 말고삐를 당긴 박성국이 허리를 펴고 앞을 보았다. 앞은 황야다. 이제 강계에서 이백여 리쯤 떨어진 동신현 근처까지 대열은 남하했다. 신시(낮 4시경) 무렵이다. 그때 척후대 기마군이 먼지를 일으키며 달려왔다.

"무슨 일이냐?"

속도가 느려지는 바람에 본대의 광해가 뒤쪽에서부터 다가와 물었다.

"예. 척후대가 뭔가를 본 것 같습니다."

박성국이 대답했을 때 기마군이 달려와 다섯 걸음쯤 앞에서 말을 세웠다. 그러나 말에서 내리지 않고 소리쳐 보고한다. 박성국이 그렇게 지시했기 때문이다.

"보고! 척후가 옹림에서 도망쳐 온 관군 패잔병과 마주쳤습니다."

"무엇이?"

놀란 외침은 광해의 입에서 터졌다. 말을 몰아 앞으로 나선 광해가 묻는다.

"옹림이라면 평안병사가 거느린 정예군 아닌가? 도망쳐 오다니 무슨 말이냐?"

그러자 당황한 척후 기마군의 시선이 박성국을 보았다. 도움을 청하는 표정이다.

"어서 데려오너라!"

박성국이 말하자 기마군은 그제야 살았다는 듯이 말머리를 돌려 달려갔다.

"괴이하군."

옆으로 다가온 순영중군 최동훈이 낮은 목소리로 말했다. 이제 최동훈은 대열의 경호보좌역이 되었다. 박성국이 승급해 같은 정삼품이 되면서 경호총관을 맡았기 때문이다.

"임병사가 삼천 정예를 거느리고 있었는데 갑자기 무슨 일이 있었단 말인가?"

그때 이제는 척후대장이 보군 대여섯 명을 뒤에 달고 다가왔다. 광해는 물론 대신들도 입을 다물고 다가오는 그들을 본다. 이곳은 낮은 구릉 사이의 황야여서 바람결에 잡초만 흔들리는 황무지다. 박성국은 다가오는 군사들을 유심히 보았다. 그중 둘은 어깨에 가

죽 갑옷을 걸쳤고 가죽신을 신었다. 품계가 있는 무반 같다. 이윽고 그들이 열 걸음쯤 앞에서 멈췄을 때 박성국이 소리쳐 말했다.

"듣거라. 너희는 세자 저하를 뵙고 있다. 그러니 바른대로 아뢰어야 할 것이다."

"예."

정색한 보군들이 일제히 무릎을 꿇었을 때 박성국이 묻는다.

"무관이 있는가?"

"예."

예상한 대로 여섯 명 중 갑옷 차림의 둘이 함께 대답하더니 머리를 들었다. 하나는 이마에 피가 배어나온 헝겊을 감고 있다. 박성국이 말했다.

"옹림의 군사라고 들었다. 어찌된 일인지 관직을 밝히고 아뢰어라."

"예."

헝겊을 감은 무관이 선임 같았다. 그가 두 손을 땅바닥에 짚은 채 박성국과 그 옆의 광해를 보았다.

"소인은 정칠품 사정 벼슬의 안병학이옵고 여기는 정구품 별장 강기순입니다. 사흘 전 아침 묘시(새벽 6시경) 쯤에 갑자기 왜군 기마군 일천여 기가 급습해와 옹림에 주둔한 조선군은 패퇴했습니다."

"무엇이? 일천 기라고 했는가?"

광해가 묻자 사정은 이마를 땅바닥에 붙였다가 떼었다. 이마에 먼지가 희게 찍혔다. 사정의 두 눈에 물기가 어렸다.

212

"예에. 아군은 힘껏 싸웠으나 사방에서 기습해온 바람에 패퇴했습니다."

"병마절도사는? 전사했는가?"

"모릅니다."

"네 직책은 무엇이냐?"

광해가 다그치듯 묻자 사정은 어깨를 부풀렸다가 내렸다. 심호흡을 한 것 같다.

"중군의 경호장으로 본부 진막을 맡고 있었습니다."

그러자 광해가 머리를 돌려 박성국을 보았다. 그것이 무엇을 맡은 직책인지를 묻는 표정이다. 박성국이 광해에게 말했다.

"중군 본부 진막 경호장은 평안병사 임우재의 친위 경호장입니다."

광해가 머리를 끄덕이더니 사정에게 다시 물었다.

"임 병사는 어찌 되었는가?"

"모릅니다."

그때 사정이 시선을 내렸으므로 박성국이 벽력같이 소리쳤다.

"이놈! 감히 세자 저하 앞에서 말을 꾸미느냐! 바른대로 말씀 올리는 것이 조정과 백성을 위한 길이라는 것을 모르느냐! 어서 아뢰어라!"

"예."

대답한 사정이 다시 머리를 들고 광해를 보았다. 이제 두 눈에서 눈물이 흘러내려 땀에 젖은 얼굴에 줄기를 만들고 있다.

"예. 왜군 기마군이 진입했을 때 소인이 병사께 보고하려고 진막에 뛰어들었습니다."

"말하라."

박성국이 낮게 재촉했다. 주위는 숨소리도 들리지 않는다. 말들
도 콧김을 불지도 않았다. 다시 사정의 말이 이어졌다.

"그때 병사께서 뒷문 앞에서 말에 오르시는 중이었습니다."

"말하라."

"그래서 소인이 어찌할 것인지를 물었습니다. 그랬더니….."

"그랬더니?"

"병사께선 의주 행재소에 보고하겠다면서 달려가셨습니다."

말을 그친 사정도 머리를 숙였고 모여 선 광해, 대신들은 한동안
숨소리도 내지 않았다. 이윽고 박성국이 입을 열었다.

"그래서 그대는 어떻게 했느냐?"

"예. 싸웠습지요."

머리를 든 사정의 눈에서 다시 눈물이 흘러내렸다. 사정의 말이
이어졌다.

"모두 목숨을 걸고 싸웠습니다. 전령이 전갈을 받으러 본진에
뛰어들면 병사께선 잠시 다른 곳에 지원하러 가셨다면서 소인이
지시를 대신 내려주었사옵니다."

"……."

"이천여 명이 죽었습니다."

"……."

"그래서 살아남은 군사들이 제각기 원대를 찾아 복귀하러 가는
중이었소. 소인은 개성유수 소속이었기 때문에 황해도 군사들과

214

함께 남하하고 있었습니다."

"오냐. 고생했다."

그렇게 말한 것은 광해다. 사정은 물론 나머지 군사들도 놀라 머리를 들었을 때 광해가 말을 잇는다.

"너희들이 용사다. 장하다."

그러고는 광해가 박성국에게 말했다.

"이들에게 물과 양식을 먹이고 말에 태우도록 하라."

그때 박성국은 광해의 눈에서 물기를 보았다.

‡

다시 행군이 시작되었을 때 광해가 옆을 따르는 박성국에게 말했다.

"의주 행재소로 보낼 기마군 두 기만 뽑아라."

"예, 저하."

박성국의 시선을 받은 광해가 말을 속보로 걸리면서 말을 이어갔다.

"다음 역참에서 쉴 적에 내가 전하께 임우재의 죄를 적은 상소를 올리겠다. 그걸 들고 의주로 달리라고 해라.

"예. 저하."

"그런 놈은 목을 베어 군율을 세워야 한다. 죽은 군사들의 혼을 위무하고 남은 군사들에게는 사기 진작이 될 것이다."

"지당하신 처사이십니다."

머리를 숙여 보인 박성국이 말머리를 돌려 대열 후미로 갔다.

"이보. 선전관."

세자 보좌역 윤시욱이 정승 윤두수, 유홍과 나란히 오다가 박성국을 부른다. 윤시욱은 이조참판이니 종이품이요, 윤두수, 유홍은 정일품이다. 윤시욱이 다가선 박성국에게 말했다.

"오늘은 이곳에서 삼십 리쯤 떨어진 서곡에서 쉬기로 하세."

"서곡에서 이십 리만 더 가면 장평현입니다. 그곳이 쉬시기에 적합합니다."

그때 뒤쪽을 따르던 순영중군 최동훈이 나섰다.

"선전관, 조금 전에 서곡의 안 참의参議 댁 하인이 다녀갔네. 저하 맞을 준비를 다 갖췄다니 장평현까지 무리하게 갈 필요는 없어."

박성국이 머리를 들고 해를 보았다. 이제 신시 끝 무렵(낮 5시경)이 되어가고 있다. 오늘은 조금 일찍 행군을 멈추고 서곡 땅 유지인 안 참의의 대접을 받아도 상관없을 것이다. 박성국이 머리를 돌려 두 정승을 보았다.

"대감, 저하께 말씀드릴까요?"

"그러게."

윤두수가 머리를 끄덕였다. 이것으로 오늘 숙영지는 결정되었다. 광해는 이의를 제기하지 않을 것이기 때문이다.

‡

"나리. 조금 전에 서곡에서 안 참의 댁 하인 둘이 다녀갔습니

다."

광해 뒤쪽의 대열로 돌아왔을 때 옆으로 말 배를 붙인 장교 차동신이 말했다. 그때 반대쪽으로 장교 고흥이 붙었다. 이 둘은 박성국이 엄선해서 뽑은 측근 장교로 끝쇠와 말복과는 달리 공식 부하다. 차동신이 말을 잇는다.

"두 놈 다 기마술이 능숙하기에 물었더니 군역을 치른 하인들이었고 안 참의는 이백여 명의 의병을 모아놓고 있답니다."

"충신이다."

머리를 끄덕였던 박성국이 물었다.

"왜군과 접전은 치렀다고 하더냐?"

"서곡은 안 참의 댁 본가를 중심으로 오십여 호가 운집한 마을인데 의병은 마을을 지키려고 모았답니다."

그때 문득 시선을 든 박성국이 둘을 번갈아 보았다.

"내가 서곡에 의병이 있다는 말은 처음 들었다."

둘의 시선을 받은 박성국이 말을 잇는다.

"너희들 둘이 먼저 서곡으로 달려가 염탐을 해라. 숨어들어가 살피란 말이다."

그러고는 다시 해를 보았다. 주위가 첩첩산중이어서 해는 빨리 지는 것 같다.

"나는 될 수 있는 한 행군 속도를 늦출 테니 너희들은 서둘러라."

✝

　차동신은 나이가 스물여덟으로 고홍보다 선임이다. 개성부에서 역졸로 다니다가 난리를 만나자 경기병사 휘하 장교가 되었다. 차동신은 임진강 싸움에서 왜군 머리 하나를 들고 온 공이 있다.

　"이봐, 중군하고 참판이 번갈아서 의주로 심부름을 보내고 있어. 그래서 의주에서는 세자가 똥을 몇 번 쌌다는 것까지 알고 있다는구나."

　말을 달리며 차동신이 소리치듯 말했다. 지금 두 필의 말은 황량한 고원의 풀숲을 달려가는 중이다.

　"인빈한테 잘 보이면 사흘 만에 정구품 별장이 정육품 종사관으로 승급한다는 거야."

　"인빈 그년한테 뜨거운 양물을 바친 것인가?"

　내쏘듯 물은 고홍은 양주목사 휘하의 장교였다가 난리 통에 임금 경호대에 배속되었다. 힘깨나 쓰게 보이고 무술이 뛰어난 장교는 무조건 경호대로 뽑아가는 바람에 온갖 군상이 섞여 있다. 차동신이 쓴웃음만 지었고 고홍은 말을 잇는다.

　"이건 나라도 아니여. 임금이나 대신이나 다 그놈이 그놈이여. 나도 선전관 나리 밑으로 배속되지 않았다면 진즉 양주로 도망쳐 돌아갔어."

　"도망가서 뭘 하려고?"

　"도적이 되었거나 향도로 나섰겠지."

　"내 손에 잡혀 목이 떨어졌을지도 모르겠구나."

하지만 고홍은 몸이 날랜 데다 단검을 잘 던졌다. 품에 길이가 한 뼘쯤 되는 단검 열 자루를 품고 있었는데 십 보 안에서는 나는 참새도 맞혀 떨어뜨린다. 백병전에서는 일당백의 용사가 된다.

"하긴 나도 나리한테 배속되지 않았다면 저 등신 같은 장군들 등쌀을 배겨내지 못했을 것이다."

말에 박차를 넣으면서 차동신이 소리쳐 말한다. 두 필의 말이 산속 그림자 안으로 빨려들 듯 달려나간다.

‡

"오늘 저녁에는 장평현에서 묵을 예정입니다."

미우라가 말하자 하나는 쓴웃음을 지었다.

"빠른 행군이다. 하루에 이백 리씩 남하하는구나."

"이제 사흘 밤만 더 지나면 이천입니다. 아씨."

외면한 채 미우라가 말을 잇는다.

"그쪽은 4번대가 훑고 갔지만 아군의 영향력이 강하지 못합니다. 그러니…."

"알았다."

말을 끊은 하나가 자리에서 일어섰다.

"어차피 광해는 내 손바닥 안에 든 새야. 도망칠 수 없어."

이곳은 광해의 대열에서 오십여 리쯤 떨어진 산기슭이다. 하나가 나뭇가지에 매어놓은 말고삐를 풀자 일행도 잠자코 떠날 차비를 한다. 모두 조선 기마군으로 변장했는데 미우라와 한조는 무관

차림을 했고 하나는 군사 복색이다. 하나가 말에 오르자 기마군은 대오를 정비했다. 오십여 기의 기마군은 모두 일본 밀정과 그 심복이 된 조선 향도의 무리다.

"가자."

하나가 짧게 지시하자 기마군이 움직였다. 광해 일행을 따라 이천으로 가려는 것이다. 분조를 이천으로 옮긴다는 정보는 의주 행재소에서 얻어냈다. 광해 일행이 아무리 조심해도 정보는 조선왕의 측근에서 새어 나오는 것이다.

‡

서곡동은 골짜기에 박힌 마을로 앞쪽이 꽤 넓은 평야다. 유시(저녁 6시경)가 되어가고 있어서 이제 주위는 어둑해지는 중이다.

"아니, 저게 뭐냐?"

산의 중턱에 엎드린 차동신이 손으로 아래쪽을 가리키며 불쑥 물었을 때 고홍도 그것을 보는 중이었다.

"저놈들이 의병인가?"

고홍이 잇새로 말했다. 그들의 시선이 닿아 있는 곳은 안 참의 댁 왼쪽의 행랑채다. 행랑채 뒤쪽 마당에 사내 삼십여 명이 모여서 있는 것이다. 거리가 백여 보 떨어져 있었지만 그들이 쥐고 있는 병장기까지 뚜렷이 드러났다.

"저기도 있군."

이번에는 고홍이 손으로 본채 뒤쪽을 가리켰다. 사내 이십여 명이 담장 밑에서 한 사내의 지시를 받고 서있다.

"저쪽도."

온몸을 굳힌 차동신이 가리킨 곳은 마을 입구의 대나무 숲이다. 입구 쪽에서는 보이지 않겠지만 산중턱에 엎드린 그들에게는 다 드러났다. 사내 삼십여 명이 숲 뒤쪽에 몸을 숨기듯이 웅크리고 앉았다.

"의병이라면 마을 앞에 나와 도열해 있어야 할 것 아닌가?"

고흥이 말하자 차동신이 손을 들어 앞쪽을 가리켰다.

"저기서 나온다."

마을 앞 민가 뒤쪽에서 의병들이 나오고 있다. 삼사십 명쯤 되었는데 손에 창과 깃발을 든 사내가 절반쯤 되어서 언뜻 보면 그럴듯했다. 그들을 지그시 보던 차동신이 잇새로 말했다.

"그렇군. 마을 안에 있는 놈들은 모두 검을 쥐었다. 창을 든 놈이 없어."

"좁은 마을 안에서는 창이 불편하지."

아래를 내려다보면서 고흥이 말을 받는다. 이제 깃발과 창을 쥔 무리는 마을 앞 길가까지 내려가고 있다. 세자 일행을 맞을 차비를 하려는 것이다. 차동신이 머리를 돌려 마을 안을 보았다. 담장 밑에 모인 사내들은 숨듯이 벽에 붙어 서 있다. 행랑채 뒤쪽 마당도 그렇다.

"일단 마을에 들어오면 빠져나갈 수가 없겠어."

엉거주춤 몸을 일으킨 차동신이 말했다.

"반대쪽에도 숨어 있을 거다."

이쪽에서는 정면으로 보이는 마을 왼쪽을 말한다. 마을 뒤쪽은 가파른 산으로 막혀 있었으니 좌우와 입구만 막으면 그야말로 독 안에 든 쥐다.

"이놈, 안 참의라고 했지? 이 역적놈, 세자를 치려고 들다니."

차동신이 뒷걸음질로 물러서며 말했다. 좌우를 경계하면서 물러 나던 고흥이 이맛살을 찌푸리며 혼잣소리로 되묻는다.

"안 참의 저놈 혼자서 한 일일까? 저하 측근 중에 동조 세력이 있는 게 아녀? 안 참의 댁에서 쉬고 가자고 한 놈들."

참판 윤시욱과 순영중군 최동훈이다. 심지어 정승이 끼어 있을 수도 있다.

‡

"어찌했으면 좋겠느냐?"

박성국이 말을 마쳤을 때 한동안 시선만 주던 광해가 물었다. 대 열은 이제 서곡동의 십 리 앞까지 다가가는 중이다. 박성국이 힐끗 주위부터 둘러보았다. 방금 서곡동에서 달려온 차동신과 고흥은 십여 보쯤 뒤에서 따르고 있다.

"저하, 곧장 장평현으로 달려가시고 이 일은 말씀하시지 않는 것이 나을 것 같습니다."

"그러는 게 낫겠다."

광해가 머리를 끄덕였다.

"지금 당장 연루자를 찾을 수도 없을 테니 우선은 장평현으로 가자."

"예에. 뒷일은 소인이 처리하겠사옵니다."

머리를 숙여 보인 박성국이 소리쳐 선봉장을 불렀다. 선봉장직을 맡은 별장이 달려오자 박성국이 지시했다.

"저하께서 민폐를 끼치지 않겠다고 하셨다. 그래서 장평현으로 간다! 알겠느냐?"

"예에."

"속보로 달려라! 늦었다!"

말머리를 돌린 선봉장이 앞으로 내달리면서 지시했고 대열은 활기를 띠었다. 척후대에 이어서 선봉대 오십 기가 뛰었고 본대와 후미가 뒤를 따른다. 그때 순영중군 최동훈이 말을 달려 박성국의 옆에 붙었다.

"이보오, 선전관. 갑자기 왜 내달리는가?"

"장평현까지 닿으려면 너무 늦은 시각이 될까봐서 그러오!"

앞을 향한 채 박성국이 대답하자 최동훈은 크게 놀란 듯 눈을 부릅떴다.

"장평현이라니? 서곡동 안 참의 댁에서 묵는 것이 아닌가?"

"저하께서 민폐를 끼치지 않겠다고 하셨소."

그 말에 최동훈은 입을 다물었다. 세자에게 따질 수는 없는 것이다. 삼백여 기의 기마군은 이제 자욱한 먼지를 일으키며 초저녁이 되어가는 황야를 달려가고 있다.

5장
내란(內亂)

선조가 유성룡에게 밀지를 내밀었다.

"경이 소리 내어 읽으라."

"예에."

밀지를 받은 유성룡이 호흡을 가누었다. 세자 광해한테서 온 밀지다. 이미 유성룡, 영의정 최홍원 등 대신들은 읽어본 터였다. 청안의 신하들은 모두 숨을 죽이고 있다. 유성룡이 밀지를 읽는다.

"신 광해가 저하의 건녕乾寧을 축원하옵나이다. 신은 전하의 하해와 같은 은혜를 입고 분조를 맡아 충성을 다할 것입니다. 다름 아니오라 행군 도중에 옹림에 주둔했던 평안병사 임우재 휘하의 군관들을 만나 직접 심문한 내용을 아뢰옵니다. 임우재는 왜군이 기습해오자 바로 달아났습니다. 중군 경호장을 맡은 사정 안병학의 자백에 의하면 임우재는 보고하러 진막에 들어갔더니 벌써 뒷문에서 말에 오르고 있었다고 합니다. 그리고 행재소로 보고하러 가겠다면서 군사들을 버려두고 도망쳤다는 것입니다. 주장主將을 잃은 병사들은 우왕좌왕하다가 전멸되었는데 행재소로 도망친 임우재가 어떤 궤변으로 전하를 현혹할지 두렵습니다. 임우재를 잡아 처형하셔서 기강을 잡아주시옵소서. 신 광해가 분조로 가는 도중에 급히 올립니다…."

읽기를 마친 유성룡이 머리를 들었으나 선조는 입을 열지 않았다. 청 안에는 십여 명의 대신이 모여 있었지만 숨소리도 들리지 않는다. 이윽고 선조가 입을 열었다.

"임우재는 어디 있는가?"

"남문 수비장을 맡았으니 남문에 있을 것입니다."

최흥원이 말하자 선조가 다시 묻는다.

"임우재의 말하고는 전혀 다르다. 어찌된 일인가?"

임우재는 왜군 대군을 만나 장렬히 싸우다가 패퇴했다고 했다. 거기에다 임우재는 왜군의 귀 열두 개를 가져왔다. 바로 왜군 열두 명을 베어 죽였다는 표시여서 선조로부터 칭찬을 받았다. 유성룡이 삼천 부하 중 몇 명이 살아남았냐고 물었더니 이천여 기가 남았지만 부상자가 많아서 각자 고향 주둔군에 돌아가 쉬었다가 석 달 후에 모이기로 했다는 것이다. 임우재는 사천여 기의 왜군 공격을 받고 이천 명을 사상시킨 승장勝將이다. 그때 한응인이 나섰다. 한응인은 팔도도순찰사로 병권을 장악하고 있다.

"전하. 한 명이라도 장수가 아쉬운 때에 말직未職의 경황 없는 말 몇 마디만으로 고위 장수를 처단할 수는 없사옵니다. 그자는 자신이 도망친 사실을 덮으려고 세자께 임우재를 무고誣告했을지도 모릅니다."

"그렇습니다."

도원수 김명원이 말했다. 김명원은 임진강에서 패퇴한 후에 평양도 지키지 못하고 의주 행재소로 따라와 있다. 김명원이 말을 잇는다.

"말직이 지휘관의 진퇴를 감히 판단할 수는 없는 것입니다. 작전상 후퇴를 도망으로 모략하는 일이 비일비재하옵니다."

"알았소."

손을 들어 보인 선조가 유성룡과 최홍원에게 말했다.

"더 자세히 알아보고 조처하도록 하오."

"예, 전하."

머리를 숙였다 든 유성룡의 시선이 앞에 선 한응인과 마주쳤다. 한응인이 서둘러 시선을 피한다.

‡

늦은 저녁을 먹은 광해가 지친 몸을 보료에 비스듬히 눕히고 있다. 초경(밤 8시) 무렵이다. 이곳은 장평현의 관아 안이다. 현감이 묵던 사저를 세자의 임시 숙소로 만들어놓았는데 현감 이경순은 행랑채에서도 밀려나 이방의 소실이 살던 집으로 옮겨갔다. 세자를 수행한 고관대작이 수십 명이었기 때문이다. 방 안으로 들어선 박성국이 무릎을 꿇고 앉았다.

"저하. 서곡동에서 오 리쯤 떨어진 산골에 사는 양봉수라는 상민을 데려왔습니다."

낮게 말한 박성국이 반쯤 열어놓은 미닫이문을 다 열었다. 그러자 마루에 엎드려 있는 사내의 모습이 드러났다. 이곳은 안채여서 마당에 군관 둘이 서 있을 뿐 출입이 금지된 구역이다. 그 군관 둘은 차동신과 고홍이다. 둘이 양봉수를 데려온 것이다. 머리를 돌린 박성국이 양봉수에게 말했다.

"자, 세자 저하가 앞에 계시다. 네가 알고 있는 사실을 다 털어놓아라."

"예에이."

이마를 마룻바닥에 붙였다 뗀 사내가 머리를 들었다. 삼십대쯤의 건장한 체격이었는데 눈동자가 흔들리고 있다. 세자 앞이니 그러지 않은 자가 오히려 수상하다.

"예. 서곡동 안 참의가 의병을 모은 적이 없소이다. 그리고…."

사내의 이마에 벌써 진땀이 번들거렸다.

"안 참의는 난리가 나자마자 운곡에 있는 처가로 피란을 떠났기 때문에 본가에는 종 서넛만 지키고 있었는데…."

"말하라."

박성국이 낮게 말하자 사내는 말을 잇는다.

"이틀 전에 갑자기 안 참의가 의병과 함께 서곡동에 돌아왔습지요. 한데 안 참의를 보았다는 사람이 없어서 의아했던 참입니다."

"서곡동에 주민이 몇이나 남아 있었느냐?"

"다 피란을 떠나 노인 십여 명뿐이었습니다."

"남아 있던 하인들도 못 보았느냐?"

"제가 어제 서곡동에 들어갔더니 안 참의 댁 종들은 보이지 않았고 모두 타지 사람들뿐이었습니다. 그래서 이것저것 물었더니 의병들이 저를 쫓아냈습니다."

사내가 머리를 들고 박성국을 보았다.

"그런데 안 참의가 의병을 모았다면 근방 사람들일 텐데, 아는 얼굴은 한 명도 없었습니다요."

말을 그친 사내가 시선을 떨구었을 때 광해가 머리를 끄덕였다.

"알았다. 넌 네 집으로 돌아가거라."

"예에."

"선전관이 쌀이라도 한 자루 줘서 보내도록 하라."

이번에는 박성국에게 말한 광해가 길게 숨을 뱉었다. 왜군이 아니면 반역 도당일 것이다.

‡

"경계가 삼엄하군."

미우라가 앞쪽을 응시한 채 낮게 말했다.

"순시군의 이동에 빈틈이 없고 규율이 삼엄하다. 조선군 같지가 않다."

"나리도 별말씀을 다 하시오."

쓴웃음을 지은 남호가 말을 잇는다.

"지금까지 기합 소리 한 번에 허물어지지 않은 조선군을 못 보았습니다. 다 허장성세올시다."

"아니야. 저놈들은 다르다."

미우라가 담장에 기댄 몸을 떼고 남호를 보았다. 어둠 속에서 눈의 흰자위가 선명하게 드러났다.

"박성국이 있기 때문이야. 용장 밑에 약골이 없는 법이다."

그들은 지금 장평 현청이 바라보이는 길가의 담벽에 붙어 서 있다. 장평현은 현청을 중심으로 백여 호가 모여 사는 소읍小邑인데 지금은 절반 이상이 피란을 떠나 주민이 오백 인도 안 되었다. 그러다 세자 일행이 몰려오자 대번에 활기가 일어났다. 이경(밤 10시경)이 되어가고 있는데도 길에는 행인이 오갔고 주막은 오랜만에 떠들썩하다. 번을 마친 군관들이 몰려와 있는 것이다. 그때 앞에서 인기척이 나더니 두 사내가 다가왔다. 정달손과 유종구다. 둘다 양민 차림으로 정달손은 손에 양곡자루를 쥐었고 유종구는 잠깐 나온 것처럼 홑바지저고리 차림이다. 다가온 둘이 재빠르게 벽에 붙어 섰다. 이곳은 지붕이 허물어진 폐가 옆이어서 지나는 사람이 뜸하다.

"장교들의 이야기를 들었는데 괴이한 일이 있소."

정달손이 먼저 말했다. 그들은 손님 시늉으로 주막에 들어가 장교들의 이야기를 들고 나온 것이다. 주막 주인은 세자 일행인 줄알았고 장교들은 마을 사람으로 알 터였다. 정달손이 말을 잇는다.

"광해가 오늘 밤 서곡동에서 묵으려다가 갑자가 이곳으로 숙소를 변경했다는 것이오. 서곡동의 안 참의란 놈이 맞을 준비를 다 갖추고 있었다는데 지나왔다고 합니다."

"더구나 안 참의는 의병을 이백여 명이나 모아놓고 있다는군요."

유종구가 말을 받더니 목소리를 낮춘다.

"민폐를 끼치지 않겠다면서 광해가 마음을 바꿨답니다."

"그것이 뭐가 괴이하단 말이냐?"

미우라가 묻자 정달손이 대답했다.

"주막 주인이 서곡동 안 참의는 난리가 나자 운곡의 처가로 도 망가 병이 났다고 들었는데 갑자기 의병을 몰고 온 것이 이상하다 고 했습니다."

"……."

"젓가락을 들 힘도 없는 육십 노인에다 이웃집 아이가 굶어 죽 어도 보리쌀 한 자루 내놓지 않는 인간이 수백 명 의병을 먹이면 서 나타난 것이 천지개벽한 것보다도 더 신기한 일이라 합니다."

그때 미우라가 몸을 돌리며 말했다.

"돌아가자."

‡

광해가 방으로 들어선 여자를 물끄러미 보았다. 분홍색 저고리 에 치마를 입었는데 표정이 어둡다. 나이는 열여덟이나 열아홉쯤 되었을까? 깊은 밤이다. 이제 사방은 조용해서 광해는 제 숨소리 도 듣는다.

"이리 오너라."

광해가 입을 떼었더니 여자가 기다렸다는 듯이 다가와 세 발짝쯤 앞에서 다시 섰다. 시선을 내리고 있었기 때문에 길고 짙은 속눈썹이 그늘을 만들었다. 갸름한 얼굴에 콧날이 곧고 입술은 도톰하다. 이런 시골에 있기에는 아까운 미모다. 볼수록 호기심이 일어난 광해가 물었다.

"너는 무엇하는 여인이냐?"

"예. 덕천 관아의 기녀이온데 이번 난리에 고향인 이곳으로 피란을 왔습니다."

"으음. 기녀라."

광해의 시중을 맡은 장평현감 이경순이 동분서주해 구해놓은 수청 기생이다. 광해가 손을 내밀며 말했다.

"가까이 오라."

기녀가 다가와 광해가 내민 손을 쥐었다. 가깝게 보니 연분홍 옷이 눈에 부셨고 기녀의 살냄새에 광해의 가슴이 뛰었다. 광해가 기녀의 손을 당겨 옆에 앉히고는 다시 묻는다.

"너, 내가 누군지 아느냐?"

"네. 저하."

광해의 시선을 받지 않은 채 기녀가 대답했다.

"세자 저하이십니다."

"너, 자식을 생산할 수 있느냐?"

"네에?"

놀란 듯 되물은 기녀가 곧 대답했다.

232

"예에. 저하."

"네가 내 자식을 낳으면 왕자가 되느니라. 아느냐?"

"……."

"지금 임금께서 자식이 몇이나 되는지 아느냐?"

그래놓고 광해가 제 말에 제가 대답했다.

"스무 명 가깝게 된다. 아니, 넘었을지도 모르겠다."

광해의 얼굴에 일그러진 웃음이 떠올랐다.

"왕자가 너무 많아서 세자감도 너무 많았단다."

"……."

"내가 난리 통에 세자가 되었지만 바늘방석이구나."

그 순간 광해가 기녀의 치마를 잡아당겼다.

"벗어라."

기녀가 치마끈을 푸는데도 광해가 세게 당기는 바람에 치마가 찢어졌다. 광해가 눈을 치켜뜨고 말했다.

"뭐하느냐! 빨리 벗으라는데도!"

‡

기녀 이름은 오향. 열아홉으로 덕천 관아의 기적妓籍에 이름이 올라 있다고 했다. 얼굴이 곱고 몸도 예뻤지만 시골 관아에서 수령은 물론이고 그 아랫것들한테까지 시달려온 터라 방사房事가 거칠었다. 몸짓이 큰 데다 교성을 마음껏 질러대는 통에 광해가 놀라 이불로 입을 막았지만 휩쓸려 들었다. 구중궁궐에서 이런 방사는 겪어보지 못했기 때문이다. 광해의 비妃 유柳씨는 판윤 유자신의 딸로 잠자리에서는 정숙했다. 허리도 흔들지 않았다. 이윽고 오향과의 방사가 끝났을 때 광해가 몸을 떼면서 감탄했다.

"네 이년, 음탕하구나."

"송구하옵니다."

오향의 목소리는 밝다. 몸을 일으킨 오향이 젖은 수건으로 광해의 아래를 닦더니 곧 제 몸을 닦는다. 불을 끈 방 안은 어두웠어도 오향의 몸 윤곽이 다 드러났다. 광해가 누운 채로 말을 잇는다.

"내가 여럿을 겪었지만 너처럼 야단법석을 떠는 년은 처음이다."

"황송합니다."

닦기를 마친 오향이 광해에게 묻는다.

"저하. 옷을 입을까요?"

오향은 알몸이었다.

"그대로 누워라."

광해가 말하자 오향은 그대로 옆에 눕는다. 이것도 다르다. 궁 안에서는 치마를 입은 채로 방사를 치렀던 것이다. 속치마만 벗기고 치마를 들치면 되는 것이다. 거기에다 옆방에 일직 상궁들이 지키고 앉아 있으니 광해까지 숨소리를 죽여야 했다. 그때 오향이 몸을 돌려 모로 눕더니 광해의 양물을 손바닥으로 감싸 쥐었다. 놀란 광해가 몸을 굳혔지만 오향은 양물을 문지르며 말했다.

"저하. 한 번 더 해주시옵소서."

그 순간 광해는 머릿속이 뜨거워지는 것을 느꼈다. 어느새 오향의 손에 잡힌 양물도 단단해져 있다.

✝

　한낮이다. 중천에 떠 있는 해를 올려다보던 하나가 시선을 내렸다. 그때 산길을 올라오는 사내 한 무리가 보였다. 조선군이다. 십여 명이 다가왔는데 그중 바지저고리 차림의 사내 셋이 섞여 있다. 거리가 가까워지자 세 사내는 뒷결박이 되었고 하나는 머리와 옷에 피 칠갑을 한 것이 드러났다.

　"저기 옵니다."

　마당으로 들어선 미우라가 하나에게 말했다. 하나는 마루에 앉은 채로 머리만 끄덕였다. 연락을 받고 기다리는 중이었다. 이곳은 장평현 아래쪽의 산기슭에 외따로 세워진 화전민의 통나무집 안이다. 지금 하나 앞으로 끌려오는 세 사내는 서곡동에 진을 쳤던 안 참의의 의병이다. 광해 일행은 장평현에서 묵고 나서 지금 다시 남하하는 중이다. 그러자 안 참의의 의병들이 서곡동을 나와 북상하는 것을 하나의 부하들이 기습해서 그중 셋을 잡아온 것이다. 이윽고 마당으로 들어선 일행은 세 사내를 땅바닥에 나란히 꿇린 채 뒤쪽에 벌려 섰다. 통나무집 주위에서 기다리던 부하들도 주위로 모여들었다. 그때 마루 앞 토방에 서 있던 미우라가 세 사내에게 소리쳐 묻는다. 물론 조선말이다.

　"네놈들은 어디 소속이냐?"

　셋은 대답하지 않았고 미우라가 다시 말했다.

　"살고 싶다면 말해라. 그렇다고 죽고 싶다고 해서 금방 죽이진 않는다. 하루 한 토막씩 사지를 끊고 살점을 떼어 먹을 테니까."

"우린 의병이요."

왼쪽 사내가 불쑥 말했으므로 시선이 모아졌다. 사내가 소리쳤다.

"행재소에 있는 장군한테 물어보시오. 향산 함기옥의 의병단이라고 하면 다 알 것이오."

"향산 함기옥?"

되물은 미우라가 머리를 돌려 하나를 보았다. 하나는 눈만 가늘게 떴고 미우라가 다시 묻는다.

"아니, 향산 함기옥의 의병이 왜 서곡동에서 나온단 말이냐? 우리가 알기로는 너희들이 안 참의의 의병이라던데."

그러자 머리가 터진 사내가 번쩍 머리를 들더니 소리쳤다.

"그건 우리 같은 졸자는 모르는 일이오! 우린 그저 두목들이 시키는 대로 있다가 가던 중이오!"

"그래. 두목들이 무슨 일로 서곡동에 가라고 하더냐?"

"그곳에서 관군으로 가장한 왜군을 기습할 계획이었소."

"옳지. 함정에 빠뜨릴 작정이었구먼. 그런데 왜군이 왔더냐?"

"그놈들이 눈치를 챘는지 온다고 해놓고선 지나갔습니다."

"너희 두령 함기옥이 행재소의 어떤 장군하고 연락을 하느냐?"

"그건 모르겠소. 두목 두어 놈이 두령 지시를 받고 오가니깐."

"그 두목 이름을 대라."

"조경구하고 최만이라고 하오. 그 두 놈이 두령의 심복이오."

"만일 거짓이면 네 목을 벨 테다. 알았느냐?"

"내가 왜 관군한테 거짓말을 하겠습니까? 그나저나 후미를 따르던 우리 동무를 셋이나 죽였으니 아무리 관군이라지만 너무하시오!"

이제 사내들은 이쪽을 관군으로 믿는 것 같다. 관군 복색에다 관군이 아니면 이렇게 묻고 자시고 할 무리가 없기 때문이다. 그때 사내 하나가 다시 소리쳤다.

"자, 그럼 알 건 다 알았을 테니 우릴 풀어주시오. 우리 두령이 행재소 대감들하고 친하다는 건 나중에 더 알게 될 것이오."

그때 하나가 마루에서 일어서며 말했다.

"그만하면 되었다."

난데없는 여자 목소리에 셋의 시선이 일제히 마루로 옮겨졌다. 그때까지 하나는 기둥에 기대고 소리 없이 앉아 있었으므로 전혀 이목을 끌지 못했다. 하나가 표정 없는 얼굴로 말했다.

"이제 알겠다. 떠나자."

"이놈들은 어찌할까요?"

미우라가 묻자 하나는 마당에 시선도 주지 않고 말했다.

"죽여."

‡

광해가 새로운 분조인 이천에 도착한 것은 이틀 후였다. 이미 선발대를 보내 준비를 해놓은 터라 강계 분조보다는 덜 옹색했지만 이곳도 강원도 벽지僻地다. 조선 땅 한복판에 위치해 있다는 것만 제외하면 상황은 비슷했다. 왜군은 전라도 지역만 제외하고 조선 땅 전역을 유린했으며 피란민은 늑대 떼에 몰리는 양 떼처럼 이리

저리 몰려다닌다. 이순신이 없었다면 왜군은 전라도까지 석권했을 것이다.

"나리, 오셨습니까?"

이틀 전에 이천에 도착한 끝쇠가 집무소 안으로 들어와 박성국에게 인사를 했다. 박성국은 광해 시중을 드느라고 도착한 지 두 시진(약 4시간)이 되었지만 집에 돌아가지 않았다. 유시(저녁 6시경) 무렵이다. 광해는 막 내실로 들어가 저녁상을 받은 때여서 박성국도 한숨 돌리는 참이다. 청의 계단에 앉아 쉬는 박성국에게 끝쇠가 말을 잇는다.

"나리 거처는 이곳에서 백 보쯤 떨어진 제법 넓은 기와집입니다. 사랑채와 안채, 행랑채까지 있어서 저희들과 옥이네 식구까지 넉넉하게 머물 수 있습니다.

"빼앗았느냐?"

박성국이 묻자 끝쇠는 피식 웃는다.

"호조참의가 나리는 정삼품 선전관에다 세자 저하의 시종무관 격이니 그것도 부족하다고 합디다."

"허어, 과분하다."

"그런데 언제 오십니까?"

"세자 저하께서 언제 부르실지 모른다."

"엎어지면 코가 닿을 곳이니 잠깐 가시지요. 옥이 엄마가 저녁 지어놓고 기다리고 있습니다."

"누가 기다려?"

머리를 든 박성국을 향해 끝쇠가 지그시 웃었다.

"나리, 옥이 엄마는 양반댁으로 아직 한창때입니다."

"그래서?"

"오늘 나리가 오신다니까 어젯밤에는 목욕까지 하고 새 옷을 갈아입더구먼요."

"이 미친놈이 무슨 말을 하는 게냐?"

"나리께선 너무 오래 혼자 지내셨소."

"이, 이놈이 못하는 소리가 없구나."

"옥이 할머니도 은근히 나리께서 옥이 엄마를 내실로 두는 것을 바라는 눈치였소. 제가 꾸민 말이 아니오."

"네 이놈."

하면서 박성국이 일어서자 끝쇠가 펄쩍 뛰어 물러서면서 기어이 말을 뱉는다.

"그러니 나리께서도 대비하셔야 하오."

‡

저녁을 마친 광해가 박성국을 불렀을 때는 유시 끝 무렵(저녁 7시경)이다. 상을 물렸지만 광해 옆에는 장평현에서 데려온 기녀 오향이 앉아 어깨를 주무르고 있다. 박성국이 문밖 마루에 엎드리자 광해가 묻는다.

"서곡동에서 기다렸던 놈들의 정체는 밝혀졌느냐?"

"아직 찾지 못했습니다."

오향에게 힐끗 시선을 준 박성국이 말을 이었다.

"한데 어제 아침에는 서곡동이 텅 비어 있었습니다. 안 참의 댁은 안 참의는 물론이고 종들까지 없어져서 빈집이 되었습니다."

"……."

"마을 노인 서너 명한테 물었지만 모두 정체를 알 수 없는 일당이라고만 했습니다. 다만 왜군이 아닌 것은 확실합니다."

"날 없애려는 수작이 분명하군."

광해가 혼잣소리처럼 말했지만 박성국에게도 분명하게 들렸다. 박성국이 다시 머리를 들고 말했다.

"저하, 수시로 정보가 새어 나가고 있다는 증거입니다. 이번 이동 경로도 대신 몇 명과 행재소의 정승들만 알고 있었는데 서곡동에 병력을 배치시킨 것을 보면 미리 알고 있었던 것입니다."

"누굴까?"

"전하께서는 모르고 계실 것입니다."

박성국이 말하자 광해의 얼굴이 굳어졌다. 그러다 정신이 든 듯 옆에 앉은 오향을 돌아보았다.

"넌 물러가거라."

오향이 자리에서 일어나 밖으로 나갈 때까지 입을 꾹 닫고 있던 광해가 다시 물었다.

"그럼 누구일 것 같으냐?"

"인빈 김씨 일당입니다."

한 자씩 분명하게 발음한 박성국이 광해를 똑바로 보았다. 인빈 김씨를 말하려면 인빈마마라고 불러야 옳다. 임금의 총애를 받는 후궁으로 왕자 넷과 공주 다섯을 생산한 임금의 빈이다. 광해 또한

후궁이던 공빈 김씨의 소생일 뿐이다. 박성국의 시선을 받은 광해
가 입술만을 달싹이며 다시 묻는다.

"그럼 나는 어찌하면 좋겠느냐?"

그러자 박성국이 어금니를 물었다. 목이 메었기 때문이다. 숨을
고른 박성국이 광해를 보았다.

"저하. 꾹 참고 기다리십시오. 기다리면서 기반을 굳혀가셔야 합
니다. 이 난리를 기회로 이용하십시오."

그러자 박성국을 한동안 응시하던 광해가 천천히 머리를 끄덕였
다. 두 눈이 번들거리고 있다.

"오냐. 내 그리하겠다."

‡

대문 안으로 들어선 박성국을 맞은 사람은 한씨였다.

"어이구. 나리."

두 손을 휘저으며 달려온 한씨의 얼굴에는 반가운 기색이 역력
했다. 술시(밤 8시경) 무렵이어서 사방은 어둠이 짙게 덮여 있다.

"어서옵시오. 어서 저녁 드셔야지."

"이거 고생시켜 드립니다."

건성으로 인사를 받는 박성국의 옆으로 말복이 다가와 섰다.

"소인 박말복이 문안 드리오."

"이놈아 느닷없이 성씨는 왜 붙이느냐? 누가 들으면 네가 나리
친척인 줄 알겠다."

뒤에서 끝쇠가 꼬리를 잡는 바람에 집안 분위기는 더 밝아졌다. 박성국이 방에 들어가 앉았을 때 곧 끝쇠가 밥상을 들여왔다. 민물고기지만 생선도 있다. 나물 반찬이 세 가지나 곁들여진 진수성찬이다. 장정인 끝쇠가 힘깨나 써서 들어야 할 만큼 밥상이 무겁다. 눈을 둥그렇게 뜬 박성국 앞에 상을 내려놓으면서 끝쇠가 말했다.

"나리, 이제야 나리께서 음식을 제대로 드시는 것 같습니다그려."

"시끄럽다."

"음식은 여자들의 정성이 들어가야 제맛이 나지요."

"밥맛 떨어진다. 어서 나가거라."

"예. 저는 나갑니다."

박성국은 끝쇠의 뒷모습을 보면서 뒷맛이 찜찜함을 느꼈다. 밥을 반쯤 비웠을 때 물그릇을 들고 김난이 들어섰다. 김난은 흰색 저고리에 검정 치마를 입었고 머리를 뒤로 묶어 올려서 긴 목이 드러났다. 시선이 마주치자 얼른 머리를 숙였는데 순간이었지만 기름등에 반사된 두 눈이 반짝였다. 갸름한 얼굴, 끝이 약간 치켜 오른 눈이 상큼했고 물기를 머금은 입술이 조금 열려 있다.

"나리, 다시 뵈오니 기쁩니다."

김난의 목소리는 메말랐고 끝이 떨렸다. 상 옆에 앉은 김난이 물그릇을 내려놓더니 머리를 숙인 채로 말을 잇는다.

"저까지 삼대三代를 거둬주신 은혜를 갚고 싶습니다."

그러자 씹던 것을 삼킨 박성국이 김난을 보았다.

"내 시중을 들겠소?"

김난이 머리를 들었으므로 둘의 시선이 마주쳤다. 김난의 얼굴이 순식간에 붉어졌다. 시선이 닿은 채로 김난이 대답했다.

"네, 나리."

"난리 통이라 내가 언제 어떻게 될지 모르니 각오는 해야 할 거요."

"알고 있습니다."

"그럼 오늘부터 내 안사람이 돼주시구려."

"네, 나리."

그러자 박성국이 쓴웃음을 지었다.

"우리가 정식 부부 혼약을 맺지 않았지만 내외간이 될 것이오. 나를 상전 대접하는 건 어색하오."

"그럼 뭐라고 부릅니까?"

이제 김난의 얼굴에도 희미하게 웃음기가 떠올라 있다. 여전히 붉은 얼굴에 떠 있는 웃음기가 고혹적이다. 박성국이 홀린 듯한 표정으로 김난을 보았다.

"처음 보았을 적에는 여산적 같더니만 이렇게 달라질 수가 있나?"

"그땐 힘이라도 있었다면 산적질이라도 했을 것입니다."

김난이 웃음 띤 얼굴로 말을 잇는다.

"모두 나리께서 만들어주셨습니다."

"또 그런다."

수저를 내려놓은 박성국이 나무라자 김난이 두 손으로 붉어진 얼굴을 감싸 안고 말했다.

"예, 서방님."

그러자 박성국이 밥상을 밀었다.

‡

김난은 소리를 죽이려고 이불깃을 이로 물었지만 목을 울리는 신음은 막지 못했다. 방 안은 뜨겁고 습한 열기가 가득 찼고 거친 숨소리와 신음으로 덮여 있다. 이윽고 두 다리를 치켜든 김난이 박성국의 어깨를 움켜쥐고 당겼다. 그러고는 헐떡이며 울부짖는다.

"서방님, 서방님."

그 순간 김난이 폭발했다. 사지를 빈틈없이 박성국의 몸에 감으면서 굳어버린 것이다. 박성국은 온몸으로 번지는 쾌감에 전율하면서 동시에 폭발했다.

"아아악."

김난의 입에서 긴 신음이 터졌다가 곧 박성국의 입술에 막혔다. 그리고 둘이는 한 덩어리가 된 채로 굳어버렸다. 얼마쯤 시간이 지났는지 모른다. 먼저 김난의 팔다리가 맥없이 늘어지면서 금방 숨이 멎을 것 같았던 숨소리도 가라앉았다. 김난의 알몸은 땀에 젖어 마치 물속에서 나온 것 같다. 박성국이 몸을 떼고 자리에 눕자 김난이 상반신을 일으켰다. 그러고는 베개 옆에 놓았던 물수건으로 박성국의 하반신을 꼼꼼히 닦는다. 그때 박성국이 웃음 띤 목소리로 말했다.

"그야말로 꿀맛이로군."

244

그러자 김난이 소리 죽여 웃었다.

"전 이런 세상이 있는 줄도 몰랐습니다."

"아니, 당신 같은 몸으로 그 맛을 모르고 지났단 말이요?"

"그렇습니다. 이렇게 알몸으로 방사를 치르는 것도 처음입니다."

"점잖게 방사를 치른다고 양반 행세가 되는 게 아니오."

"제 전前 사람은 그랬지요."

박성국이 팔을 뻗어 김난의 허리를 감아 당겼다. 그러자 김난이 허물어지듯이 박성국의 가슴에 안긴다. 박성국이 김난의 젖가슴을 움켜쥐며 말했다.

"자, 이번에는 당신이 내 위에서 하시오."

‡

다음 날 오전 광해는 의주 행재소에서 온 사신을 맞는다. 사신은 예조참의 서의돈이었는데 임금의 교서를 지참했다. 밀지密旨와는 달리 교서教書는 사신이 소리 내어 읽는다. 광해 앞에 선 서의돈이 교지를 펴 들자 모두 무릎을 꿇었다. 청 안에 모인 이십여 명의 대신과 광해는 숨을 죽이고 사신을 보았다. 박성국 또한 말석에 꿇어 앉아 기다렸다. 이윽고 서의돈의 목소리가 청 안을 울렸다.

"세자에게 임금이 보낸다. 분조를 덕과 지혜로 이끌도록 하라. 난리를 만나 부모 자식을 잃고 헤매는 백성들을 위무하라."

모두 머리를 숙였고 교지는 계속되었다.

"지금 곳곳에서 의병이 일어나 왜적을 치고 있지만 어명을 받은 관리들을 불신하고 협조하지 않는다. 세자는 의병이 폭도로 변하는 것을 막도록 하라. 관의 명을 받지 않는 것은 왜적보다 더 위험한 무리가 될 수 있는 것이다."

숨을 돌린 서의돈의 말이 이어졌다.

"평안병사 임우재는 오히려 전공을 세운 사실이 드러났다. 도망병의 말에 현혹되지 말고 선후先後를 구분해 처신하도록 하라."

읽기를 마친 서의돈이 머리를 들었고 광해는 자리에서 일어나 의자에 앉았다. 그러나 얼굴은 일그러져 있다. 임우재를 처단하라고 상소했다가 오히려 꾸중을 들었기 때문이다. 청에 모인 대신들의 표정도 어둡다. 모두 임우재가 도망쳤다는 사실을 제 귀로 들었으니 황당한 결과였다. 이윽고 광해가 입을 열었다.

"전하께 명심하겠다고 전하시오."

"예, 저하."

허리를 숙였다 편 서의돈에게 좌상 윤두수가 물었다. 윤두수는 세 정승인 영의정, 좌의정, 우의정 중에서 두 번째 순위다.

"참의는 임 병사가 전공을 세웠다고 믿으시는가?"

난데없는 질문이었는지 서의돈이 눈만 크게 떴으므로 윤두수가 다시 묻는다.

"임 병사가 어떻게 변명했는지 자세히 알고 싶으니 저하께 말하시오."

"예에."

머리를 든 서의돈이 말했다.

"임 병사는 행재소에 올 때 왜적의 귀 열두 개를 잘라 왔소이다.

난전 중에 왜장 두 명을 포함해서 열둘을 베어 죽이고 귀를 잘라
왔다는 것입니다."

다시 조용해진 청 안에 서의돈의 목소리가 이어졌다.

"임 병사는 왜군 사천을 만나 이천을 죽이거나 부상시켜 격퇴시
켰다고 했습니다. 아군은 천여 명의 사상자를 냈을 뿐이나 남은 병
력 이천에 부상자가 많아서 각각 고향으로 보내 석 달 후에 재소
집을 한다고 했습니다."

"전하께서는 그 말을 믿으시던가?"

"팔도도순찰사 한응인 대감과 도원수 김명원 대감이 도망친 말
직 무관의 말만 듣고 장수를 가볍게 처리할 수는 없다고 했습니
다."

그때 광해가 쓴웃음을 짓고 말했다.

"이제 그만두시오. 전하께서 결정하셨으니 끝난 일이오."

윤두수가 다시 입을 열었다가 광해의 표정을 보고는 입을 다물
었다. 청 안에 다시 무거운 정적이 덮였다.

‡

"멧돼지 뒷다리 하나에 은 한 냥이라고?"

버럭 소리친 말복이 멧돼지 다리를 들어 바구니 안에 내던졌다.
시장 안이나 주위는 시끄러워서 말복의 고함도 금방 묻혔다. 오가
는 행인들이 말복의 등과 옆구리를 스치고 지난다.

"안 살 테면 마시우."

오십대쯤의 농군이 부르튼 얼굴로 말하더니 멧돼지 다리를 고쳐 놓는다. 옆쪽 채소 가게에서는 아낙들이 싸우고 있다.

"좋아. 은 반 냥을 줄게. 그것도 내가 큰맘을 먹은 겨."

말복이 말했지만 농군은 머리를 가로저었다.

"난 이걸 팔아 네 식구를 먹여 살려야 하우. 내가 닷새 동안 산을 뒤져서 겨우 잡은 멧돼지요."

농군의 표정은 단호했으므로 말복이 어금니를 물었다가 풀었다.

"옜다. 이 자식아!"

은 한 냥을 농군에게 내던진 말복이 멧돼지 다리를 움켜쥐었다.

"도적놈 같으니."

난리 통만 아니라면 은 한 냥이면 멧돼지 다섯 마리는 살 수 있을 것이다. 돼지 다리를 든 말복이 몸을 돌렸을 때다.

"말복이, 천천히 날 따라오너라."

사내 하나가 바짝 붙어 서면서 말했으므로 말복은 머리를 돌렸다. 그 순간 숨을 들이켠 말복이 주춤 걸음을 멈췄다. 미우라다. 양반 차림의 미우라는 손에 지팡이를 들었는데 안에 날이 시퍼런 장검이 박혀 있다. 미우라의 얼굴에 웃음이 떠올랐다.

"넌 날 알 테니 다른 말 않겠다. 조금만 허튼짓을 해도 네 목이 떨어져 내릴 테니까."

그때 뒤쪽에서 누군가가 밀었다.

"어서 갑시다."

머리를 돌린 말복은 낯익은 사내를 보았다. 왜놈들의 앞잡이가 된 향도다. 시선이 마주치자 사내는 빙긋 웃었다.

"자, 가자."

미우라가 말복의 손을 쥐며 말했다.

"그 멧돼지 고기는 떨어뜨리지 마라. 네가 집에 들고 가야 할 테니까."

다시 말복의 시선을 받은 미우라가 발을 떼면서 말을 잇는다.

"박성국이한테 전할 이야기가 있어서 그런다. 네놈을 죽이려고 했으면 진즉 죽였지."

‡

이천 분조에서 광해는 집무청으로 현의 관아를 사용하고 있다. 관아 안쪽 이천현감이 사용하던 사랑채가 바로 광해가 집무를 보는 곳이다. 집무소 앞마당에 서 있던 박성국이 장교 차동신과 함께 들어서는 말복을 보고 눈썹부터 찌푸렸다. 신시(오후 4시경) 무렵이다. 박성국의 하인 격인 끝쇠와 말복은 특별한 일이 아니면 이곳까지 오지 않기 때문이다.

"무슨 일이냐?"

박성국이 묻자 차동신은 굽신 허리를 꺾어 보이고 돌아섰지만 말복은 입술만 달싹였다. 박성국이 담장 밑으로 옮겨가 서자 따라온 말복이 시선을 들었다. 이마에 땀이 배었고 눈동자가 흔들렸다.

"나리, 미우라라는 하나의 부하를 만났습니다."

박성국이 시선만 주었고 말복의 말이 이어졌다.

"시장에서 고기를 사는데 옆으로 다가왔습니다. 그놈은 검술의 고수로 제법 칼을 쓴다는 조선군 장교 둘을 한칼에 베어 넘기는 것을 제 눈으로 보았습니다."

"……."

"하지만 제가 그놈한테 기가 질려서 대들지 못한 것이 아닙니다. 그놈이 나리께 전해드리라는 말이 있었기 때문에 듣고 왔습니다."

"……."

"그놈은 제 뒤에서 갑자기 나타났는데 나리께 말씀 전할 것이 있기 때문에 저를 살려 보낸다고도 했습니다."

"말하라."

박성국이 짧게 말하자 말복이 헛기침부터 했다.

"나리, 이천에 오시다가 서곡동 안 참의 댁 초청을 받으셨지 않습니까?"

"말해라."

"서곡동에 안 참의가 모병한 의병 사백오십 명이 있었고 말씀입니다."

"이백 명이 아니냐?"

"사백오십 명이라고 했습니다."

박성국은 입을 다물었고 말복의 말이 이어졌다.

"그놈들은 향산에 본진을 둔 함기옥의 의병입니다. 함기옥은 행재소 대감의 지시를 받고 안 참의 의병을 가장해 서곡동에 숨어 있었다고 합니다."

"……."

"미우라가 함기옥 의병을 잡아 자백을 받았는데 졸자들은 관군

을 가장한 왜군이 서곡동으로 들어오기를 기다렸다가 몰살시킬
작정이었다고 합니다."

"……."

"두령 함기옥과 두목 급인 조경구, 최만이 등만 알고 있었답니
다. 물론 행재소의 대감이란 놈들 하고요."

그때 박성국이 머리를 들고 말복을 보았다.

"그놈, 미우라란 놈이 너한테 이 일을 알려주는 이유가 무엇이
라고 하더냐?"

그러자 말복이 한 걸음 다가와 섰다. 여전히 긴장으로 굳은 표정
이다.

"나리께서 그렇게 물으시면 이렇게 대답하라고 했습니다."

"……."

"세자를 죽이고 살리는 것은 고니시 님이 결정하신다고 전하라
는군요. 인빈 따위가 나설 일이 아니라고 했습니다."

"인빈이라고 했느냐?"

"예에, 나리."

입안의 침을 삼킨 말복이 목소리를 더 낮췄다.

"미우라가 그랬습니다. 함기옥, 행재소 대감의 윗선은 인빈이라
는군요."

‡

그날 밤, 자시(밤 12시경) 무렵이다. 이때의 시간을 삼경이라고

한다. 박상국의 거처 행랑채 마루에 다섯 사내가 둘러앉아 있다. 그중 상석인 안쪽 벽에 기대듯이 앉은 사내가 곧 박성국이요, 그 좌우로 끝쇠와 말복, 차동신과 고홍이 벌려 앉았다. 탁 트인 마루에 벌려 앉은 것은 사방을 감시하기 위해서다. 밤말은 쥐가 듣는다지만 다섯 쌍의 시선을 벗어날 수는 없다. 마루에 불을 켜지 않아서 다섯 사내는 검은 물체처럼 박혀 있다. 이윽고 말을 그친 박성국이 넷을 둘러보았다. 박성국은 방금 오후에 말복한테서 들은 이야기를 해준 것이다. 긴장한 넷은 입을 열지 않았고 다시 박성국의 말이 이어졌다.

"알겠느냐? 우린 지금 왜놈 밀정들의 감시하에 있는 것이나 같다. 그놈들이 세자 저하의 목숨이 제 손바닥 위에 놓인 것처럼 말하는 것도 허세가 아니다."

어둠 속에서 박성국의 목소리가 낮고 굵게 울려 나왔다.

"거기에다 인빈 김씨와 권세를 노리는 간신배 또한 세자 저하를 노리고 있다."

그때 끝쇠가 묻는다.

"나리, 그럼 왜놈이 한 말을 믿으십니까?"

"나는 믿는다."

"왜놈이 왜 나리께 그것을 알려주었을까요? 세자 저하의 목숨이 고니시 놈 손바닥에 있다는 말을 해주려고 한 것만은 아닌 것 같소."

"그렇다."

머리를 끄덕인 박성국의 목소리가 은근해졌다.

"우리에게 경고해준 것이야. 향산의 함기옥 무리는 실제로 오백 명에 가까운 의병단이었고 의주 행재소의 관리를 받고 있었다."

다시 모두 숨을 죽였고 박성국의 말이 이어졌다.

"행재소에서 향산 의병의 감독을 맡은 것은 평안도순찰사 전기 윤이야."

오후에 말복의 이야기를 들은 박성국이 유홍에게 물어보았던 것이다. 우의정 유홍은 의병 관리를 맡았었기 때문에 바로 말해주 었다.

"그렇다면…."

침을 삼킨 차동신이 더듬대며 물었다.

"나리, 그럼 순찰사 놈이 의병장 함기옥이를 시켜 저하를 해치 려고 했단 말씀입니까?"

"순찰사 놈은 인빈 그년의 사주를 받았겠지."

끝쇠가 말하자 마루방에는 다시 무거운 정적이 덮였다. 이윽고 박성국이 다시 입을 열었다.

"내가 이 일을 너희들에게 말해주는 이유는 믿을 만한 사람이 없기 때문이다."

소리 죽여 숨을 뱉은 박성국의 말이 이어졌다.

"이 엄청난 사실을 의논할 사람이 없구나. 세자 저하께 대책도 없이 말씀드려 실의에 빠지시게 할 수는 없다."

머리를 든 박성국이 어둠 속에 떠 있는 넷을 차례로 보았다.

"그래서 나는 먼저 너희 넷에게 무관직을 주기로 했다. 저녁 때 세자 저하께 말씀드려 허락을 받았고 좌상께도 내일 무관호패를 만들어주실 것이다."

놀란 넷이 숨도 죽였고 박성국의 말이 이어졌다.

"저하 측근에 충성스러운 무관을 박아놓으려는 의도다. 너희들은 내일부터 구품 무관으로 별장이다. 휘하에 장교 십여 명을 거느리게 된다."

그리고는 박성국이 흰 이를 드러내며 소리 없이 웃는다.

"이렇게 하나씩 저하 주변을 굳혀나가겠다. 알겠느냐?"

"예이."

넷이 낮지만 굵은 목소리로 대답했고 차동신과 고흥은 감격에 겨워 몸까지 떨었다. 박성국이 혼잣소리처럼 말했다.

"이제 그 하나라는 왜놈 밀정 수괴년이 이렇게 접근해온 의도를 알아야겠다. 고니시의 밀정 수괴라면 고니시가 저하께 손을 뻗치려는 것이야."

‡

7월 하순이어서 한낮의 태양이 마당을 하얗게 뒤덮고 있다. 광해가 청으로 나왔을 때 행재소에서 보낸 사신도 마침 마당으로 들어서는 중이다. 이번 사신은 선전관 한 명에 종사관 둘이다. 선전관청에는 정삼품 당상관에서부터 종구품 선전관까지 직책에 따라 수십 명이 배속되었는데 주로 임금의 시위侍衛나 명을 전달하는 구실을 한다. 이번 선전관은 종오품 무관 하동수다.

"저하께 인사드리오."

허리를 굽혀 군례를 올린 하동수의 얼굴은 땀으로 범벅되어 있다. 뒤에 선 종육품 종사관 둘도 먼지와 땀으로 덮여 마치 전장에서 빠져나온 것 같다. 다급한 분위기였고 모여든 대신들의 기색도 어둡다. 전시인 것이다. 그때 하동수가 소리치듯 말했다.

"이틀 전에 회령에서 임해군, 순화군 두 왕자가 왜놈 2번대 대장 가토 기요마사에게 잡혀 포로가 되었습니다. 전하께서는 저하께 각별히 몸을 보중하라고 하셨습니다."

"무엇이?"

놀란 광해가 소리치듯 묻는다. 두 눈이 크게 떠졌고 상반신이 앞쪽으로 기울었다.

"잡히다니? 어찌된 일이냐?"

"예."

손등으로 이마의 땀을 씻은 하동수가 시선을 내린 채 말했다.

"회령현의 아전 국경인이란 자가 경성부의 아전인 제 숙부 국세필이란 자와 함께 기마군 오백을 이끌고 두 왕자와 영중추부사領中樞府事 김귀영, 장계부원군長溪府院君 황정욱, 온성부사 이수 등 수십 명에다 왕자의 친족까지 모조리 포로로 잡아 가토에게 바쳤다고 합니다."

숨차게 말한 하동수가 어깨를 늘어뜨렸고 마당에는 한동안 숨소리도 들리지 않았다.

"아, 이를 어이할 거나."

광해의 탄식이 마당을 울렸다. 사로잡힌 임해군은 공빈 김씨의 소생으로 광해의 동복형이다. 광해보다 한 살 위였고 왕자 중 가장 연장이었으나 성격이 거칠고 군왕의 자질이 부족하다는 이유로 세자 책봉에서 광해에게 밀려난 것이다. 그리고 순화군은 순빈 김씨의 외아들이다. 그때 좌상 윤두수가 아뢰었다.

"저하, 이럴 때일수록 방비를 굳히는 한편으로 신하와 백성들을 독려하셔야 합니다. 이제 모두 저하의 기색만 살피고 있으니 기운을 내셔야 합니다."

과연 노老재상다운 말이다. 뒤쪽에 서 있던 박성국이 저도 모르게 머리를 끄덕였다.

‡

"드릴 말씀이 있습니다."

엎드린 박성국이 말하자 광해는 머리만 끄덕였다. 청 뒤쪽의 내실에 앉은 광해의 얼굴은 어둡다. 지방 관리가 왕자를 잡아 왜장에게 넘기는 상황인 것이다. 신시(낮 4시경) 무렵이다. 박성국은 광해의 처소에 자유롭게 출입할 수 있는 신분이어서 주위에 대신이 없을 때 들어왔다.

"저하, 은밀히 여쭐 말씀이 있습니다."

문 앞 마루에 엎드린 박성국이 말하자 광해가 머리를 들고 옆에 선 오향에게 말했다.

"물러가라."

세자가 내실에 있을 적에 시중드는 사람은 오향뿐이다. 오향이 방을 나갔을 때 광해의 시선이 옮겨졌다. 묻는 시선이다. 그때 박성국이 말했다.

"저하, 고니시 유키나가의 밀정단 수괴로부터 기별이 왔습니다."

눈만 껌벅이는 광해를 향해 박성국이 낮은 목소리로 그간의 경위를 보고했다. 서곡동 의병이 향산의 함기옥 무리였으며 그것이 평안도순찰사 전기윤과 공모한 것이 분명하다고 했을 때는 광해의 입술 끝에 경련이 일어났다. 그러나 눈만 치켜뜬 채 말을 뱉지는 않는다. 이윽고 박성국이 입을 다물었을 때 광해가 낮게 말했지만 다 들렸다.

"고니시 유키나가는 나를, 가토 기요마사는 임해군과 순화군을 장악하고 있는 꼴인가?"

박성국은 얼른 대답하지 않았다. 우연 같지가 않다는 생각이 들었기 때문이다.

‡

고니시 유키나가는 평양성을 점령한 후에 명군의 동태를 은밀히 살피면서 북상하지 않았다. 그동안 명의 요동 부총병 조승훈이 군사 오천을 이끌고 평양을 쳤지만 유격장군 사유를 잃고 대패했다. 왜군을 깔보고 건방을 떨다가 당한 것이다. 조승훈은 왜군의 공격을 받자 기겁을 해서 단숨에 이백 리를 도망쳐 나와 두 번 다시 싸우려고 하지 않았다. 그러나 명은 대국이다. 왜군 장수 중 조선과 명의 사정에 가장 익숙한 고니시는 섣불리 북상하지 않았다. 그 사이에 각지에서 의병이 일어나 배후를 위협한 데다 해상에서는 이 순신이 연전연승을 거두고 있었기 때문이다.

"광해가 이천에 있다는 것을 2번대는 아느냐?"

고니시가 낮게 묻자 하나는 머리를 들었다. 평양성 안, 한 달 전만 해도 조선왕 선조가 묵었던 평안감사의 사저에 지금은 고니시가 앉아 있다. 호피를 깐 바닥과 비단 팔걸이도 그대로다.

"모릅니다."

하나의 목소리가 마루방을 울렸다. 가토는 지금 함경도 전역을 석권하고 며칠 전에 임해군과 순화군 두 왕자까지 생포했다. 고니시의 시선이 하나의 옆에 꿇어앉은 아베 산자에몬에게로 옮겨졌다. 마루방 안에는 그들 셋뿐이다.

"아베, 네 가문은 네 딸에게 상속시키는 것이 낫겠다. 데릴사위를 데려와 오염시키지 말라."

"예, 주군."

정색한 아베가 이마를 마룻바닥에 붙였다가 떼었다.

"그래도 자식은 낳아야겠습지요."

"글쎄. 씨가 좋지 않으면 매가 참새를 낳게 된다니까."

"잘 고르겠습니다."

그러자 입맛을 다신 고니시가 다시 하나를 보았다.

"광해의 경호장 박성국이 인빈까지는 베지 못하겠지. 그렇지 않으냐?"

"예, 주군."

머리를 든 하나가 말을 잇는다.

258

"하오나 향산의 의병 함기옥 무리를 소탕할 가능성은 있습니다."

"함기옥을 사주한 인빈의 대리인이 누구인지 지금쯤은 알아냈을 것이다."

눈을 가늘게 뜬 고니시가 얼굴을 일그러뜨리며 웃었다.

"조선의 왕실은 썩었다. 의병과 이순신이 아무리 힘을 내도 가만두면 문드러지겠다."

"주군."

하나가 부르자 고니시는 시선만 준다. 정색한 하나가 찬찬히 입을 열었다.

"조선왕은 백성의 신망을 잃었고 세자 광해는 아직 기반을 굳히지 못했습니다. 지금 조선 왕실이 흔들리고 있습니다."

"광해를 당장 제거할 필요는 없다."

혼잣소리처럼 말한 고니시가 곧 천천히 머리를 가로저었다.

"조선을 먹으려면 우리의 조종을 받는 허수아비를 전면에 내세우는 것이 낫다."

하나가 시선을 내렸다. 그것은 고니시가 결정할 사안이다. 아니, 고니시의 윗선인 태합太閤 도요토미 히데요시의 지시가 있어야 될 것이었다.

‡

"저하, 열흘 후에 돌아오겠습니다."

박성국이 낮게 말하자 광해는 머리만 끄덕였다. 해시(밤 10시경) 무렵, 사방은 조용했고 내실에 켜둔 황초의 불꽃이 바람결에 일렁거린다. 오향도 물리친 방 안에는 그들 둘뿐이다. 박성국이 더욱 목소리를 낮춰 말을 잇는다.

"저하. 곁에 박끝쇠와 차동신이를 시켜 지키게 했으니 떼지 마시옵소서."

"알겠다."

광해가 어깨를 늘어뜨린 것은 숨을 길게 뱉었기 때문이리라. 시선을 든 광해가 박성국을 똑바로 보았다.

"사백 리 길이다. 열흘에 되겠느냐?"

"예. 오가는 데 나흘 잡고 엿새간 일을 마치겠나이다."

"몸을 보중하라. 너 혼자만의 몸이 아니니."

"예."

갑자기 코끝이 매워진 박성국의 말끝이 떨렸다.

"저하. 엿새 동안 멀리 나가지 마시옵소서."

"알겠다."

그러더니 광해가 생각난 듯 말했다.

"내 시중드는 년한테도 함구할 테니 걱정하지 말거라."

광해는 박성국이 오향을 미덥지 못하게 생각하는 것도 아는 것이다. 방을 나온 박성국이 마루 끝에 서 있는 끝쇠를 보았다. 끝쇠는 이제 가죽 허리갑옷을 걸쳤고 머리에는 장끼 꽁지를 두 개나 꽂은 벙거지를 썼다. 별장 행색이다. 허리에 장검을 차고 가죽신을 신은 모습이 그럴듯했다. 끝쇠 앞에 선 박성국이 입술만을 달싹여 말했다.

"저하 곁을 한시도 떠나지 마라."

"예."

낮게 대답한 끝쇠가 바짝 다가섰다. 어둠 속에서 그의 눈이 번들거린다.

"나리께서나 몸 보중하시우."

마당의 벽에 붙어 선 장교 대여섯 명은 모두 이쪽을 바라보고 있을 것이다. 이제 끝쇠는 그들을 지휘하는 별장이다. 머리를 끄덕인 박성국이 발을 떼었다. 출정하는 것이다. 비밀 출정이라고 해야 맞을 것이다.

‡

박성국은 빠른 걸음으로 거리를 걷는다. 이천 분조의 주민은 세자가 온 후로 급격히 증가했는데 보름 만에 오천여 명이 되었다. 처음의 열 배가 된 것이다. 규제하지 않았기 때문에 계속해서 늘고 있다. 군데군데 경비군이 서 있었지만 늦은 시간이어서 통행인은 드물다. 이윽고 거리를 벗어난 박성국이 서쪽의 황무지로 다가간다. 갑자기 인적이 뚝 끊겼고 뒤쪽 마을의 불빛이 반짝이고 있다. 그렇게 이 리쯤 걸어 산길 모퉁이를 돌자 이젠 분조의 불빛도 보이지 않았다. 오직 짙은 어둠에 덮인 산기슭에 닿은 것이다. 그때 앞에서 부스럭대는 인기척이 들렸다.

"나리, 오셨습니까?"

다가온 사내는 말복이다.

"준비되었습니다."

말복이 낮게 말했다. 박성국이 말복과 함께 풀숲 안으로 들어서자 거뭇거뭇한 그림자가 드러났다. 말들이 코를 부는 소리도 간간히 들린다.

"나리, 미행자는 없습니다."

뒤에서 고홍의 목소리가 들렸다. 박성국의 뒤를 따라온 것이다.

"가자."

박성국이 낮게 말했을 때 군관 하나가 말을 끌고 다가와 말고삐를 넘겨주었다.

"내일 낮까지 이백 리를 달려야 한다."

몸을 솟구쳐 말에 오르면서 박성국이 말했다. 군사들이 일제히 말에 오른다. 별장 고홍과 박말복이 이끈 열여섯 기의 기마군이 박성국의 전력戰力이다. 곧 한 덩이가 된 기마대가 서쪽을 향해 달려가기 시작했다.

‡

인빈 김씨는 왕자와 옹주를 출산했어도 아직 임금의 총애를 잃지 않았다. 만일 둘째 아들 신성군이 왜란이 일어난 지 얼마 되지 않았을 때 갑자기 죽지 않았다면 광해를 제치고 세자가 되었을 것이다. 광해가 열여덟이 되어서야 세자로 책봉된 것은 왜란의 영향이 컸다. 일단 명으로 도망쳐 목숨을 구하고 보자는 임금 선조가 조선의 땅과 백성을 분조라는 대리 통치 기구를 명목상으로 만들어 세자에게 넘겨주었기 때문이다. 물론 왜란이 평정되면 돌아와 분조를 없애고 다시 통치할 작정이었다. 작년에는 광해로 세자를 책봉하자는 건의를 했다가 좌의정 정철이 귀양을 갔던 것이다. 지금 임금 선조는 의주에서 신성군의 동생 정원군을 총애하고 있다. 신하들이 보기에도 분조를 맡은 세자 광해는 허수아비에 불과했고 왜란이 끝나면 정원군이 세자가 될 가능성이 많았다. 인빈 김씨의 위세가 궁 안을 뒤덮고 있었기 때문이다.

"전라병사 이익수가 이천에 다녀갔다는군요."

인빈 김씨가 내쏘듯 말하자 전기윤이 머리를 들었다. 평안도순찰사 전기윤은 정삼품 당상관이다.

"예에. 이익수가 의주에서 내려가는 길에 들른 것 같습니다."

이익수는 의주 행재소에서 전라병사 직임을 받고 내려갔다. 인빈이 거주하는 의주부의 내전은 후궁들 거처 중에서 가장 넓고 임금의 대전과 가깝다. 방 안에는 인빈과 전기윤, 그리고 상궁 여씨까지 셋이 앉아 있다. 다시 인빈의 말이 이어졌다.

"난리 통에 이천까지 들러 인사를 하고 가다니. 그 사람도 꽤 바쁘게 삽니다."

전기윤이 잠자코 눈만 껌뻑였다. 지금 김씨는 세자에게 인사를 간 이익수를 비꼬고 있는 것이다. 그때 김씨가 자리를 고쳐 앉으면서 전기윤을 보았다. 인빈은 사십대 초반의 나이였으나 여전히 피부가 곱고 자태가 요염했다.

"대감. 분조로 나눈 것은 임금 대신 일을 처리하라는 것이지 임금 노릇을 하라는 게 아니지 않습니까?"

"예에. 그렇습니다."

사십대 후반의 전기윤이 이마에 돋아난 땀방울을 손등으로 씻었다.

"세자 주변의 인물들이 그렇게 부추기는 것 같습니다."

"조정 대신들이 성급했어요."

인빈의 날카로운 시선이 전기윤에게 꽂혔다.

"전하께서 명으로 들어가 계시더라도 얼마든지 통치하실 수가 있었습니다."

전기윤은 시선을 내렸다. 그 말이 맞지만 임금도 분조를 서둘렀던 것이다. 대신 탓만을 해서는 안 된다. 그리고 앞에 앉은 인빈 또한 평양성을 도망쳐 나올 때 분조를 하는 임금에게 아무 말도 하지 않았다. 그때 인빈이 말했다.

"그, 박 아무개라는 선전관."

머리를 든 전기윤을 향해 인빈이 한 마디씩 힘주어 말을 잇는다.

"내가 듣자 하니 광해의 위세를 빌려 호가호위한다는데, 지난번 일이 잘못되었다면 그자부터 먼저 꺾어야 하지 않겠어요?"

"알고 있사옵니다."

"그자가 부리는 천민 네 놈이 구품 별장이 되었어요. 아무리 전란 통이지만 반상을 허무는 짓을 세자란 작자하고 같이 저지르고 있단 말이요."

"곧 처리하겠습니다."

인빈의 광해에 대한 감정은 거의 저주에 가까웠다. 그것은 하루 이틀에 쌓인 감정이 아니다. 아주 오래되었다.

‡

　내실을 나온 전기윤이 어둠에 덮인 대전 앞 행랑채로 다가갔을
때 헛기침 소리가 들렸다. 어두운 담장이 떼어지는 것처럼 사람 하
나가 다가왔다.

　"대감, 이제 오시오?"

　다가선 사내는 임우재다. 임우재는 종이품 당하관이니 전기윤과
품계는 같으나, 직책상 밑이다. 마주 보고 선 둘은 거의 동시에 주
위를 둘러보았다. 이곳은 임금의 사저여서 군데군데 시위 장교가
서 있을 뿐 통행인이 없다. 더욱이 지금은 해시(밤 11시경) 무렵이
다. 주위는 조용했다. 바짝 다가선 전기윤이 임우재를 보았다. 임
우재가 기다리고 있었던 것이다.

　"마마는 우리보다 이천 소식을 더 잘 아네. 이천에서 직접 보고
를 받는 때문이지."

　어둠 속에서 입술 끝을 비틀어 보인 전기윤이 말을 이었다.

　"박성국이부터 제거해야겠어. 마마의 지시였지만 우리한테도
그게 이롭네."

　"자객을 보내지요."

　임우재가 소리 죽여 말을 잇는다.

　"칼 잘 쓰는 애들을 골라 보내겠습니다. 왜군한테 당한 것으로
만들지요."

"이번에는 실수가 없어야 하네."

이맛살을 찌푸린 전기윤이 입맛을 다시고 나서 말했다.

"지난번은 소리만 요란해서 더 망신을 당한 거야. 함기옥 그놈은 수완이 부족해."

‡

"보초가 저놈 둘뿐입니다."

말복이 손으로 앞쪽 풀숲을 가리키며 말했다. 박성국이 눈을 가늘게 뜨고 앞쪽을 보았다. 해는 서산에 걸려 있었으므로 주변은 이미 그림자에 덮였다. 보초 둘은 제각기 나무 둥치에 등을 붙이고 앉아 이야기를 나누는 중이었는데 백 보쯤 떨어진 이곳까지 웃음소리가 들렸다. 전혀 주위를 경계하지도 않는 것이다. 이윽고 박성국이 쓴웃음을 지었다.

"이것으로 저놈들이 무슨 역할을 하는지 알겠다."

말복은 대답 대신 입맛을 다셨다. 이곳은 향산의 중턱이다. 향나무가 많아서 향산이라는 이름이 붙었다고 하지만 향나무는 거의 보이지 않고 잡목만 우거져 있다. 머리를 돌린 박성국이 말복을 보았다.

"가서 군사들을 데려오너라."

"예이."

몸을 일으킨 말복이 힐끗 앞쪽에 시선을 주었을 때 박성국이 말을 잇는다.

266

"저놈들은 걱정할 것 없다."

잠시 후에 고흥과 함께 기마군을 이끌고 조심스럽게 돌아온 말복은 앞쪽 보초들이 보이지 않는 것을 알아차렸다. 군사들과 함께 풀숲으로 다가간 말복은 화살을 맞고 쓰러진 두 사내를 보았다. 두 명 모두 이마에 깊숙이 화살이 박혀 있다.

"밤이 되면 잠입해서 두령 함기옥과 두목 몇 놈만 베어 죽인다."

박성국이 둘러선 군사들에게 말했다. 주위는 이미 어두워졌고 삼백 보쯤 아래쪽 민가에서 불빛이 반짝이고 있다. 그곳이 향산 의병단의 진영이다.

"먼저 내가 둘을 데리고 내려가 포로를 잡아오겠다."

몸을 일으킨 박성국이 말복을 보았다.

"너와 또 한 명만 나를 따르라."

‡

함기옥은 선천에 사는 함윤식의 서자로 서른이 될 때까지 제대로 살지를 않았다. 함윤식은 무과에 급제해서 종오품 판관을 지낸 무반이며 선천의 유지다. 재산이 많은 터라 서자였지만 의식주 걱정 없이 온갖 말썽을 일으켰던 함기옥이다. 난리가 나자 함기옥은 같이 망나니짓을 하던 불한당 패거리에다 인근의 종과 부랑자들을 모아 의병장이 되었는데 그에게 조정과 백성을 구하겠다는 의식은 눈곱만큼도 없었다. 이 기회에 대장 노릇 한번 해보겠다는 일념뿐이었다. 만일 행재소에서 나온 '대감'이 연락을 해오지 않았다면 지금쯤 함기옥은 왜군의 향도장이 되어 있을 것이다.

"우선 이것을 받으라고 하셨소."

종사관 강오준이 들고 온 보따리를 함기옥 앞에 내려놓고 말을 이었다.

"그리고 다음 달에 귀공을 정칠품 사정직에 임명하신다고 합니다."

"사정이라."

혼잣소리처럼 말한 함기옥이 앞에 놓인 보따리를 풀었다. 그러자 곧 금반지와 팔지, 옥을 붙인 귀고리에다 금비녀까지 드러났다. 방 안의 불빛에 반사된 금붙이가 반짝이고 있다.

"으음."

함기옥이 목침덩이만큼 쌓인 금붙이를 내려다보면서 저도 모르게 탄성을 뱉는다. 그러더니 머리를 들고 강오준을 보았다.

"이걸 팔면 내 군사 두 달 식량은 되겠소."

"곧 다시 상급이 내려질 것이오."

"지난번 서곡동 일은 내 잘못이 아니라는 것을 대감께서도 아시겠지요?"

"그러니까 다음 달에 무반직을 드린다는 것 아닙니까?"

"실례지만 종사관께선 몇 품이시오?"

그러자 강오준이 쓴웃음을 지었다.

"종육품입니다."

"그렇다면 적어도 나도 종육품은 되어야지. 그래야 종사관은 못 되더라도 수문장은 맡을 수 있지 않겠소?"

"내가 대감께 말씀 올리리다."

외면한 채 강오준이 말했을 때, 방문 밖에서 누군가의 헛기침 소리가 울렸다.

"장군."

함기옥은 부하들로부터 장군이라고 불린다.

"누구냐?"

"제일第一두목 조경구올시다."

같은 불한당 패거리였던 자가 이제는 의병단의 이인자가 되었다. 제일두목으로 불린다. 조경구의 목소리가 이어졌다.

"동보리로 염탐꾼 여섯을 보냈습니다."

"잘했다."

함기옥이 패물을 다시 보자기로 싸면서 말을 잇는다.

"주방에 말해서 여기 술상을 들여오고 두목급들도 모이라고 해라. 종사관을 모시고 한잔 마셔야 되지 않겠느냐?"

"예이."

문밖의 목소리가 밝아졌다. 그러자 강오준이 웃음 띤 얼굴로 함기옥을 보았다.

"이거, 진영에 술은 많은 모양입니다. 올 때마다 술대접을 받으니 말씀이오."

"오늘은 특별히 계집도 들여보내리다."

목소리를 낮춘 함기옥이 번들거리는 눈으로 강오준을 보았다.

"피란 가던 기녀 다섯 명이 제 발로 진영으로 들어와 살겠다고 했소. 난리 속이니 이곳 진영만큼 안전한 곳도 없지. 그렇지 않소?"

"꿩이 제 발로 방 안으로 들어왔구려."

강오준도 얼굴을 펴고 웃는다.

"이곳이 행재소보다 낫소."

‡

"기마군 십여 기가 떠났습니다."

한조가 말했으나 하나는 눈썹을 좁힌 채 시선만 준다. 해시(밤 10
시) 무렵, 평양성에서 고니시를 만난 하나는 이천 변두리의 이곳에
방금 도착한 것이다. 이곳이란 이천의 밀정단 본부로 세 칸짜리 초
가에 십여 명의 피란민 남녀가 기거하고 있지만 모두가 하나의 부
하들이다. 이제는 여자까지 구색을 맞춰 가족으로 위장해놓았다.
그동안 이천 분조의 본부를 지켰던 한조가 말을 잇는다.

"세자 측근에는 박성국의 심복으로 별장이 된 박끝쇠와 차동신
이 밤낮으로 붙어 있습니다. 박성국은 말복이 놈과 떠난 것입니
다."

"서쪽이 분명하냐?"

하나가 낮게 묻자 한조는 머리부터 끄덕였다.

"예, 모두 기마군이었소."

"행재소로 간 것일까요?"

옆에서 미우라가 묻자 하나는 눈을 가늘게 떴다.

"나 같으면 향산의 함기옥부터 처단하겠다."

마루에 앉은 하나가 말을 잇는다.

"그다음에 연결고리인 조정의 관리 놈들을 벨 것이다."

"인빈이 눈치채지 않겠습니까?"

"아마 우리 소행으로 돌리겠지만."

쓴웃음을 지은 하나가 앞에 선 미우라와 한조를 번갈아 보았다.

"박성국의 기량이 이번 서행西行에서 드러날 것 같다."

"우리가 도와야 할까요?"

한조가 불쑥 물었으므로 하나와 미우라의 시선이 마주쳤다. 하나의 시선이 이제 한조에게 옮겨졌다.

"한조, 네가 의주로 가야겠다."

"예, 제가 말씀입니까?"

놀란 한조가 눈을 둥그렇게 떴다. 한조는 삼십대 초반으로 하나보다 열 살이나 연상이었지만 긴장하고 있다. 하나가 말을 이었다.

"네가 도착할 때쯤이면 사건이 일어났을 것이다. 그럼 너는 그 사건이 박성국의 소행이라고 소문을 내어라."

그러자 미우라가 머리를 크게 끄덕였다. 얼굴에 웃음까지 번져 있다.

"절묘한 계략입니다. 늑대가 뱀을 죽이면 우리는 늑대만 잡으면 되겠습니다."

미우라의 말을 귓등으로 들으며 하나가 한조에게 말을 잇는다.

"증거까지 만들어서 소문을 퍼뜨려야 할 것이야."

"제 놈이 한 짓이니 증거는 확실하겠지요."

미우라가 맞장구를 쳤고 그제야 한조가 얼굴을 펴고 웃는다.

"알겠습니다, 대장. 이것으로 박성국의 운이 끝나게 될 것 같군요."

"글쎄, 내가 박성국의 기량이 이번에 드러날 것 같다고 하지 않더냐?"

따라 웃은 하나가 문득 생각난 듯 말했다.

"박성국의 잠자리 시중을 들던 계집이 다시 사내 맛을 못 보게 될지도 모르겠다."

김난을 말하는 것이다.

‡

술잔을 든 함기옥이 옆에 있던 기녀를 노려보았다. 기녀는 겨우 박색을 면한 얼굴이었지만 눈빛이 강했다. 함기옥의 시선을 받고도 눈꺼풀을 내리지 않는다. 어깨를 부풀렸다가 내린 함기옥이 잇새로 말했다.

"이년, 목이 잘리고 싶으냐?"

그러자 옆쪽이 조용해지더니 방 안 분위기가 싸늘해졌다. 강오준도 입을 다물고는 함기옥을 본다. 그때 기녀가 말했다.

"아니, 옷을 벗고 춤을 추지 않는다고 목을 베다니. 아무리 장군이라지만…"

그때 함기옥이 주먹으로 기녀의 뺨을 후려쳤다. 뺨을 정통으로 맞은 기녀가 술상 위로 엎어지는 바람에 그릇들이 뒤집어지고 떨어졌다.

"내 이년을."

그래도 분이 풀리지 않은 함기옥이 벌떡 일어났을 때 강오준이 손을 저으며 말렸다.

"이보오, 장군. 참으시오. 좋은 날에는 피를 보지 않는 법이라오."

"난 궂은날이어!"

버럭 소리친 함기옥이 발길로 기녀의 옆구리를 걷어찼다. 기녀가 신음을 뱉으며 뒹굴었다.

"자아. 이제 그만 하시고."

강오준이 다시 말했으므로 씩씩거리던 함기옥이 자리에 다시 앉는다.

"에이. 이년들을 모두….."

강오준이 없었다면 진즉 칼바람이 일어나 온통 피바다가 되었을 것이다.

"이봐. 상을 치우고 새 상을 들여라!"

제일두목 조경구가 밖에다 대고 소리치자 방문이 열렸다. 그러고는 사내 둘이 들어섰는데 제각기 손에 칼을 쥐었다.

"아니."

제일 먼저 그것을 본 제이第二두목 최만이 눈을 둥그렇게 떴을 때였다.

"아악!"

비명 소리는 최만의 옆에 앉은 기녀의 입에서 터졌다. 사내가 휘두른 칼에 최만의 목이 잘리면서 피가 분수처럼 솟구쳤기 때문이다.

"아니, 네 이놈!"

조경구가 소리치며 몸을 반쯤 일으켰지만 이제는 다른 사내의 칼을 맞았다. 칼날이 오른쪽 어깨에서부터 왼쪽 옆구리까지를 비스듬히 베었고 쩍 갈라진 상반신에서 피가 뿜어졌다. 그때 함기옥이 펄쩍 뛰면서 들고 있던 술잔을 던졌지만 벽에 맞아 튀었다. 기녀 두어 명이 비명을 지르다가 뚝 그쳤다. 다음 순간이다. 첫 번째 칼질을 한 사내가 내지른 칼이 함기옥의 배에 깊숙이 박혔다.

"아윽."

배에 박힌 칼을 본 함기옥의 입에서 신음이 터졌다. 고통보다 공포의 외침 같다. 사내가 칼을 빼내자 함기옥은 배를 움켜쥐고 천천히 무릎을 꿇었다. 그 순간 칼끝이 강오준에게 옮겨졌다.

"난 종사관 강오준이다!"

벽에 사지를 딱 붙이고 선 강오준이 백지처럼 희어진 얼굴로 소리쳤다.

"난 인빈마마의 밀사다! 감히 누구를 치려느냐!"

‡

의주 행재소에는 명의 군사들은 물론이고 상인들까지 들끓었다. 수만 명의 피란민이 몰려와 제각기 귀물貴物을 내놓는 바람에 열 배 남는 장사도 보통이 되었다. 평소에는 금 한 돈을 백미白米 두 섬으로 바꾸던 것이 두 말이 되었다가 이제는 한 말 반이다. 도둑

놈이라고 저주했지만 조선 땅은 전란 통에 벼 수확도 제대로 못한 터라 어쩔 수 없다. 부르는 게 값이다.

"이 후추는 요동 부총병 진막에서 나온 것입네다."

역관이 손짓까지 섞으며 말하자 여 상궁이 이맛살을 찌푸렸다.

"어디서 나오건 간에 질이 좋아야지."

"최고급품입네다."

오십대의 역관은 명의 상인이 입을 열지 않았는데도 제가 떠들었다. 의주 행재소는 의주부윤의 부청사를 쓰고 있었는데 부청사 앞쪽 대로가 자연스럽게 시장통이 되었다. 피란민 수만 명이 형성한 만물시장이다. 지금 여 상궁은 시장 끝 쪽의 다섯 칸짜리 기와집 안에 들어와 있다. 이곳은 사택이어서 잡인들이 들락거리지 않았고 문밖에는 하인들이 서서 출입을 감시했다. 그때 집주인 격인 명나라 상인 위홍이 말했다.

"후추 한 홉에 금 열 냥만 내시오."

역관이 침을 튀기며 통역하자 여 상궁을 따라온 궁인 소담이 입술을 비죽이며 말했다.

"아주 도둑놈이네. 한 홉에 한 냥 하던 것이 바로 열흘 전인데 이젠 열 냥?"

"시끄럽다."

낮게 나무란 여 상궁이 위홍을 지그시 보았다.

"이보오. 후추 값이 더 올랐소?"

역관의 말을 들은 위홍이 머리를 끄덕였다. 위홍은 사십대 중반쯤으로 얼굴이 붉고 비대한 체격이다. 금박이 들어간 중국식 두루

마기를 걸쳤는데 배를 내밀고 선 것이 거드름을 피우는 것 같다. 여 상궁이 말을 잇는다.

"우리 마마님이 후추를 좋아하셔서 내가 어쩔 수 없이 이렇게 부탁을 하지만 만일 내 부탁을 들어주면 당신한테 큰 상권을 주겠소."

여 상궁의 말을 들은 위홍의 가는 눈이 더 가늘어졌다.

"어떤 상권 말씀이신가?"

위홍이 묻자 여 상궁의 얼굴에 웃음이 떠올랐다.

"조선 인삼의 전매권은 어떠한가? 만일 당신이 그걸 갖게 된다면 일 년 안에 대명의 거부 중 하나가 될 것이야."

역관의 통역이 끝났을 때 위홍의 얼굴이 순식간에 붉게 달아올랐다.

"귀, 귀하는 누구시오?"

위홍이 더듬대며 물었으므로 여 상궁이 역관을 똑바로 보았다. 엄숙한 표정이다.

"네 이놈. 네가 조금이라도 말을 잘못 옮기면 내가 시위 장교를 보내 단숨에 네 목을 벨 것이다."

역관은 입만 딱 벌렸고 여 상궁의 말이 이어졌다.

"자, 한 자도 빠짐없이 전해라. 난 인빈마마의 상궁이다. 인빈마마가 뉘신지 너 같은 비천한 놈도 잘 알 것이다. 조선 땅의 정승도 인빈마마 말 한마디면 목이 달아나는 것을 말이다."

말이 끝났지만 역관은 입만 벌린 채 숨을 쉬는 것 같지도 않다.

‡

"서둘러라."

앞장선 소담에게 말한 여 상궁이 장옷으로 얼굴을 더 가렸다. 위
홍에게 인삼 전매권을 주기로 하고 후추 세 홉을 거저 얻은 것이
다. 인빈 김씨의 기뻐하는 얼굴이 눈앞에서 어른거렸으므로 내디
디는 두 다리가 허공에 뜬 것 같았다. 신시(낮 4시경) 무렵이어서
시장통은 발 디딜 틈도 없이 인파로 북적였다. 그러나 이쪽이 지
름길인 터라 어쩔 수가 없다. 앞장서 길을 트면서 가던 소담의 뒤
쪽으로 사내 하나가 가로질러 가는 바람에 여 상궁은 주춤 걸음을
멈췄다. 그 순간이다. 여 상궁의 머리 위로 덮어쓴 장옷이 얼굴에
감겼고 다음 순간 뒤통수에 강한 충격이 왔다. 그 자리에서 주저
앉으려는 여 상궁의 몸이 뒤에서 번쩍 들리는 것을 옆쪽 행인들이
보았지만 누군지, 왜 그러는지 모른 채 지나쳤다. 그리고 곧 시장
통은 아무 일도 일어나지 않은 것처럼 소란스러웠고 행인들로 뒤
덮여 있다.

‡

그 시간에 인빈 김씨는 팔도도순찰사 한응인, 평안도순찰사 전
기윤, 거기에다 평안병사 임우재까지 방으로 불러들였는데 분위기
가 마치 어전 회의 같았다. 전기윤이 입을 열었다.

"예. 지금 향산의 의병단은 모두 흩어져서 빈집만 남았다고 합

니다."

모두 눈을 치켜뜬 채 듣기만 했고 전기윤의 말이 이어졌다.

"향산에서 빠져나온 의병한테 들었습니다. 의병장 함기옥과 제
일, 이 두목인 조경구, 최만이 방 안에서 기습을 당해 죽었습니다."

"종사관 강오준의 행방은 찾지 못했소?"

한응인이 묻자 전기윤은 어깨를 늘어뜨렸다.

"예에. 사건이 일어난 지 이틀이 지나도록 소식이 없는 것을 보
면 죽은 것 같습니다."

"도대체 누구 짓이란 말이오?"

참지 못하겠다는 듯이 인빈이 날카로운 목소리로 물었다. 인빈
이 셋을 둘러보았지만 아무도 시선을 받지 않았다.

"방 안에 모인 두령과 두목들만 골라 죽였다면 내부 사정을 잘
아는 자의 짓이 아니겠소?"

"보초 대여섯 명도 죽었다는데 기습한 일당을 본 자를 찾을 수
가 없습니다. 모두 흩어져버려서요."

전기윤이 난처한 표정으로 말하고는 헛기침을 했다. 그러고는
인빈을 보았다.

"두 가지 경우밖에 없습니다. 빈마마."

"무엇이오?"

인빈이 묻자 전기윤이 상반신을 세웠다.

"첫째는 왜군입니다. 향도를 앞세운 기습대가 습격했을 가능성
이 있습니다."

"둘째는?"

"박성국입니다."

그러자 인빈이 숨을 들이켰고 나머지 두 사내는 몸을 굳혔다. 눈을 부릅뜬 전기윤의 말이 이어졌다.

"박성국이 지난번 서곡동 사건의 진상을 캐고 있었을지도 모릅니다."

말을 멈춘 전기윤이 힐끗 임우재를 보았다. 임우재 앞에서 이야기를 꺼내는 것이 부담스러운 눈치였다. 그때 인빈이 길게 숨을 뱉는다.

"두 번째 경우가 의심스럽소."

그러고는 인빈의 시선이 임우재에게로 옮겨졌다.

"임 병사, 그대는 우리가 막지 않았다면 광해에 의해 목이 잘렸을 것이오. 알고 계시오?"

"알고 있습니다."

임우재가 두 손을 방바닥에 짚더니 납작 엎드렸다.

"목숨을 살려주셨으니 그 은혜를 갚고 싶습니다."

"광해의 칼 가는 소리가 들리는 것 같소."

혼잣소리처럼 말한 인빈이 눈을 치켜뜨고 세 사내를 둘러보았다.

"이렇게 가만히 앉아 있어야만 하겠소? 우리가 먼저 손을 써야 하지 않겠소?"

✝

"무슨 일인가?"

마루에서 내려서면서 유성룡이 물었다. 유성룡은 영의정 하루만에 최홍원에게 자리를 물려주었지만 원로 재상이다. 임금 선조도 유성룡의 말은 흘려듣지를 못한다. 이제 다시 유성룡은 영의정 물망에 오르고 있다. 최홍원이 병으로 눕는 때가 많았기 때문이다. 마당에 선 유성룡이 종사관 강오준을 내려다보았다. 진시(아침 8시경)가 조금 지난 시각이다. 부지런한 유성룡은 벌써 조반을 마치고 행재소가 차려진 의주부의 청으로 나서려는 중이다.

"대감, 긴히 드릴 말씀이 있습니다."

강오준이 말하자 유성룡의 이맛살이 조금 찌푸려졌다. 정일품 재상인 유성룡에게 종오품 종사관 강오준은 얼굴 맞대고 이야기를 나눌 신분이 못 된다. 그러나 강오준은 인빈 김씨의 시종 같은 인물이다. 그것을 알고 있는 터여서 유성룡은 잠자코 기다렸다. 그때 한 걸음 다가선 강오준이 말했다.

"대감. 세자가 이천 분조로 행차할 때 암살 미수 사건이 있었소이다."

낮게 말했지만 바로 뒤쪽에 선 유성룡은 다 들었다. 숨을 들이켠 유성룡이 먼저 주위부터 둘러보았다. 마루 위에 배웅하려고 여종 하나가 서 있다. 강오준의 뒤쪽 다섯 보쯤 거리에 유성룡의 종사관 고남수와 장교 서너 명이 서 있었는데 자세히 들은 것 같지는 않다. 그때 유성룡이 말했다.

"이리 올라오게."

해놓고 마당에 선 고남수에게 소리쳐 말했다.

"자넨 중문 밖에서 기다리게."

고남수가 장교들을 이끌고 중문 밖으로 나가자 유성룡이 마루에 걸터앉으면서 여종에게 손짓했다.

"넌 들어가거라."

곧 마당과 마루가 비워졌고 유성룡과 앞에 부복한 강오준만 남았다. 유성룡이 눈을 치켜뜨고 묻는다.

"그게 무슨 말이냐? 허튼소리를 하면 네 목숨이 성치 못할 것이다."

유성룡이 이제는 서릿발처럼 해라를 한다.

"자, 말하거라."

"인빈마마의 지시를 받은 평안도순찰사 전기윤이 향산의 의병단 함기옥을 시켜 서곡동 안 참의 댁에 왜병을 가장하고 잠복하고 있었소이다."

강오준이 한 마디씩 정확하게 말을 잇는다.

"그러나 그것이 누설되어 세자는 서곡동에 들어가지 않아 목숨을 건졌습니다."

"사실이렸다?"

겨우 유성룡이 잇새로 물었지만 말끝이 떨렸다. 엄청난 사건이다. 이것은 왜군의 침입보다 더 무섭고 더 끔찍한 일이다. 그때 강오준이 대답했다.

"소인이 직접 심부름한 사람이올시다, 대감."

"으음."

신음을 뱉은 유성룡에게 강오준의 말이 이어졌다.

"그런데 그 사실을 세자가 알고 있습니다, 대감."

"무, 무엇이?"

유성룡의 얼굴빛이 하얗게 굳어졌다.

"알고 계시다고? 누, 누가? 그것을….'

"알려준 사람이 있습니다. 소인은 아닙니다."

"으음."

"그래서 사흘 전에 향산의 함기옥이 선전관의 기습을 받아 목이 잘렸습니다."

"목, 목이 잘려?"

"예에. 함기옥과 그 심복 두목인 조경구, 최만이 베어 죽임을 당했고 향산 의병단은 흩어져서 지금 빈 곳이 되었습니다."

"너는 어떻게 그렇게 잘 아느냐?"

"소인이 인빈의 심부름으로 향산에 갔다가 선전관의 기습을 받았기 때문입니다."

"네, 네가?

눈을 부릅뜬 유성룡을 향해 강오준이 얼굴을 일그러뜨렸다.

"예에. 소인의 눈앞에서 함기옥 등이 선전관의 칼에 맞아 죽었소이다."

"……."

"그래서 살아남은 소인이 그 사실을 대감께 말씀드리는 것입니다."

"선전관 박성국이렷다?"

"예에, 대감."

"박성국이는 어디 있느냐?"

282

"저를 이곳까지 데려다주고 오늘밤에 대감을 찾아뵙는다고 했습니다."

"음⋯."

그러자 강오준이 허리를 굽혀 절을 했다.

"대감, 소인은 이제 떠나겠소이다."

6장
피에는 피

머리를 든 사내가 전기윤을 보았다. 삼십대 중반쯤의 사내는 건장한 체격이었지만 차림이 남루했다. 그러나 눈빛이 강하다.

"예. 소인이 방 안에서 외치는 소리를 들었습니다. 나는 선전관 박성국이다! 칼을 받으라고 분명히 들었습니다."

"틀림없느냐?"

"소인이 그 말씀을 전하려고 백 리가 넘는 길을 달려왔습니다. 두령께서 숨이 끊어지기 전에 소인한테 신신당부를 하셨소."

사내가 간절한 표정으로 전기윤을 보았다.

"대감을 만나 박성국의 짓이라는 것을 꼭 전하라고 했습니다."

"함기옥은 목이 잘렸다던데?"

"나중에 자른 것 같습니다. 저는 숨이 붙어 있을 때 만났으니까요. 그때는 칼에 어깨를 찔려 있었습니다."

"으음. 박성국."

잇새로 말한 전기윤이 벌떡 자리에서 일어섰다. 인빈한테 보고하려는 것이다. 전기윤이 서두르듯 사내에게 말했다.

"너는 수고했다. 행랑채에 가서 남은 밥을 달라고 해서 먹어라."

"예, 대감."

"내가 돌아올 때까지 행랑채에서 쉬어라. 알았느냐?"

"예이."

머리를 든 사내가 지친 얼굴로 전기윤을 보았다.

"갈 곳도 없습니다요."

오시(낮 12시) 무렵이다. 서둘러 부청 안쪽의 행재소 내궁으로 들어선 전기윤이 허겁지겁 안쪽의 인빈 처소로 다가가다가 궁녀 소담을 만났다. 그런데 소담은 두 눈이 빨갛게 부었고 머리까지 헝클어졌다.

'이년이 겁탈을 당했나보다.'

문득 그런 생각이 들었지만 말은 다르게 나왔다.

"어디 아프냐?"

"마침 나리를 찾아가는 중이었소."

"나를 왜?"

"어제 시장에서 여 상궁이 없어졌소."

"뭐라? 여 상궁이 없어져?"

바짝 다가선 전기윤이 주위부터 둘러보았다. 궁인들이 오가고

286

있지만 이쪽을 주시하지는 않는다. 그때 소담이 말을 이었다.

"시장에 사람이 많아서 놓쳤나 했는데 뒤를 따라오던 여 상궁마마가 보이지 않았소. 서둘러 궁에 돌아와 기다렸지만 지금까지 오시지 않소."

"어딜 갔단 말인가?"

전기윤의 얼굴이 굳어졌다 여 상궁은 인빈 김씨의 심복이다. 그동안 여 상궁과도 수십 번 만난 전기윤이다. 삼십대 중반의 여 상궁은 궁 생활만 십여 년인 터라 조정 돌아가는 꼴을 대신보다 더잘 알고 특히 인빈 김씨하고는 자매 간 같아서 세도가 막강했다. 전기윤이 서둘러 발을 떼었다.

"어서 마마부터 뵙자."

‡

"여 상궁을 찾으시오."

전기윤이 자리에 앉자마자 인빈이 말했다. 치켜뜬 두 눈에서 내쏘는 안광에 살기가 섞인 것 같다.

"어제 시장에서 실종되었는데 내 생각엔 어느 놈이 업어간 것 같으오.

"마마."

머리를 든 전기윤이 말을 잇는다.

"저도 마침 마마를 뵈러 오던 중이었습니다. 다름 아니라."

입안의 침을 삼킨 전기윤이 말을 잇는다.

"향산에서 도망쳐 나온 의병 한 놈을 또 만났는데 박성국이 외치는 소리를 들었다고 합니다."

눈만 크게 뜬 인빈을 향해 전기윤이 사내한테서 들은 말을 토씨 하나 빠뜨리지 않고 말한 후에 어깨를 늘어뜨렸다.

"그놈이 분명합니다."

그때 밖에서 인기척이 들리더니 소담의 목소리가 들렸다.

"마마. 평안병사가 오셨습니다."

"드시라고 해라."

인빈의 말에 곧 방문이 열리더니 허리를 굽힌 임우재가 들어섰다. 전기윤에게 눈인사를 한 임우재가 옆에 나란히 앉아 인빈을 보았다.

"마마. 이천에 보냈던 별장이 돌아왔습니다."

숨을 고른 임우재의 말이 이어졌다.

"이천에 박성국이 없습니다. 세자 주변의 군사들과 하인들을 여럿 만나 이야기를 들었는데 박성국은 닷새쯤 전부터 보이지 않는다고 했습니다."

"박성국이 향산에 간 게 틀림없습니다."

전기윤이 더 말할 것도 없다는 표정을 짓고 인빈을 보았다.

"이제 앞뒤가 다 맞습니다, 마마."

머리를 돌린 전기윤이 눈만 껌뻑이는 임우재에게 향산에서 도망쳐 나온 의병 이야기를 짧게 해주었다. 그때 인빈이 잇새로 말한다.

"그렇다면 여 상궁이 실종된 것도 그놈의 짓이란 말인가?"

그 순간 방 안에 차거운 정적이 덮였다가 전기윤의 말에 깨졌다.

"향산에서 이곳까지 반나절 길입니다. 내막을 다 알게 된 그놈이 이곳에 와서 여 상궁을 잡았을지도 모릅니다."

"그렇다면."

눈을 치켜뜬 인빈이 입술 끝을 비틀며 웃었다. 처절한 웃음이다. 그 모습을 본 두 사내가 시선을 떨어뜨렸을 때 인빈의 목소리가 방을 울렸다.

"도순찰사 대감을 오라고 하시오."

‡

한낮이다. 문을 열어놓아서 마당 끝의 잡초 사이로 압록강이 보인다. 이곳은 메마른 데다가 자갈투성이의 황무지다. 사람은 물론 동물도 살지 못할 곳 같다. 머리를 돌린 여 상궁이 방 안을 둘러보았다. 이곳에 끌려온 지 만 하루가 지났다. 업혀 왔다고 해야 맞는 말일 것이다. 장옷으로 얼굴을 감싸고 머리를 맞아 기절한 상태에서 이곳에 갇혔다. 그러나 묶이지는 않았고 어제 저녁부터 흰밥에 나물 반찬, 물그릇을 사내들이 날라다 주었고 마당 옆의 측간 출입도 허용되었다. 하지만 마당 아래쪽에 사내 둘이 언제나 지키고 서 있어서 도망칠 엄두가 나지 않는다. 더구나 이곳은 산 중턱인 데다 주위는 인가도 없다. 그때 마당 아래쪽에서 두런거리는 말소리가 들리더니 곧 사내의 머리가 드러났다. 그러더니 곧 상체가, 나중에는 전신이 드러났다. 아래쪽에서 올라오기 때문이다. 사내와 시선이 마주치자 여 상궁은 숨을 삼켰다. 첫눈에 봐도 무반이다. 사복 차림에 두건을 썼지만 눈빛이 강했고 손에는 장검의 검집을 쥐고 있다. 사내의 강한 눈빛을 견디지 못한 여 상궁이 시선을 내렸지만 기는 죽지 않았다. 곧 사내가 마루 끝에 다가와 섰을 때 여 상궁이 시선을 들었다.

"내가 누군지 아시오?"

여 상궁은 제 목소리가 당차게 울리는 것을 듣고는 기운을 냈다. 사내를 쏘아보며 여 상궁이 소리치듯 말한다.

"도둑이라면 사람 잘못 보았소. 난 행재소의 상궁이요. 빈마마를 모시는 상궁이니 당신들한테 득 될 일이 없소. 그러니 어서 놓아주시오. 그러면 내가 없던 일로 하리다."

사내가 시선만 주고 있었으므로 여 상궁의 가슴이 세차게 뛰었다. 말이 먹힌 것 같았기 때문이다.

"여자는 얼마든지 있지 않소? 상궁을 해코지하는 것은 빈마마를 모욕하는 것이나 같소. 조선 왕실을 거역하는 것이나 같단 말이오. 그러니 어서 날 보내주시오."

그때 사내의 입이 열렸다.

"결정했다."

굵은 목소리였다. 여 상궁이 숨을 삼켰을 때 사내가 천천히 머리를 끄덕이며 말을 잇는다.

"네 말을 듣고 너를 어떻게 처리할지 결정했다."

그러고는 사내가 신발을 벗더니 마루 위로 올라왔다. 여 상궁은 입만 딱 벌렸다.

✝

"대감, 큰일이 났습니다."

자리에 앉은 팔도도순찰사 한응인이 탁자 건너편의 최홍원과 유성룡을 번갈아 보았다. 이곳은 행재소에서 대전으로 불리는 정청 옆쪽의 집무소다. 의주부의 정청이 임금이 정사를 보는 대전으로 사용되었고, 지금의 시장 격인 부윤府尹의 휴게소 구실을 하던 내실이 정승들의 집무소가 되었다. 지금 한응인은 정승들을 뵈러 집무소에 들어온 것이다. 임금의 신임을 받는 팔도도순찰사로 정이품 벼슬이었지만 두 정승은 정일품이다. 정일품에 오르려면 종일품인 의금부 판사나 의정부의 좌찬성 우찬성 등 요직을 한참이나 겪어야 되는 것이다. 두 정승의 시선을 받은 한응인이 숨을 고르고 나서 말을 잇는다.

"이천에서 세자를 모시는 선전관 박성국이 반역을 했소."

그 순간 늙은 영의정 최홍원이 움찔 놀라 눈을 크게 떴다.

"반역이라?"

"예에. 박성국이 향산의 의병단을 기습해 의병장 함기옥과 두목들을 베어 죽이고 의병을 해산시켰습니다."

이제는 최홍원이 입만 쩍 벌렸고 한응인의 말이 이어졌다.

"향산에서 도망쳐 나온 의병들의 증언을 받았소이다. 박성국이라고 외치는 말을 들었고 함기옥이 죽기 전에 박성국의 소행이라고 말해주었다는 것입니다."

숨 가쁘게 말한 한응인이 두 정승을 번갈아 보았다.

"전하께 아뢰어 박성국을 잡아 대역죄로 처단해야 할 것입니다."

"으음."

최홍원이 신음을 뱉었을 때 유성룡이 낮게 헛기침을 했다. 한응인이 머리를 돌려 유성룡을 보았다. 한응인의 시선을 받은 유성룡이 표정 없는 얼굴로 묻는다.

"도망쳐 나온 의병의 말을 들었다고 했소?"

"예에. 그 의병을 불러올 수도 있습니다."

"그렇다면."

의자에 등을 붙인 유성룡이 다시 묻는다.

"그 의병의 말을 믿고 정삼품 선전관이며 세자의 위사장인 박성국을 대역죄로 처단하자는 말인가?"

분위기가 이상했는지 한응인이 눈만 껌뻑였을 때 유성룡이 다시 묻는다.

"지난번 옹림에서 평안병사 임우재가 삼천의 군사를 잃었을 때 대감이 뭐라고 했는지 기억이 나시오?"

"예에?"

"별장 몇 명의 말만 듣고 장수를 벌할 수는 없다고 했지 않소? 그런데 오늘은 군사도 아닌 의병의 말을 듣고 세자의 위사장을 대역죄로 처단하자는 말이오?"

"대감. 그, 그것은."

한응인의 얼굴이 대번에 하얗게 굳었다.

"너, 너무나 증거가 확실한지라."

"도순찰사는 언행을 조심하셔야 하오."

유성룡이 한 마디씩 분명하게 말을 잇는다.

"세자의 위사장을 대역죄로 몰아넣는다면 곧 세자를 공범으로 간주할 수도 있는 법. 만일 그 사실이 오해로 밝혀졌을 때 그 사달을 만든 당사자는 삼족이 멸문되는 것으로 그치지 않을 거요."

평소에 온건하고 공평해서 당파가 다른 서인들한테서조차 존중을 받는 서애 유성룡이다. 그 유성룡이 이렇게 격한 표현을 쓴 것은 처음 듣는 터라 최홍원의 얼굴도 굳어졌다. 이제 한웅인은 숨도 죽인 채 눈도 깜빡이지 않았다. 그러자 최홍원이 입을 열었다.

"대감의 말씀이 맞소. 다시 경위를 조사하고 확실한 증거를 갖춘 후에 전하께 보고하도록 합시다."

‡

반항하던 여 상궁은 박성국이 저고리를 잡아 찢었을 때 두 손으로 젖가슴을 가리면서 몸을 웅크렸다. 이제 얼굴은 새빨갛게 달아올랐고 눈에는 눈물이 가득 고였다. 박성국은 다시 여 상궁의 치마를 잡아 찢었다. 치마가 찢기면서 속바지가 드러났을 때 여 상궁이 소리치듯 말했다.

"이것 놔라! 어떻게 감히!"

그러나 곧 박성국이 속바지를 거칠게 찢어 벌렸으므로 여 상궁은 두 손으로 음부를 가렸다. 빨개졌던 얼굴이 하얗게 굳어지면서 눈에서 눈물이 흘러내렸다. 그때 박성국이 바지를 벗어 내리면서 말했다.

"나는 세자 저하의 선전관 박성국, 정삼품 무관이다."

그러고는 여 상궁을 방바닥에 밀어 넘어뜨렸다. 여 상궁이 모로 쓰러졌지만 곧 박성국에 의해 반듯이 눕혀졌다. 박성국이 여 상궁의 두 다리를 벌리고는 몸 위에 오른다.

"너는 내 여자다. 내 여자가 되고나서 죽을 테면 죽어라."

다음 순간 여 상궁은 입을 딱 벌렸다. 박성국의 양물이 동굴을 뚫고 들어왔기 때문이다. 박성국은 이제 천천히 허리를 움직이기 시작했다. 밑에 깔린 여 상궁이 이를 악물고는 눈을 감는다.

"여 상궁, 듣고 있느냐? 이것이 남녀 교합이다."

허리를 흔들면서 박성국이 말을 잇는다.

"네 몸이 지아비를 만나 반기고 있구나."

그 순간 여 상궁의 얼굴이 새빨갛게 달아올랐고 참았던 신음이 뱉어졌다.

"아아아."

거친 숨소리와 함께 박성국이 움직일 때마다 신음이 터져 나온다. 박성국은 여 상궁의 동굴이 젖어가고 있는 것을 알 수 있었다. 이제는 양물이 진퇴할 때마다 받아들이려는 자세가 무의식중에 만들어지고 있다. 그때 박성국은 여 상궁의 찢어진 저고리를 벗겼다. 그러자 밥그릇을 엎어놓은 것 같은 흰 젖가슴이 드러났다. 박성국은 머리를 숙여 여 상궁의 젖가슴을 입안에 가득 물었다. 그러고는 혀끝으로 젖꼭지를 굴리자 여 상궁이 두 팔로 박성국의 목을 감는다.

"아아아."

여 상궁의 입에서 이제는 거침없는 탄성이 뱉어졌다. 그 순간 머리를 든 박성국이 여 상궁의 입을 입술로 막았다. 그러자 여 상궁이 입을 벌려 혀를 내밀었다. 이제 두 팔이 박성국의 목을 힘주어 끌어당기고 있다.

‡

"없습니다."

집사 윤성우가 헐떡이며 다가와 말했다. 윤성우는 집 안을 세 번이나 뒤지고 온 것이다.

"광까지 다 뒤져도 그놈이 없습니다."

"으음."

전기윤이 잇새로 신음을 뱉더니 옆에 선 임우재를 보았다.

"내가 행랑채에서 기다리라고 했을 때는 갈 곳도 없다고 하던 놈이…."

"지난번에 왔던 의병 놈은 어디 있습니까?"

임우재가 묻자 전기윤은 입맛을 다셨다.

"그놈은 그냥 보냈어."

"어허, 이것 참."

입맛을 다신 임우재가 힐끗 전기윤을 보았다. 둘이 말하는 사이에 집사 윤성우는 슬그머니 사라져서 보이지 않는다.

"도순찰사 대감이 유성룡 나리한테 혼찌검이 난 모양이야."

전기윤이 낮게 말하자 임우재는 숨을 들이켰다.

"아니. 왜요?"

행랑채 앞마당에는 둘만 서 있다. 집 안의 종이나 사람들이 둘을 보고는 슬금슬금 피해갔기 때문이다. 전기윤이 목소리를 낮춰 대답했다.

"도순찰사 대감이 박성국이가 향산 의병장을 베어 죽인 증거가 확실하니 대역죄를 주자고 했다가…."

전기윤의 시선이 임우재를 스치고 지나갔다.

"유 정승이 그대하고 비교를 했다는 거야. 그대의 옹립 사건은 별장 둘이 보고했는데도 덮었는데 이건 의병 말만 듣고 세자의 선전관을 대역죄로 모느냐고 말일세."

"……."

"도순찰사가 도원수한테 하소연한 말씀을 내가 도원수한테서 들었네."

"어찌 제 경우하고 박성국이하고 같습니까?"

눈을 치켜뜬 임우재가 말했지만 긴장한 듯 고인 침을 삼켰다.

"저는 왜군하고 접전을 하다가 물러났고 박성국이는 아군 의병장을 벤 놈입니다. 어찌, 그것이…."

"그 의병이 서곡동에 잠복해서 세자를 치려고 했다는 것이 밝혀지면 우리가 야단이 나는 거지."

발을 뗀 전기윤이 말을 잇는다.

"게다가 사건을 알고 있는 여 상궁까지 실종되었어. 이건 왜군보다도 더 급박한 일이야."

"박성국이가 한 짓이라면 일이 급합니다."

혀로 마른 입술을 핥은 임우재가 전기윤의 옆으로 바짝 붙었다.

"우리가 선수를 쳐야 삽니다. 가만히 있으면 안 됩니다."

‡

저녁 무렵이 되었을 때 방문이 열렸으므로 여 상궁은 머리를 들었다. 박성국이 들어섰는데 손에 보따리를 들었다.

"이것 갈아입도록."

여 상궁 앞에 보따리를 던진 박성국이 선 채로 말을 잇는다.

"보내줄 테니까 갈아입고 나와."

여 상궁의 시선을 받은 박성국이 쓴웃음을 지었다.

"가서 나한테 겁탈을 당했다고 말해도 좋다."

시선을 내린 여 상궁이 보따리를 집어 제 앞으로 당겼다. 아직도 갈가리 찢어진 옷을 걸치고 있었던 것이다. 그것을 보면서 박성국이 말했다.

"향산 진영에 있던 함기옥의 의병단은 해산되어서 빈터가 되었다."

"……."

"그놈들은 서곡동에 숨어서 세자 저하를 기습하려던 놈들이었으니까."

"……."

"이번에는 내가 기습해 들어가 함기옥과 그 수하 두목들을 베어 죽였지. 그것으로 지금 인빈 일당은 야단법석이 일어났을 것이다."

"……."

"너도 그동안 한몫을 했겠지."

"……."

"지금 그대까지 실종된 지 이틀째가 되었으니 인빈은 눈에 불을 켜고 있을 거야. 내가 함기옥을 벤 것으로 짐작할 테니 그대도 내가 데려간 줄 알겠지."

"……."

"자, 어떻게 할 텐가?"

박성국이 불쑥 묻자 보따리를 풀어놓은 여 상궁이 찢어진 저고리부터 벗기 시작했다. 그러면서 묻는다.

"다음에 언제 만나줄 건가요?"

저고리를 벗자 치마끈으로 젖가슴의 절반만 가린 터라 상반신이 통째로 드러났다. 기름등불이 흔들렸지만 흰 피부와 부드러운 어깨와 팔 곡선이 다 드러났다. 숨을 멈춘 박성국의 눈빛이 강해졌다. 그때 여 상궁이 새 저고리를 걸치면서 다시 묻는다.

"날 언제 만나줄 거냐고 물었습니다."

"만나서 뭐하려고?"

박성국이 건조한 목소리로 묻자 여 상궁의 시선이 화살처럼 박혔다.

"날 안아야지요."

"색에 미친 시늉을 하는구나."

"예. 그 시늉을 하면서 내 위에 엎어져 있는 그대를 잡으려고 그럽니다."

이제 여 상궁은 새 치마를 입더니 안에 든 찢어진 치마를 벗는다. 앉은 채로 벗느라고 다리를 뻗다가 흰 다리가 드러났다. 급히 다리를 치마 밑으로 감추던 여 상궁과 박성국의 시선이 마주쳤다.

"그대가 지금 내 몸을 받는다면 그 말을 믿어주마."

박성국이 낮게 말했을 때 여 상궁의 몸이 굳은 것처럼 보였다. 방 안에 잠깐 정적이 덮인 후에 여 상궁이 말했다.

"받을 테야."

그러더니 여 상궁이 방바닥에 그대로 눕는다. 천장을 향한 얼굴이 상기되어 있다.

‡

"글씨가 지워지지 않았습니다."

홍우찬이 말하자 한조는 입맛을 다셨다.

"도대체 그년이 어디에 박힌 거야?"

"다른 때 같으면 반나절 만에 연락이 왔는데 이틀이 되도록 그대로 있습니다."

"그것 참."

자리에서 일어선 한조가 홍우찬을 보았다. 초조한 표정이다. 술시(밤 8시경)가 되어가고 있어서 시장통의 행인은 많이 줄었다. 이제는 기찰 군사가 많아진다. 한조가 대문으로 다가가며 말했다.

"넌 집 안에 박혀 있거라. 전기윤이가 널 찾으러 다닐지도 모른다."

"예. 두목."

고분고분 대답한 홍우찬이 다시 마루에 앉는다. 홍우찬이 전기윤을 찾아가 박성국이 범인이라고 밝힌 사내다. 홍우찬의 옆으로 같은 향도인 양준배가 다가왔다.

"어때? 내일쯤 박성국이는 반역범이라는 방이 붙고 선전관이 종사관들을 데리고 이천 분조로 뛸 것 같나?"

"아마 그렇게 되겠지. 전기윤이가 한응인에게, 그리고 인빈을 움직이게 될 테니까."

홍우찬이 말하자 양준배가 문득 묻는다.

"두목이 아직 궁하고 연락이 안 되었어?"

"그게 이틀 동안 안 돼."

홍우찬의 이맛살이 찌푸려졌다.

"벽에 쓴 글씨가 이틀 동안 지워지지 않았단 말이야."

궁 안의 밀정에게 연락하는 방법은 간단하다. 짝수가 되는 날 행재소 뒷문 기둥에 숯으로 날 일日자를 써놓으면 알았다는 표시로 글자를 지우면 된다. 그러면 그다음 날에 그곳에 장소와 시간만 암호로 적어놓으면 되는 것이다. 홍우찬이 혼잣소리처럼 말했다.

"가장 중요한 일이 빠지는 바람에 두목은 허둥거리고 있어."

‡

거리 끝 쪽에 닿았을 때는 술시 끝 무렵(밤 9시경)이다. 걸음을 멈춘 박성국이 여 상궁을 돌아보았다. 여 상궁은 장옷을 머리 위로 뒤집어써서 눈만 내놓았는데 달빛을 받아 두 눈이 반짝였다.

"자, 여기서부터는 혼자 가시오."

박성국이 눈으로 앞쪽을 가리켰다. 거리 좌우 민가에는 드문드문 불빛이 비쳤고 등을 들고 순찰을 나온 순라군巡邏軍의 모습도 보였다. 이곳에서 삼백 보만 걸으면 행재소가 나오는 것이다. 그때 여 상궁이 입을 열었다.

"언제 기별을 주시겠어요?"

목소리는 낮았지만 또렷했다. 여 상궁의 눈을 내려다본 박성국이 입술 끝을 올리며 웃었다.

"기별할 방법을 만들어주시오."

"궁녀 소담이가 저잣거리의 조씨 가게에 매일 갑니다. 조씨 가게에서 소담에게 사촌 오라버니 전갈이라고 하세요."

"그러겠소."

머리를 끄덕인 박성국의 옆으로 여 상궁이 바짝 붙었다. 여 상궁의 체취가 맡아졌고 어깨와 상반신이 닿았다.

"그래요. 정이 들었어요."

여 상궁의 입김이 목에 닿았으므로 박성국은 숨을 죽였다. 다시 여 상궁이 말을 잇는다.

"드릴 말씀이 많습니다, 선전관."

그러더니 여 상궁이 박성국의 손을 잡더니 힘주어 쥐었다가 놓는다. 보드라운 촉감이 덮였다가 꿈속처럼 빠져나간다.

"저년이 요물입니다."

여 상궁의 모습이 시야에서 사라졌을 때 박성국의 옆으로 다가온 말복이 말했다.

"이제 나리를 만났다고 일본 놈들한테 이야기하겠지요."

"과연 그리할까?"

몸을 돌린 박성국이 발을 떼면서 말을 잇는다.

"나한테 잡혀 몸을 버렸다고 한다면 일본 놈들이 의심하지 않겠느냐?"

말복의 시선을 받은 박성국이 어둠 속에서 이를 드러내고 웃었다.

"잡혔다가 놓아준 것을 당연히 의심하게 될 것이다. 요물이라면 입을 꾹 다물고 있을 것이다."

"과연."

말복이 머리를 커다랗게 끄덕였다.

"나리 말씀이 그럴듯하십니다."

"네 이놈."

"예. 말이 버릇없이 나갔습니다."

허리를 굽신 굽혔지만 말복의 얼굴에는 웃음기가 떠올라 있다. 하늘의 초승달을 올려다본 박성국이 서둘러 발을 떼며 말했다.

"밤이 늦었지만 밤길을 달려 이천으로 돌아가자."

"예."

"이번 일은 이만하면 되었다."

말복은 대답하지 않았다. 행재소에 기생충처럼 붙어 있는 임우 재와 전기윤 등 간신 무리를 처단하지 않고 돌아가는 것이 영 찜 찜한 것이다.

‡

다음 날 유시(저녁 6시경)에 행재소 뒷문에 가본 양준배가 서둘 러 마루 밑으로 다가와 섰다.

"두목, 글씨가 지워졌소."

그때 와락 방문이 열리더니 한조의 모습이 드러났다. 양준배가 말을 잇는다.

"그리고 날 일日자가 써 있었소."

"그렇다면."

마루로 나온 한조가 양준배를 내려다보았다.

"술선이라고 언문言文으로 그 자리에 써놓고 오거라."

"예, 두목."

양준배가 몸을 돌렸을 때 한조가 소리쳤다.

"건영이 거기 있느냐?"

"예, 두목."

부엌에서 사내 하나가 뛰어나오자 한조가 서두르듯 말한다.

"네가 같이 가라."

"예이, 두목."

술선이란 술시에 행재소 동북쪽의 선화동이란 마을 입구에서 만나자는 뜻이다. 둘이 밖으로 뛰어나가자 한조는 길게 숨을 뱉으며 혼잣소리를 한다.

"궁 안에서 무슨 일이 있었던 말인가?"

‡

"왜군입니다."

장교 하나가 소리 죽여 말했지만 박성국은 이미 그쪽으로 시선을 주고 있던 참이다. 나뭇가지 사이로 한 무리의 왜군과 남녀가 보이고 있다. 거리는 백오십 보 정도. 왜군은 기마군으로 이십여 기였는데 모두 말에서 내려 조선 남녀를 모아놓고 둘러서 있는 것이다. 박성국은 나무를 헤치고 십여 보를 더 전진했다. 말복과 고홍이 장교들을 이끌고 잠자코 뒤를 따른다. 이곳은 의주에서 이백여 리 떨어진 개천 근처의 야산이다. 진시 무렵(아침 8시경) 밤을 새워 동남쪽으로 남하하던 일행이 쉬려던 참에 왜군 일당을 만난 것이다. 풀숲 사이로 아래쪽을 내려다보던 박성국이 말복과 고홍을 둘러보았다.

"모두 스물두 명이다. 장수는 두 놈. 코 사냥을 나온 것 같다."

이제 거리가 백 보 정도로 가까워져서 말소리가 다 들렸다. 왜군 장수 두 놈은 넘어진 나무 둥치에 걸터앉아 소리 내어 웃었고 왜군들은 소리친다. 조선인 사내가 얻어맞으면서 내지르는 비명이 메아리가 되어서 돌아왔다.

"고니시군 척후대 같습니다."

말복이 말했을 때 박성국이 눈을 치켜떴다.

"장수 두 놈을 잡는다."

"예에."

대답부터 하고 난 말복이 물었다.

"그럼 저희들은 아래쪽으로 내려가 길을 막아야겠습니다."

"위는 내가 장교 하나만 데리고 있을 테니 너희 둘은 아래쪽 오십 보쯤 거리에서 좌우로 벌려서 막아라."

"예이."

고홍과 말복이 동시에 대답하더니 몸을 돌렸다. 박성국이 등에 멘 각궁을 빼내 손에 쥐었다. 그러고는 십 보쯤 더 내려가 아래쪽 바위틈에 자리를 잡았을 때 부스럭대면서 말복과 고홍이 장교들을 이끌고 산을 내려간다. 이곳은 산 중턱이어서 아래쪽 왜군들이 내려다보는 위치인 것이다. 뒤에서 장교 하나가 다가와 옆에 엎드렸으므로 박성국이 말했다.

"다른 곳으로 숨는 놈을 잘 보아라."

"예이."

장교가 눈을 부릅뜨고 대답했다. 목표를 겨누느라 집중하면 다른 놈들을 놓치는 경우가 많다. 아래쪽 비명은 더 높아졌다. 잡힌 조선인은 이십여 인이 되었는데 마을 사람들을 끌고 온 것 같다. 그중 절반 정도가 남자였고 여자는 따로 한쪽에 모아놓았다. 지금 왜군들은 남자들을 하나씩 잡아 코를 베고 있다. 벌써 셋은 베어 죽였는지 널브러졌고 셋은 코를 쥐고 땅바닥에 쭈그려 앉았다. 지금 또 하나를 일으켜 세우더니 장수들 앞에 데려가는 중이다. 겁에 질린 사내가 울음 섞인 목소리로 울부짖는다. 그러나 장수 두 놈은 입을 벌리고 웃는다. 그때 옆에 엎드린 장교가 낮게 말했다.

"아래쪽에서 신호를 합니다."

과연 장교가 가리킨 아래쪽 산기슭의 바위 옆에서 장교 하나가 손을 흔들고 있다. 왜군들의 칠팔십 보쯤 아래쪽이었고 이곳에서는 이백 보쯤 떨어진 위치였다. 산길을 타고 내려오다 아래쪽의 왜군을 발견했던 것이다. 박성국은 살통에서 살을 한 묶음 꺼내 옆쪽 땅바닥에 놓았다. 집어 채기 쉽도록 한 것이다. 먼저 화살 한 대를 시위에 걸자 옆에 엎드린 장교가 숨을 죽였다. 이제 왜군 장수의 지시를 받은 왜병 둘이 조선인 사내를 무릎 꿇리고 있다. 하나가 칼을 어깨 위로 걸친 것을 보면 베려는 것 같다. 장수의 판결이 난 것이다. 그때 박성국의 각궁이 보름달처럼 당겨졌다가 펴졌다.

"쌕!"

화살이 시위를 떠나는 소리가 그렇게 들렸다. 왜군과의 거리는 백이십 보 정도. 허리까지 치솟은 풀숲 사이로 빠져나간 화살이 막 칼을 치켜 올린 왜군의 목을 꼬챙이처럼 꿰는 것이 이곳에서도 선명하게 보였다. 왜군이 목을 움켜쥐고 서 있는 그 짧은 순간에 박성국이 두 번째 살을 재더니 당기고 쏘았다.

"쌕!"

이번에 날아간 화살은 그 옆 왜군의 가슴을 꿰뚫었다.

"아앗!"

그제야 왜군들이 이리 뛰고 저리 뛰면서 소동을 일으켰다. 왜장 둘도 나무둥치 밑으로 몸을 숨겼는데 공교롭게도 이쪽에 온몸을 드러낸 채 아래쪽을 내려다본다. 다시 세 번째 화살을 먹인 박성국이 끝 쪽 왜군을 겨누고 쏘았다.

"아악!"

등판에 살이 박힌 왜군이 산이 떠나갈 것 같은 비명을 질렀고 다시 몸을 숨겼던 왜군들이 불쑥불쑥 일어나 우왕좌왕했다. 박성국의 네 번째 화살이 날아가 이번에는 왜장 옆으로 다가간 왜군의 뒤통수를 꿰뚫었다. 그제야 왜장 둘은 곤두박질로 나무둥치를 넘어가 이쪽에서 보이지 않는다. 그러나 이쪽은 산 위다. 다섯 번째 날아간 화살이 나무 뒤에 반쯤 몸을 숨긴 왜군의 목을 꿰뚫었다. 그때 이쪽을 가리키며 왜장 하나가 소리쳤다. 공격 명령을 내린 것 같다. 그러자 왜군 서너 명이 불쑥불쑥 일어섰는데 그중 하나가 가슴에 살을 맞더니 순식간에 풀숲 밑으로 몸을 숨겼다. 그때 아래쪽에서 함성이 일어났다. 위쪽을 주시하던 고흥과 말복이 왜군들을 향해 돌격해온 것이다. 그러자 왜군들이 당황했다. 네댓 명이 불쑥 일어섰다가 또 하나가 뒤통수에 살이 박혔다.

"일곱이올시다. 나리!"

마침내 참지 못한 장교가 소리쳐 말했다.

"벌써 일곱 놈을 꿰었습니다!"

그때 또 한 발 날아간 화살이 왜군 등판을 꿰었다. 여덟이다. 단한 발의 실수도 없다. 그때 갈팡질팡하던 왜군이 대오를 정비하더니 아래쪽을 향해 달려 내려갔다. 목표를 정한 것이다.

"가자!"

몸을 벌떡 일으킨 박성국이 이제는 선 채로 시위를 당겼다가 놓았다. 파공음을 내며 날아간 살이 왜장 하나의 허벅지에 박혔다. 왜장이 쓰러지면서 분한 듯 고함을 쳤다. 박성국이 달려 내려가면서 다시 한 발 쏜 화살이 이제는 남은 왜장 허리에 맞았다. 그때 달려 올라온 조선군이 왜군과 부딪쳤다. 앞장선 고흥이 손을 후려치는 것처럼 보였는데 왜군 하나가 거꾸러진다. 단검을 던진 것이다.

‡

"일각(약 15분)쯤 지났을 때 산중턱의 전투가 끝났다. 왜군은 몰사했고 장수 두 명만 살과 칼에 찔린 채 사로잡혔다. 아군의 피해는 장교 하나가 칼에 어깨를 베였을 뿐인데 경상이다. 사로잡혔던 조선 백성들은 구출되었지만 이미 다섯이 죽었고 둘은 중상이다.

"저희는 아랫마을에서 잡혀 끌려왔습니다."

중년 사내 하나가 박성국의 앞에 엎드려 눈물 바람을 하면서 말했다.

"마을에서도 도망치다가 십여 인이 죽었습니다. 덕분으로 목숨을 얻었으니 백골이 난망이올시다."

"우린 저놈들을 데리고 떠날 테니 그대들도 피신하라."

박성국이 묶인 채 땅바닥에 누워 있는 왜장들을 눈으로 가리키며 말했다.

"왜놈들 말에 실린 노략질한 물건은 다 내려놓을 테니 그걸 나눠서 살아가도록 해라."

"예이."

사내가 땅바닥에 이마를 붙이며 엎드렸고 그 말을 들은 노소남녀가 울음을 터뜨렸다.

"장군 성함을 알려주시오."

나이 든 사내 하나가 소리쳐 말했으므로 박성국은 쓴웃음을 지으며 일어섰다.

"이게 무명武名을 떨치는 일인가? 부질없다. 어서 그대들도 일어나 떠나라. 그리고 꼭 살도록 해라."

박성국의 목소리가 떨렸다.

‡

이제는 기마군 열여섯 기에 말이 사십 필 가깝게 된다. 빈 말은 모두 왜군이 타던 말이다. 산비탈을 달려 내려간 기마군은 이제 잡초가 무성한 황무지를 달린다. 말고삐를 채면서 박성국이 소리쳤다.

"한 식경만 더 가서 쉬기로 하자."

밤새 달려왔기 때문에 이제는 말도 쉬어야 한다. 조금 전에 산중턱에서 쉬려다가 왜군을 만난 것이다. 군사들은 기운을 내어 달려간다. 왜군 스무 명 중에서 열넷을 박성국이 활로 잡았다. 지금 말 등에 실려 있는 왜장 두 놈까지 포함해서 그렇다. 모두 접전을 겪은 군사들이지만 한 싸움에 이렇게 활로 적을 무력화한 경우는 처음 보았다. 참다못한 말복이 말에 박차를 넣어 박성국의 옆으로 붙더니 소리쳐 말했다.

"나리! 신궁이시오!"

"이놈아, 백 보 거리에서도 못 맞히는 무반이 있더냐?"

소리쳐 되묻은 박성국이 불쑥 앞으로 내달렸고 말복이 뒤를 따른다. 군사들의 기세는 하늘을 찌를 듯 높아져서 하루 종일 달릴 수도 있을 것 같다.

‡

인빈 김씨가 머리를 들고 선조를 보았다. 유시 끝 무렵(저녁 7시 경). 지금 선조는 인빈 김씨의 처소에서 저녁을 마치고 반주로 인삼주를 마시는 중이다.

"전하, 드릴 말씀이 있습니다."

인빈도 인삼주를 두 잔 마신 터라 눈 주위가 붉다. 두 눈이 번들거렸고 반쯤 열린 붉은 입술이 고혹적이다. 불혹을 지난 나이였지만 색향은 오히려 더 강해졌다. 선조의 홀린 듯한 시선을 의식한 인빈이 허리를 조금 비틀었다. 방중술로 말하면 인빈을 따를 후궁이 없다. 선조는 그래서 인빈 김씨하고 가장 많은 잠자리를 했고 많은 자식을 생산했다.

"뭔가?"

선조가 묻자 인빈이 정색했다.

"세자의 선전관 박성국이 향산의 의병장 함기옥과 수하 두목들을 베어 죽이고 의병들을 해산시켰다고 합니다. 오백 명이 넘는 의병이 하룻밤 사이에 사라진 것입니다."

"허어."

술잔을 내려놓은 선조가 이맛살을 찌푸렸다.

"그것을 빈이 어찌 먼저 아는가? 조정에서는 나한테 아무 말도 없었네."

"세자의 위세에 겁이 났기 때문이겠지요."

목소리를 낮춘 인빈이 말을 잇는다.

"아마 영상이나 유 정승께 물어보시면 알게 되실 것입니다."

"그럴 수가 있나? 내가 모르는 일을 빈이 먼저 알고 있다니?"

"조정에서 쉬쉬하고 있겠지요."

"그대가 아는 사실을 자세히 말하라."

정색한 선조가 술잔을 내려놓았다. 그러자 인빈이 바로 앉더니 말을 잇는다.

"지난번 세자가 이천으로 내려갈 때 향산의 의병단이 길목을 지켜 왜군의 근접을 막았다고 합니다."

"그래서?"

"그런데 세자는 의병단이 허락 없이 움직였다면서 선전관을 보내 미처 해명할 여유도 주지 않고 의병장 함기옥과 수하 두목들을 베어 죽이고는 의병단을 해산시켰다고 합니다."

"저런 고얀."

눈을 부릅뜬 선조가 당장에 일어날 듯이 움칫거렸을 때 인빈이 손으로 허벅지를 누른다.

"전하, 조정에서 진노하시면 안 됩니다. 속에 넣어두시고 한 계단씩 처리해야 체통이 서시고 빨리 해결될 것입니다."

"내, 이놈들을⋯."

"먼저 평안도순찰사 전기윤을 불러 물으시는 것이 낫습니다. 전기윤이 향산 의병단을 관리하고 있었다니까요."

"그렇지."

"팔도도순찰사 한 대감도 그 내막을 알고 있을 것입니다."

선조의 눈치를 살핀 인빈이 길게 숨을 뱉었다.

"모두 세자 위세가 무서워 입을 닫고 있는 터라 소첩도 바늘방석에 앉아 있는 것 같습니다."

이제는 어금니를 문 선조가 다시 술잔을 들었다. 방 안의 분위기가 싸늘하게 식어가고 있다.

‡

"이보오."

하면서 어둠 속에서 불쑥 한조의 모습이 나타났으므로 여 상궁이 소스라쳤다. 술시(밤 8시경)가 조금 넘었다. 장옷으로 머리를 덮어 눈만 내놓은 여 상궁이 한조를 올려다보았다. 선화동 마을 입구의 폐가 마당에 둘이 서 있다. 바람이 불면서 장옷 깃이 열렸으므로 여 상궁이 서둘러 오므렸다. 그때 바짝 다가선 한조가 물었다.

"며칠 연락이 안 되었소. 무슨 일이 있었습니까?"

"밖에 나갈 틈이 없었소."

여 상궁이 말하자 한조가 입맛을 다셨다.

"나는 혹시나 하고 상궁마마의 뒤를 누가 따라오는지 감시까지 했소."

"그게 무슨 말이오?"

"상궁마마가 우리하고 내통하는 것이 탄로가 난 줄 알았단 말이오."

"그럴 리가 있나? 감히 누가 나를….."

"조선왕은 명으로 언제 넘어갈 것 같소?"

한조가 묻자 여 상궁이 목소리를 낮췄다.

"명의 대군이 곧 내려온다니 왕의 명행은 조금 미뤄졌소."

"명의 대군이라니?"

"이여송이 도독이 되어서 곧 조선으로 내려온다는 것이오."

"이여송이라, 군사는?"

"십만이 넘는다고 하오."

"이여송은 지금 어디에 있소?"

"산해관에서 군사를 모으고 있다고 들었소."

이것만 해도 엄청난 정보다. 숨을 고른 한조가 다시 입을 열었다.

"인빈하고 세자 사이는 어떻소?"

"여전히 좋지 않아요."

여 상궁이 외면한 채 말을 잇는다.

"신성군이 살았다면 세자가 되었을 테니까요."

"자, 우선 이것."

한조가 제법 묵직한 보따리를 여 상궁에게 건네주며 말했다.

"금가락지, 팔찌에 비녀까지 갖췄소. 다음에 올 때에는 무얼 갖다드리리까?"

"후추."

보따리를 받아 든 여 상궁이 말을 잇는다.

"후추가 필요해요. 명나라 상인한테서 산 후추는 썩었어요."

"그러지."

머리를 끄덕인 한조가 지그시 여 상궁을 보았다.

"그런데 임해군, 순화군이 가토군에게 잡혀 있는 것을 인빈께서는 어떻게 생각하고 있습니까?"

"왕자가 어디 한둘입니까?"

바로 말을 받은 여 상궁의 목소리에 웃음기가 섞였다.

"그 둘 말고도 왕자가 여럿이요. 인빈은 머리카락 두 올 빠진 것만큼도 아쉬워하지 않습디다."

"헛헛."

짧게 소리 내어 웃은 한조가 다시 묻는다.

"인빈은 정원군을 세자로 밀고 계시단 말씀이지?"

"광해는 화살받이일 뿐이라고 인빈이 제 입으로 말합디다."

머리를 끄덕인 한조가 지그시 여 상궁을 보았다.

"우리는 상궁마마님만 믿소. 일이 잘되면 상궁마마님은 조선 왕비보다도 더 호강하시게 될 것이오."

‡

밤이 깊었다. 자시(밤 12시경) 무렵쯤 되었다. 이천 분조의 세자처소는 좁다. 현령의 내실을 사용하고 있기 때문이다. 지금 내실

밖 작은 마룻방에 박성국이 무릎을 꿇고 앉아 방 안의 세자를 바라보고 있다. 박성국의 몸은 땀과 먼지로 더럽혀져 있다. 방금 도착한 것이다.

"잘했다."

이윽고 광해가 말했다. 박성국은 광해에게 향산을 치고 종사관 강오준을 시켜 유성룡을 만나게 한 것까지를 다 이야기한 것이다. 마루방 아래쪽 마당에 고홍과 말복을 세워놓고 잡인을 물리친 터라 주위는 조용하다. 광해가 낮게 말했다.

"명에서 이여송을 도독으로 파견한다는 전갈이 왔다. 조정이 한숨 돌리는 것 같구나."

"의병이 도처에서 일어나는 데다 이 수사께서 해상을 제압하고 있소이다."

이 수사란 곧 이순신이다. 8월이 되면서 의병 활동이 활발해졌지만 아직 전세를 바꾸지는 못했다.

"가토에게 잡힌 두 왕자를 구출할 방법이 없겠느냐?"

"함경도는 왜군에게 협조적입니다. 의병 활동도 미미합니다."

박성국이 말을 이었다.

"지방 수령 대부분은 도망쳤거나 주민에게 잡혀 왜군에게 넘겨졌고, 오히려 왜군에게 동조한 역도들의 무리가 결성되고 있습니다."

주위에 잠깐 정적이 덮였다. 함경도에 진입한 것은 가토 기요마사의 2번대다. 가토군 이만여 명은 9번대까지 형성된 왜군 중 가장 정예군이기도 했지만, 함경도 주민의 조선 조정에 대한 반감이 왜군을 도왔다. 이징옥, 이시애의 난을 겪은 후로 함경도 주민은 심한 차별을 받은 데다 조정에서 파견된 관리들로부터 악랄한 수탈을 당해왔기 때문이다. 누구한테 하소연도 하지 못하고 박해를 받아온 주민들에게 왜군은 해방군이나 같았다. 임해군, 순화군이 의병을 모으고 위무를 한답시고 들어와 거들먹거리다가 아전 국경인 무리에게 사로잡혀 가토에게 넘겨진 것이 바로 그 때문이다. 이윽고 박성국이 입을 열었다.

"저하, 그보다 먼저 처리하실 일이 있습니다."

광해의 시선을 받은 박성국이 말을 이었다.

"의주 행재소까지 왜군 밀정이 침투해 들어간 상황이 되었습니다. 지금까지 조정 대소사는 물론이고 궁중 내부의 비밀까지 모두 왜군에게 전달되었습니다."

눈만 치켜뜬 광해에게 박성국이 여 상궁의 이야기를 한다. 여 상궁을 잡았다가 놓아준 이야기를 하자 광해가 소리 죽여 물었다.

"그냥 놓아줬단 말이냐?"

"예. 쓸모가 있을 것 같아서 그렇습니다."

"이용할 작정이란 말인가?"

"예. 그렇다고 인빈께 고자질할 수는 없을 것입니다."

"그렇겠지."

머리를 끄덕이던 광해가 다시 묻는다.

"끔찍하다. 그년은 어떻게 왜군 밀정이 되었다고 하는가?"

"한양성에 있을 때부터 접근해온 왜군 밀정이 금붙이나 보석, 노리개 등으로 매수했다고 합니다."

"죽일 년."

"한편으로 여주 친가의 가족들에게 재물을 주었으니 가족들이 인질 노릇도 한 셈입니다."

"지독한 놈들이로다."

숨을 깊게 뱉은 광해가 박성국을 보았다.

"왜군 향도였던 네 수하가 그것을 밝혀주지 않았다면 왕실이 왜군의 손아귀에 들어갈 뻔했구나."

"예."

박성국의 시선이 힐끗 마당에 서 있는 말복에게로 옮겨졌다. 말복이 들었는지 어둠 속에서 두 눈이 번들거리고 있다. 그때 광해가 머리를 끄덕이며 말했다.

"수고했다. 내일 다시 이야기하고 오늘은 들어가 쉬어라."

등불에 비친 광해의 얼굴은 천 리 길을 달려온 박성국보다 더 지친 것처럼 보였다.

‡

"나리, 찾았소."

정청 앞 기둥 옆에 붙어 서 있던 끝쇠가 다가와 말했다. 어둠 속에서 흰 창 속의 눈동자가 번들거리고 있다. 끝쇠는 오랜만에 만난 박성국에게 다녀오셨느냐는 인사도 하지 않았다. 멈춰 선 박성국이 시선만 주었고 뒤를 따르던 말복과 고흥도 둘러섰으므로 기둥 앞에는 넷이 모였다. 끝쇠가 소리 죽여 말했다.

"천신만고 끝에 어제 찾았소."

"생색은 그만 내고 말해라."

박성국이 꾸짖듯 말하자 끝쇠가 정색했다.

"동남쪽으로 시오 리쯤 떨어진 오봉산 중턱이오."

"몇 놈이냐?"

"열댓 놈은 됩니다. 화전민이 살던 폐가 세 채에 들어가 있는데 경계가 여간 삼엄한 것이 아니오. 산 밑에서부터 위쪽까지 세 군데에 초소가 있고 오가는 데 꼭 기찰을 받는 것이 왕궁 출입보다 더 까다로웠소."

"옳지. 잘했다."

그제야 박성국이 칭찬했고 말복이 거들었다.

"매일 군호를 바꿔서 오가는 자를 확인하는 데다 함정도 만들어 놓습니다. 틀림없이 숙소 근처에 함정 서너 개를 만들어두었을 것이오."

끝쇠는 왜군 밀정들의 뒤를 밟아 거처를 찾아낸 것이다. 왜군 밀정이 이천 분조로 따라왔을 것은 분명했다. 박성국이 분조를 떠나 있는 동안 밀정들의 근거지를 찾는 것이 끝쇠와 차동신의 임무였다. 그때 끝쇠가 말했다.

"제가 미끼가 되어서 이곳 청 출입을 될 수 있는 한 자주 하면서 차동신이 부하 장교 둘을 뒤에 붙였고 가장 눈치 빠른 한 놈을 길목에 숨겼습니다. 그렇게 사흘을 같은 길로만 다녔더니 길목에 숨었던 부하가 한 놈을 찍었소."

"옳지."

318

말복이 머리를 크게 끄덕였고 신명이 난 듯 끝쇠가 말을 잇는다.

"차동신이가 장교 노릇을 할 때 도둑놈을 많이 잡았다고 합니다. 길목을 잡고 숨어 쫓는 요령으로 과거를 본다면 장원급제를 했을 놈이요."

"과연."

흥이 난 말복이 박성국을 보았다.

"왜군 밀정들도 꼬리 잡히지 않고 미행하는 요령이 있습지요. 그런데 조선 장교한테 잡혔습니다. 나리."

"시끄럽다."

이맛살을 찌푸린 박성국이 끝쇠에게 물었다.

"차동신이는 어디 있느냐?"

"오봉산 옆쪽 골짜기에서 장교 넷을 데리고 번갈아서 번을 서고 있습니다. 나리 오시기를 기다리고 있습지요."

"가자."

발을 떼면서 박성국이 끝쇠에게 말했다.

"화살을 거의 다 쏘았으니 실팍한 화살로 한 통 준비해두어라."

"그러지요."

한 덩이가 된 그들은 청의 뒷문으로 나간다. 이미 깊은 밤이었고 인적도 뜸해졌지만 미행을 조심하는 것이다.

✝

자리에 누운 광해가 머리를 돌려 세자비 유씨를 보았다. 방의 불

은 껐지만 마루방에 켜놓은 등빛이 창호지에 비쳐 유씨의 얼굴 윤
곽이 선명하게 드러났다. 광해의 시선을 받은 유씨가 묻는 것 같은
표정을 지었지만 입을 열지는 않는다. 지금 둘은 이부자리에 나란
히 누워 있는 것이다. 광해가 입을 열었다.

"인빈께 문안 편지를 써서 행재소에 가는 종사관 편에 보내도록
하시오."

"문안 편지 말씀입니까?"

되물은 유씨가 곧 가늘고 긴 숨을 뱉는다. 무슨 뜻인지를 아는
것이다.

"쓰지요. 백 장이라도 쓰겠습니다. 그런데 또 무슨 일이 있습니
까?"

"별일은 없소."

그러자 유씨가 천장을 향한 채로 말했다.

"세자가 되시어 분조로 떨어져 나온 데다 조정 대신들이 꼬이니
심기가 불편하시겠지요."

광해도 천장을 향한 채로 누웠지만 대답하지 않는다. 유씨의 말
이 이어졌다.

"가만히 있으실 분이 아니지요."

"……."

"한양성에서 같은 지붕 아래에 있을 때도 가만두지 않으셨는데
지금은 오죽하겠습니까?"

"지금은 전란 중이오."

"그래서 더 기가 막힙니다."

광해는 입을 다물었다. 한양성에서 인빈으로부터 온갖 괄시를 당해온 광해와 광해비였다. 그때는 세자 책봉도 어림없는 일이었다. 세 살 때 공빈 김씨로 불리던 어머니가 죽고 광해와 임해 두 형제는 외롭게 성장했다. 다시 유씨의 말이 이어졌다.

"저도 몇 명 안 되지만 궁인한테서 의주 행재소의 인빈 소식을 듣습니다. 인빈의 궁인들은 전란이 끝나면 정원군이 세자가 될 것이라고 대놓고 말한답니다."

"뜻대로는 되지 않을 것이오."

"하지만 전하께서 마음을 바꾸시면 되는 일이지요."

"그만 잡시다."

광해가 자르듯이 말하자 유씨는 입을 다물었다. 잠깐 정적이 흐른 후에 광해가 긴 숨을 뱉고 나서 말을 잇는다.

"내일 인빈한테 문안 편지를 쓰시오."

유씨는 대답하지 않았지만 쓸 것이었다. 지금까지 광해의 뜻을 어긴 적이 없다.

‡

"저놈들을 덮치려면 오백 군사는 있어야 합니다."

박성국의 옆에 엎드린 차동신이 말했을 때 반대쪽의 말복이 머리를 가로저었다.

"이미 탈출로는 다 만들어놓았을 테니 천 명의 군사라도 잡지 못할 것이오."

박성국은 멀리 보이는 귀틀집 세 채를 응시한 채 입을 열지 않았
다. 그들이 엎드린 곳은 건너편 산등성이여서 그쪽까지 가려면 산
을 내려갔다가 골짜기를 타고 다시 올라가야 한다. 직선거리는 오
백 보 정도였지만 산을 타면 이천 보는 걷게 될 것이었다. 박성국
은 다시 주위를 둘러보았다. 말복의 말이 맞다. 일천 군사가 포위
해도 산이 깊고 골짜기가 길어서 빠져나갈 길은 얼마든지 있다. 깊
은 밤이어서 나뭇가지 사이로 보이는 귀틀집의 흰 나무껍질이 달
빛을 받아 겨우 보일 뿐이다. 이윽고 머리를 든 박성국이 혼잣소리
처럼 말했다.

"한낮에 치는 수밖에 없다."

"옳습니다."

먼저 말복이 동의하더니 덧붙였다.

"그 방법밖에 없습니다. 분조의 군사를 모두 합하면 이천 명은
되니 천오백 명 정도를 끌고 와서 산 이쪽저쪽을 막고…."

흥이 난 말복이 손을 들어 산 아래쪽, 위쪽을 가리켰을 때 박성
국이 말을 자른다.

"아니, 그럴 필요 없다."

"그럼 천 명쯤은…."

"아니, 나 혼자 간다."

순간 놀란 말복과 차동신이 서로의 얼굴을 보았다. 그러고 나서
둘이 거의 동시에 머리를 끄덕였다.

"예. 그럼 엊그제 산 밑 왜군을 쏘신 것처럼 말씀입니까?"

말복이 아는 체를 했을 때 박성국이 쓴웃음을 지었다.

"그때보다 더욱 복잡하다."

박성국이 산 밑을 손으로 가리키며 말을 잇는다.

"공격은 나 혼자 하고 요소에 매복하고 있다가 쫓겨 나오는 밀정 놈들을 잡는 거다. 그리고 이곳에서 깃발 신호로 밀정 놈들이 흩어지는 방향을 알려주면 될 것이다."

"그렇군요."

차동신이 머리를 끄덕이며 박성국을 보았다.

"그럼 병력은 많이 필요 없지요. 사냥꾼들이 짐승을 튀겨 잡는 방법이니까요."

"병법이 바로 짐승몰이다."

땅바닥에 내려놓은 각궁을 집어 든 박성국이 쓴웃음을 지었다.

‡

방으로 들어선 김난이 시선을 내린 채로 묻는다.

"불을 끌까요?"

"끄고 싶소?"

박성국이 되묻자 김난의 얼굴이 금방 붉어졌다. 그러나 시선을 들지 않고 호롱불 옆으로 다가가며 말했다.

"서방님 뜻대로 하시지요."

"당신 알몸을 보고 싶소."

그러자 김난이 소매를 저어 등불을 껐다. 그러더니 옷자락 스치는 소리를 내며 박성국에게 다가왔다. 박성국은 이불 위에 앉아 기다렸다. 방 안은 어두웠지만 흰 치마저고리를 입은 김난의 모습은 선명하다. 이윽고 다가온 김난이 박성국의 앞에 앉는 바람에 옅은 향기가 맡아졌다. 체취에 섞인 꽃향기다. 박성국의 얼굴에 웃음이 떠올랐다.

"몸에 꽃 향을 발랐소?"

"예."

앞에 앉은 김난이 저고리를 벗으면서 말했다.

"오셨다는 전갈을 듣고 꽃물을 몸에 발랐습니다."

저고리를 벗은 김난이 치마끈을 풀면서 말을 잇는다.

"부엌에서 물을 덥혀 몸도 씻었습니다."

"요부로군."

"당신이 그렇게 만드셨습니다."

그러더니 벌써 달아오른 목소리로 묻는다.

"다 벗을까요?"

"그러지."

그 순간 박성국이 손바닥으로 김난의 입을 막더니 귀에 입술을 붙였다.

"혼자 이야기를 하시오."

놀란 김난이 눈을 크게 떴을 때 박성국이 말을 잇는다.

"나하고 이야기하는 척하시오."

그러고는 박성국이 옆에 놓인 장검을 들고 자리에서 일어섰다. 문밖 마루의 인기척을 들은 것이다. 발끝으로 걸은 박성국이 문 옆으로 다가가 섰을 때 아랫목에서 김난의 목소리가 울렸다.

"기다리고 있었습니다. 언제 오실까 하고 매일 문밖을 내다보고 있었지요."

박성국은 숨을 죽였다. 마당 밖은 행랑채였고 지금은 끝쇠가 장교 서너 명하고 있을 것이다. 밤에 불침번이 한 명 서는데 대개 행랑채 마루에 앉아서 존다. 박성국이 자신의 몸쯤은 챙기는 무장이어서 번을 심하게 세우지 않는 까닭이다. 그때 마룻장을 디디는 소리가 울렸다. 아주 희미했지만 무거운 중량에 눌린 마룻장이 소리를 낸다. 조금 전에는 토방에서 마루로 올라오는 소리가 들렸다. 아무리 김난하고 숨 가쁜 순간을 지내고 있었지만 마룻장에 오르는 기척을 느끼지 못한다면 무인이 아니다. 그때 박성국은 또 하나의 울림을 듣는다. 둘이다. 그 울림은 바로 지척이었다. 문밖인 것이다. 그렇다면 맨 처음에 들었던 기척이 바로 이놈이다. 지금 마루 위에 두 놈이 올라와 있다. 그때 김난의 목소리가 울렸다. 아주 크다.

"나리, 이제 누우세요. 제가 위에서 해드릴게요."

목소리가 떨리기까지 했으므로 잘 어울렸다. 김난도 두려움에 떨며 말했겠지만 방 밖의 두 놈은 흥분된 상태로 알았으리라. 그 순간 방의 문살이 부서지면서 사내 하나가 뛰쳐들어왔다. 손에 긴 칼을 쥐었고 기세가 거칠다. 바로 그 순간 박성국이 치켜 올린 칼을 내려쳤다. 사내의 어깨에서부터 옆구리까지의 몸통이 깊숙하게 베어져 내려갔고 갈라진 몸이 중심을 잡지 못한 채 구겨지듯 엎어졌다. 그러나 박성국의 몸은 사내가 쓰러지기도 전에 방문을 박차고 나갔다.

"어엇!"

마루에서 외마디 외침이 울린 것은 그 순간이다. 막 방으로 뛰쳐 들려던 두 번째 사내는 튀어나오는 박성국을 보고 놀라 중심을 잡기도 전에 칼을 맞았다. 박성국의 칼이 사내의 칼 든 손을 팔꿈치 바로 밑에서 잘라버렸고 두 번째로 날아간 칼질은 칼등으로 뒤통수를 쳤다.

"으억!"

비명은 억제할 겨를도 없이 뱉어지는 법이다. 사내가 마루 위로 쓰러지면서 고통과 놀람의 외침을 터뜨렸을 때 아래쪽 행랑채에서 끝쇠와 장교들이 뛰쳐나왔다. 모두 맨발에 옷도 제대로 걸치지 않았다. 박성국이 칼끝으로 마루 위의 사내를 건드리며 말했다.

"방 안에 시체가 한 구 있다. 치워라."

그러고는 눈으로 마루 위의 사내를 가리켰다.

"이놈은 살았다. 깨워 문초할 테니 끌고 내려가라."

‡

고통을 억제하는 인간은 드물다. 그리고 한번 허물어지면 걷잡을 수가 없다. 다시 세우기는 불가능하다. 깨어난 사내는 제 잘린 팔을 내려다본 순간 의지가 꺾였다.

"자, 불어라."

끝쇠가 칼끝을 사내의 귀에 붙이고 말했다. 이곳은 박성국의 숙소에서 아래쪽으로 일 리쯤 떨어진 성황당의 제실 안이다. 빈집인

326

데다 민가하고도 떨어진 외진 곳이어서 사내를 거적에 말아 들고 이곳까지 온 것이다. 땅바닥에 무릎을 꿇린 사내는 온몸이 피투성이다. 벽에 걸어놓은 등빛에 사내의 끔찍한 모습이 드러났다. 절단된 팔은 새끼로 위쪽을 묶었지만 피가 멈추지 않았고 깨어진 뒤통수에서 흘러내린 피로 등판이 피범벅이다. 박성국은 팔짱을 긴 채 위쪽에 서서 사내를 내려다보았고 제실 안에는 끝쇠와 장교가 한 명 더 있다. 그때 다시 끝쇠가 물었다.

"누가 시켰느냐? 네놈은 누구냐? 이실직고한다면 목숨을 살려주마."

그러자 박성국이 헛기침을 했다.

"그래, 금자를 닷 냥쯤 줄 테니 그걸 들고 난리통에 흩어진 식구 찾아서 숨어 살거라."

그러자 사내가 신음을 뱉더니 기를 쓰고 박성국을 보았다.

"정말 살려주시겠소?"

"난 일구이언—口二言을 안 한다. 세자를 모시는 정삼품 무장이야."

"예, 그렇게 말씀하시니 믿지요. 우선."

신음을 뱉은 사내가 제 잘린 팔을 내려다보며 말했다.

"팔 잘린 쪽에 술을 부어 씻고 쇠를 달구어서 지져주십시오. 그러고는 삼실로 끝을 꿰매주십시오."

"그러지."

머리를 끄덕인 박성국이 쓴웃음을 지었다.

"네놈은 군사로 세월을 보냈구나."

"예. 전라병사 함동기 휘하에서 보군 대정隊正을 지냈소. 왜구 목을 열두 개나 주웠지요."

그때 끝쇠의 눈짓을 받은 장교가 밖으로 나갔다. 치료 준비를 하려는 것이다. 박성국의 시선을 받은 사내가 말을 이었다.

"저는 심막손이라고 합니다. 평안병사 임우재의 수하가 되어 이번 일을 맡았습지요."

박성국은 쓴웃음만 지었고 끝쇠는 그러면 그렇지 하는 표정으로 머리를 끄덕였다. 사내의 목소리가 을씨년스러운 제실을 울린다.

"예. 나리를 베고 왜군의 소행으로 보이도록 왜검을 놓고 오라는 지시를 받았습니다. 먼저 뛰어든 놈은 같은 임우재 수하로 박영길이란 놈이었습니다."

"임우재는 누구하고 한통속이냐?"

"예. 평안도순찰사 전기윤을 마치 제 장형이나 되는 듯이 모셨고 팔도도순찰사 한응인을 제 아비처럼 받들었습니다."

그러더니 덧붙인다.

"임우재는 옹림에 주둔하고 있다가 왜군의 기습을 받자 소인하고 몇 명만을 데리고 도망쳐 나왔습지요. 그래서 관군 삼천이 궤멸당한 것입니다."

‡

"박성국이 어디 있어?"

하나가 묻자 미우라는 머리를 기울였다.

"그놈이 분조의 관아에 들어가 나오지를 않습니다."

"감시는?"

"앞뒷문에 둘씩 넷, 그리고 거처 위쪽 시장 입구에 둘을 풀었습니다."

"그놈 수족들은?"

"별장 한 놈이 장교 셋하고 거처에서 번을 서는 중이고 나머지는 관아 안에 있는 것 같습니다."

"그놈이 눈치를 챈 것 같다."

입맛을 다신 하나가 마루 기둥에 등을 붙이고 앉는다. 한낮이다. 미시(낮 2시)가 조금 지났을 뿐이어서 해는 중천에 떠 있고 하늘은 푸르다. 그러나 8월 말경이니 이미 가을에 들어서고 있다. 마당에도 낙엽이 뒹굴고 있다. 그때 마당으로 한조가 들어선다.

"두목, 조금 전에 박성국이 거처에서 거적에 싸인 시체 한 구가 나갔습니다."

토방 밑에 선 한조가 손등으로 이마의 땀을 씻으며 말을 잇는다.

"장교들이 달구지에 싣고 나와 아래쪽 산기슭에 처박듯이 묻었는데 아무래도 어젯밤에 무슨 일이 난 것 같습니다."

"누가 급살이라도 했단 말이냐?"

"아닙니다."

한조가 머리를 저었다.

"영복이를 시켜 이웃집 소문을 들었더니 계집애가 어젯밤 측간에 가다가 박성국이 집에서 사내가 지르는 비명을 들었다고 했습니다."

"……."

"습격을 받은 것 같습니다."

"아니, 누가?"

이맛살을 찌푸린 하나가 미우라와 한조를 번갈아 보았다.

"그럼 행재소에서?"

"박성국이는 적이 많으니까요."

이번에 행재소까지 다녀온 한조가 말을 잇는다.

"인빈 일당이 자객을 보냈을지도 모릅니다."

"그렇군."

미우라가 머리를 끄덕이며 하나에게 말했다.

"머리를 자르기 전에 수족부터 자르려는 것입니다."

"이 나라가 망하지 않은 것이 이상하다니까?"

다시 쓴웃음을 지은 하나가 둘을 번갈아 보았다.

"이렇게 썩어 문드러졌어도 왕은 건드리지 않는단 말야. 이것이 무슨 조화일까? 일본 같았으면 진즉 나라가 쪼개지고 수많은 왕이 생겼을 거다."

"곧 망합니다."

미우라가 위로하듯 말했다.

"의주 행재소에서 이순신 공적을 칭찬하면 임금의 심기가 나빠진다는 소문이 있습니다. 의병도 늘어나지만 향도도 늘어납니다. 이미 조선은 썩어가는 몸이나 같습니다. 이런 임금, 이런 조정에서는 명장, 충신이 오래 버티지 못합니다."

그러자 하나가 혼잣소리처럼 말했다.

"국운國運이라는 것이 있어."

둘의 시선을 받은 하나의 말이 이어졌다.

"아버님 말씀이 인간에게 운이 따르듯 이 나라에도 운이 따른다
는 거야. 그래서 멸망해야 할 나라가 기적처럼 일어서고 멀쩡한 나
라가 순식간에 멸망하게 된다는군."

그러더니 눈을 가늘게 떴다.

"조선은 어떤 쪽일까?"

‡

눈을 가늘게 뜨고 하늘을 올려다본 박성국이 검지를 입안에 넣
더니 앞으로 내밀었다. 그러자 바람결이 느껴졌다. 서북풍이다. 이
정도 산들바람이면 백오십 보 거리에서는 두 치(약 6cm) 편차가 난
다. 다시 몸을 숙인 박성국이 바위틈 사이로 한 걸음씩 아래쪽을
향해 내려간다. 이곳은 왜군 밀정의 귀틀집 위쪽으로 이백오십 보
정도 거리의 산 중턱이다. 이쪽은 가파른 암산으로 수십 길 절벽
이 치솟은 터라 짐승이 발 디딜 틈도 보이지 않는다. 그러나 그것
이 바로 허점이다. 박성국은 바위틈 사이에 손을 박고는 한 걸음
씩 발을 딛고 내려간다. 옆쪽으로 솔개 한 마리가 날아갔다. 이쪽
은 귀틀집에서 보이지 않는 사각지대다. 비 오듯 쏟아지는 땀이
눈에 흘러들었으므로 눈을 깜박여 털어내었다. 지금쯤 끝쇠와 말
복, 차동신과 고흥까지 각각 장교 칠팔 명씩을 거느리고 잠복을
마쳤을 것이다. 그리고 산마루에서는 장교 둘이 깃발을 들고 초조
하게 박성국의 움직임을 주시하고 있을 것이다. 이윽고 한 식경쯤

흘렀을 때 박성국은 거리를 육십 보 정도 좁혔다. 이제 이곳 바위틈에서 귀틀집과의 직선거리는 백삼십 보쯤이 되었다. 귀틀집에서 이곳은 작은 골짜기 하나가 사이에 있는 데다 짙은 나무숲에 가려져 있다. 호흡을 고른 박성국이 바위틈에 두 발을 딛고는 각궁을 꺼내 쥐었다. 이제 앞쪽 귀틀집 주위에서 어른거리는 사내들이 표적으로 보인다. 하나씩 세어보면서 박성국은 시위에 활을 재었다. 집어 쏘기 쉽도록 화살통에서 한 뭉치의 살을 빼어 바위틈에 세워놓고는 호흡을 고른다. 그러고는 천천히 시위를 당겨 표적을 겨누었다.

‡

"기습이다!"

미우라가 아우성을 치면서 마당으로 뛰어들었는데 하나는 숨을 삼켰다. 미우라의 그런 모습을 처음 보았기 때문이다. 마루에서 내려온 하나에게 미우라가 소리쳤다.

"두목! 몸을 숙이시오. 놈들이 활을 쏩니다!"

그때 밖에서 비명이 울렸다. 하나가 엉겁결에 허리를 숙여 담장 옆으로 붙으면서 물었다.

"몇 놈이야?"

"그건 모릅니다!"

그때 마당으로 뛰어든 부하 하나가 목을 움켜쥐면서 쓰러졌다. 하나의 열 걸음쯤 앞이다. 화살이 목을 한 뼘이나 뚫고 나온 터라 부하는 입을 딱 벌린 채 누워서 발버둥을 친다.

"두목! 어떻게 할까요?"

옆에 붙어 선 미우라가 물었으므로 하나는 이를 악물었다. 너무 갑작스러운 일이어서 아직 머릿속이 어지럽다.

"먼저 적을 파악해야 해!"

하나가 소리쳐 말했다.

"당황하지 말고 엎드려서 적의 동태를 살피도록 해라!"

"예이."

이를 악물었다가 푼 미우라가 몸을 날려 밖으로 뛰어나간다. 그러면서 소리쳤다.

"모두 엎드려라! 먼저 놈들이 어디에 있는지 몇 놈인지 살펴야 한다!"

"아악!"

그때 또다시 비명이 터졌으므로 하나는 저도 모르게 몸서리를 쳤다.

"세이조가 맞았소!"

그렇게 소리 지른 것은 마쓰다였다. 세이조는 마쓰다와 마찬가지로 녹봉 오십 석을 받는 엄연한 무사다. 그 세이조가 살에 맞았다는 것이다. 하나가 이를 악물었을 때 밖에서 미우라의 고함이 터졌다.

"놈들은 몇 놈 안 된다! 당황하지 마라!"

✠

각궁이 반달처럼 당겨지면서 살촉이 각궁의 끝에 닿았다. 그 상태에서 박성국이 표적을 찾는다. 드러난 표적은 셋. 박성국은 맨 왼쪽 귀틀집 벽에 붙어 서 있는 사내를 표적으로 잡았다. 거리는 백사십 보. 아직 이쪽 위치를 모르는 터라 사내는 벽에 딱 붙었지만 몸이 통째로 드러났다. 손에 쥔 장검이 햇빛에 반사되어 반짝였다. 지금까지 여섯을 잡았다. 저놈이 일곱 번째. 그 순간 시위가 팅겨지면서 화살이 나갔다. 숨 두 번을 쉬고 마셨을 때 날아간 살이 사내의 얼굴에 맞았다. 두 눈 사이를 뚫고 들어간 것이다. 아래쪽에서 다시 소동이 일어났다. 박성국은 이제 화살을 집어 들고 자리를 옮긴다. 우측으로 바위틈을 타고 다섯 걸음을 옮기자 이제는 귀틀집의 측면이 드러났다. 조금 전의 위치에서 보이지 않던 옆 부분이 보인 것이다. 그곳에 다시 두 사내가 웅크리고 있다. 하나는 나무 둥치 뒤에 숨었는데 이쪽에 등을 보이고 있다. 다시 살을 잰 박성국이 시위를 힘껏 당겼다가 놓았다.

"쌕!"

풀숲 사이로 날아간 살이 사내의 등판 깊숙이 박혔다. 사내가 뱉는 신음이 이쪽까지 들린다. 그때 날카로운 외침 소리가 들리더니 사내들이 한꺼번에 아래쪽으로 내달렸다. 넷, 다섯, 여섯, 여덟, 아홉 명이다. 박성국이 서둘러 시위에 살을 먹이고는 그중 하나를 겨냥하고 쏘았다. 그런데 이번은 빗나갔다. 거리가 백육십 보. 처음으로 빗나간 것이다. 이제 활을 내린 박성국이 사내들의 뒷모습을 물끄러미 보았다. 저 아홉 명 중에 밀정단의 두목 하나가 섞여 있을 것인가? 머리를 든 박성국이 위쪽을 보았지만 이쪽에서는 산마루가 보이지 않는다. 그러나 산마루에서 감시하던 장교들이 밀정단이 달려 내려간 곳을 깃발 신호로 알려주고 있을 것이다. 아래쪽에서 대기하던 끝쇠 등이 깃발 신호를 보고 놈들을 가로막는다. 박성국은 바위틈 사이로 조심스럽게 내려가기 시작했다. 이곳은 낭떠러지가 계속되어서 밀정단을 쫓아갈 수는 없다.

‡

"넷을 죽이고 하나를 잡았습니다."

끝쇠가 핏물에 담갔다 뺀 것 같은 칼을 쥔 채로 허덕이며 말을 잇는다.

"우리도 둘이 죽고 둘이 다쳤습니다. 놈들이 악착같아서 기를 쓰고 도망쳤지만 살아 도망간 머릿수는 서너 명이오."

"내가 아홉 놈을 보았으니 넷이 빠져나간 셈이다."

머리를 끄덕인 박성국이 주위를 둘러보았다. 이제 별장 넷이 이끈 삼십 명 가까운 장교가 모두 귀틀집 마당에 모였다. 아래쪽에서 치고 올라온 것이다.

"나리. 재물이 많습니다."

옆집에서 외침 소리가 들리더니 고흥이 수하 장교들을 이끌고 다가왔다. 그런데 장교들은 손에 가득 보따리와 바구니 등을 들었다.

"금자가 수백 냥에 비단, 노리개, 궁에서는 금보다 더 귀하게 친다는 후추까지 한 되가 넘게 있습니다."

"어허."

바로 조금 전까지 살기가 가득하던 마당 분위기가 순식간에 바뀌었고 끝쇠도 눈을 둥그렇게 떴다. 박성국이 머리를 끄덕였다.

"하긴 이곳이 밀정단 본진이었으니 그럴 법도 하다."

그러자 잠자코 서 있던 차동신과 말복까지 수하 장교들을 이끌고 귀틀집 안으로 달려 들어갔다.

"원, 참. 탐심이 발동했구나."

끝쇠가 혀를 찼지만 눈이 다시 마당에 펴놓은 재물로 옮겨졌다. 잠시 후에 차동신과 말복의 수하 장교들도 각기 전리품을 들고 나왔는데 고홍보다는 못했지만 금자가 담긴 주머니도 있었고 은화 뭉치는 십여 개나 되었다. 밀정들의 사물인 것 같다. 마당에 산더미처럼 쌓인 재물 주위로 장교들이 어슬렁거렸으므로 박성국이 쓴웃음을 짓고 말했다.

"재물을 나눠라."

박성국의 시선이 끝쇠에게로 옮겨졌다.

"별장은 다섯 몫을 받고 죽은 장교도 다섯 몫을 떼어서 식구를 찾아서 주어라. 그리고 장교들은 모두 똑같이 한 몫씩이다."

"예에."

허리를 굽신한 끝쇠가 소리쳤다.

"서둘러라. 먼저 재물이 얼마인지 세어야 한다. 자, 너희 셋은 금자를 맡아라."

머리를 든 하나가 미우라를 보았다.

"넷이라고?"

"예. 두목."

외면한 채 미우라가 말을 잇는다.

"가네다와 스즈키만 남았습니다. 분합니다. 마쓰다도 산 아래에서 칼을 맞았습니다."

"……."

이번 본진의 기습으로 열셋이 당했다. 본진에서 살아 도망친 것은 하나와 미우라, 그리고 부하 둘까지 넷뿐이다. 한조는 마침 이천에 내려가 있었기 때문에 살았다. 한조가 남은 부하 일곱을 데려온다고 해도 겨우 열둘이 된다. 시선을 내린 하나가 이를 악물었다. 그야말로 마른하늘에서 떨어진 벼락처럼 기습을 받은 것이다. 방심했다. 땅을 치면서 울고 싶은 충동이 일어났지만 눈을 치켜뜨고 참았다. 이곳은 이천에서 동남쪽으로 삼십여 리쯤 떨어진 야산 중턱이다. 두 시진 동안이나 정신없이 도망친 후에 이곳에서 전열을 재정비하는 셈이다. 그때 미우라가 혼잣소리처럼 말했다.

"박성국이 오히려 우리 뒤를 캐고 있었던 것입니다."

"내가 방심했구나."

마침내 하나가 억양 없는 목소리로 말했다.

"향산 의병의 내막을 전해주고 나서 방심한 거야."

"당분간 물러나 전력을 갖춰야 합니다."

미우라가 조심스러운 표정으로 하나를 보았다.

"이 상태로는 어렵습니다. 두목."

"아니, 바로 보충을 받겠다."

심호흡을 한 하나가 상체를 똑바로 세웠다. 그러고는 미우라를 향해 입술 끝만 올리며 웃는다.

"좋은 경험을 했다. 미우라."

‡

선조가 헛기침을 하자 전기윤은 숨을 죽였다. 이곳은 행재소 안 임금의 내전 안이다. 선조는 침전 옆쪽의 마루방에서 전기윤과 둘이 독대하는 중이다. 방문 앞 복도에 무릎을 꿇고 앉은 전기윤과의 거리는 다섯 걸음 정도. 이만하면 낮게 말해도 들린다. 그때 선조가 입을 열었다.

"향산 의병이 세자의 선전관 박모에 의해 대장 및 두목들이 죽임을 당하고 나서 해산되었다고 들었다."

단숨에 말한 선조가 묻는다.

"그대는 내막을 아는가?"

"예이."

납작 엎드린 전기윤이 방바닥에 시선을 내린 채로 말을 잇는다.

"선전관 박성국이 미리 허락을 받지 않고 의병을 출동시켰다고 의병장 함기옥과 수하 두목 둘, 그리고 졸개 넷을 베어 죽였습니다."

"……."

"그래서 겁이 난 의병들은 모두 흩어져 향산은 빈산이 되었습니다."

"그 내막을 누가 아는가?"

선조의 목소리에는 억양이 없다. 잔뜩 억누르고 있다는 표시다. 그러자 전기윤이 조심스럽게 말한다.

"팔도도순찰사 한응인과 도원수 김명원도 압니다. 전하."

"왜 그것을 나에게 말하지 않았는가?"

"흩어진 의병들이 낸 소문이어서 확실한 증거를 잡지 못했기 때문입니다."

"너희들 세자가 무서워서 그런 것이 아니냐?"

마침내 선조가 잇새로 물었으므로 전기윤은 납작 엎드렸다.

"아닙니다. 전하. 어찌 감히 전하를 모시면서 세자를 두려워하겠습니까? 다만 증거를 찾지 못했기 때문이옵니다."

말은 그렇게 했지만 선조에게는 입에 발린 소리일 뿐이다. 이윽고 선조가 한 마디씩 힘주어 말한다.

"나가서 팔도도순찰사와 도원수를 들어오라 이르라. 그리고 너도 같이."

선조가 전기윤을 손끝으로 가리키며 말을 잇는다.

"그것이 사실이라면 세자의 월권이다."

〈2권에 계속〉

난중무사 1

1판 1쇄 인쇄 2014년 7월 18일 | 1판 1쇄 발행 2014년 7월 25일

지은이 이원호

발행인 김재호 | **출판편집인 · 출판국장** 박태서 | **출판팀장** 이기숙
기획 · 편집 배상현 | **아트디렉터** 김영화 | **디자인** 이슬기
마케팅 이정훈 · 정택구 · 박수진
펴낸곳 동아일보사 | **등록** 1968.11.9(1–75) | **주소** 서울시 서대문구 충정로 29(120–715)
마케팅 02–361–1030~3 | **팩스** 02–361–1041 | **편집** 02–361–0858
홈페이지 http://books.donga.com | **인쇄** 코리아프린테크

ISBN 979–11–85711–14–0 04810 | **값** 12,800원